Andreas E. Graf
Mord am Münsterplatz

Über dieses Buch

In Konstanz am Bodensee wird im Münster eine männliche Leiche gefunden. Es ist der Mesner.
Kriminalhauptkommissar Emeran Schächtle, der erst vor Kurzem in seine Heimatstadt zurückgekehrt ist und zum neuen Leiter des Dezernats für Tötungsdelikte bei der Kripo ernannt wurde, übernimmt den Fall. Unter Mordverdacht gerät zunächst auch der Münsterpfarrer, ein ehemaliger Nachbar von Schächtle. Er wird allerdings kurze Zeit später selbst zum Opfer und tot auf dem Konstanzer Münsterplatz gefunden, fast bis zur Unkenntlichkeit entstellt, weil er vom Turm gestoßen wurde…
Emeran Schächtle ermittelt nun fieberhaft, allerdings ist die Beweislage für den Kommissar sehr entmutigend. Denn er nimmt zwar im Laufe der Ermittlungen mehrere Tatverdächtige fest, die er aber wieder mangels Beweisen freilassen muss.
Dann gibt es plötzlich aus den eigenen Reihen der Polizei Bestrebungen, den psychisch immer noch etwas angeschlagenen Schächtle abzusetzen. Der Kommissar überlegt sich daraufhin, alles hinzuschmeißen und aufzugeben. Doch dann nimmt der Fall eine überraschende, alles entscheidende Wende. Der Täter macht einen großen Fehler. Jetzt weiß Schächtle, was er zu tun hat.
Er hat sogar einen Verdacht, wer der Täter sein könnte. In einer dramatischen Aktion, in die auch seine Tochter verwickelt ist, nimmt er den kaltblütigen Mörder fest und löst den Fall.

Andreas E. Graf wurde 1954 in Konstanz am Bodensee geboren.
An der Schule des Schreibens in Hamburg absolvierte er von 2009 bis 2013 eine Ausbildung zum Autor im Fernstudium. Den Wunsch, einen Kriminalroman zu schreiben, der in seiner Heimatstadt Konstanz spielt, sowie die Idee zur Figur des Emeran Schächtle hatte er schon länger. Andreas E. Graf lebt mit seiner Familie in Konstanz.

Andreas E. Graf

Mord am Münsterplatz

Ein Bodensee-Krimi

Oertel+Spörer

Dieser Kriminalroman spielt an realen Schauplätzen.
Alle Personen und Handlungen sind frei erfunden.
Sollten sich dennoch Ähnlichkeiten mit lebenden oder
verstorbenen Personen ergeben, so sind diese rein zufällig
und nicht beabsichtigt.

© Oertel+Spörer Verlags-GmbH+Co. KG 2016
Postfach 16 42 · 72706 Reutlingen
Alle Rechte vorbehalten.

Umschlag:
Titelbild: ©traveldia
Umschlaggestaltung: Oertel+Spörer Verlag
Satz: Uhl+Massopust, Aalen
Druck und Bindung: CPI books GmbH, Leck
Printed in Germany
ISBN 978-3-88627-647-9

 Besuchen Sie unsere Homepage und informieren
Sie sich über unser vielfältiges Verlagsprogramm:
www.oertel-spoerer.de

Montag, 14. März 2011
22.30 Uhr

Karla Seibertz zog sich wie jeden Abend um diese Zeit den roten Mantel an. Mitte März war es doch recht frisch am Bodensee. Die schlanke blonde Frau ergriff ihren orthopädischen Stock, den sie nicht leiden konnte, weil er hässlich war, aber sie war auf diese Gehhilfe angewiesen. Sie verließ ihre Wohnung in der Brückengasse, hinkte und zog ein Bein nach, immer die Gehhilfe zur Stütze. Weil sie im Alter von fünf Jahren Kinderlähmung hatte, war sie gehbehindert. Ihr Mann war bei der Arbeit. Als Abteilungsleiter eines Kaufhauses kam er meist spät heim. Die Fünfunddreißigjährige ging die steile Holztreppe hinunter auf die Straße.

Die engen Gassen des Stadtteils Niederburg waren bekannt für Konstanz, auch der weiße Nebel, der sich überall breitmachte. Ebenso das unebene Kopfsteinpflaster, das Karla Schwierigkeiten bereitete. Vor ihr erhob sich schattenhaft das Münster mit dem Spitzdach, dessen Turmglocke elf Uhr schlug. Sie lief zum Buchladen Homburger und Hepp, gegenüber der Basilika, um die Auslagen in dem Schaufenster zu betrachten. Dann trottete sie am Hauptportal vorbei über den Münsterplatz zum linken Seitenportal. Hier wird im Juni die Freilichtaufführung des Stadttheaters sein, dachte sie freudig und blieb stehen.

Im Bereich des Kircheneingangs sah sie, wie sich ein

Obdachloser in seine Wolldecke einrollte, neben ihm eine Zweiliterflasche Rotwein. Der Wind pfiff über den menschenleeren Platz. Karla hielt ihren roten Hut fest. Sie schlurfte zum kunstvoll gestalteten steinernen Kreuzgang, dort befand sich die einzige Tür, die um diese Zeit noch nicht geschlossen war. Die zweiflügelige alte Holztüre knarrte, als sie das Münster am Thomaschor betrat. Zielstrebig ging sie die kleine Treppe hinauf, Schritt für Schritt, um in den Hochaltarraum zu gelangen. Im geschnitzten Chorgestühl rechts setzte sie sich, holte ihr Gebetbuch heraus, bekreuzigte sich und begann leise zu beten. Gegenüber sah sie die Türe der Sakristei, die wie immer offen stand. Da betrat ein Mann den Altarraum und schaute sich verstohlen um. Er hatte einen hellen Trenchcoat an, sein schwarzer Filzhut war tief ins Gesicht gezogen.

»Den Hut könnte er wenigstens abnehmen«, sagte sie halb laut.

Sie kannte ihn nicht, obwohl sie meinte, ihn schon mal gesehen zu haben.

Der Unbekannte ging die Stufen der Marmortreppe hoch und lief eilig in die Sakristei. Karla versuchte, sich auf ihr Gebet zu konzentrieren. Nach kurzer Zeit hörte sie zwei Leute reden. Die eine Stimme war die des Mesners Karl Brunner. Die andere des fremden Mannes mit dem Trenchcoat. Die Unterredung der beiden wurde immer heftiger, der Unbekannte immer lauter. Sie vernahm Sprachfetzen wie »Ich lasse mich nicht erpressen« und »Ich bringe dich um«.

Auf einmal hörte sie einen Knall, der die Kirche ausfüllte. Ein Schuss, ging es ihr durch den Kopf. Sie eilte, ihr Bein nachziehend, zum Eingang der Sakristei, stand davor und traute sich nicht hinein.

»Herr Brunner?«

Es meldete sich niemand.

»Kann ich Ihnen helfen? Ich komme.«

Sie betrat die untere Sakristei, sah den langen Tisch, an dem man den Priester ankleidete für die Messe. Darüber die Holzschränke, die teilweise offen standen. Karla sah die Kelche und verschiedene andere kirchliche Utensilien, nur der Mesner war nirgends zu finden.

»Herr Brunner, wo sind Sie? Ich habe Sie doch gehört!«

Da sah sie auf der kleinen Steintreppe, die zur oberen Sakristei führte, etwas liegen. Sie ging hin und hob ein blaurotes Seidenhalstuch auf. Das steckte sie aufgeregt in ihre Manteltasche, sodass ein Teil noch heraushing. Nun schleppte sie sich mühevoll die kleine Treppe hinauf. Von den Längswänden auf der rechten Seite bis zur Mitte des Raumes standen neumodische Schränke, in denen die Ministrantenkleider aufbewahrt wurden. Sie schlich langsam daran vorbei. Nur ihren Stock hörte man: »klack, klack, klack.«

Sonst war es totenstill. Karla merkte, wie die Angst ihr über den Rücken kroch und Gänsehaut sich breitmachte.

Ob es besser wäre umzukehren?, dachte sie.

Dabei ging sie immer weiter auf den älteren, wuchtigen Schrank zu, der an der hinteren Stirnwand auf der rechten Seite stand. Sie öffnete die Türe, aus dem ihr etwas entgegenflog und auf dem dunklen Parkettboden landete. Sie beugte sich über ihn, erkannte im schwachen Licht den Münstermesner Karl Brunner und sah ein blutendes Loch an der linken Schläfe. Karla schrie auf und hielt sich sofort ihre Hand auf den Mund. Verängstigt schaute sie sich um, aber niemand war da. Da hörte sie ein leises Schnaufen. Irgendwo hinter den Schränken musste jemand stehen, der sie beobachtete. Sie drehte sich schnell um und lief so rasch

7

sie konnte aus der Sakristei in den Altarraum des Münsters hinein, hatte Todesangst, wollte nur weg. Karla spürte, dass sie verfolgt wurde.

»Wenn es bloß schneller ginge«, sagte sie zu sich, während sie im Thomaschor, dem linken Seitenaltar der Kirche, ankam.

Sie keuchte, bekam kaum Luft, kam an die zweiflügelige Holztüre, öffnete sie und stand im steinernen Kreuzgang. Nun versuchte sie, durch die Doppelglastüre hinaus auf den Münsterplatz zu eilen. Auf dem unebenen Kopfsteinpflaster Richtung Brückengasse kam sie nur langsam voran, weil es regnete und der Boden rutschig war. Plötzlich stolperte sie, konnte sich gerade noch halten. Während sie weiterlief, drehte sie sich um und sah eine Gestalt, die ihr folgte. Diese kam immer näher auf sie zu. Fast war sie am Ziel, etwa hundert Meter vor ihrer Wohnung, da entdeckte sie einen tiefen Eingang im letzten Haus auf dem Münsterplatz. Dort lief sie hinein und betete leise:

»Herr, lass die Türe auf sein und rette mich.«

Sie drehte den schwarzen Türknopf, die Tür öffnete sich und sie flüchtete in das Treppenhaus. Durch das Fenster neben der Haustüre sah sie ihren Verfolger, der direkt vor dem Haus stand. Der Mann schaute sich suchend um. Nach etwa einer Viertelstunde, die Karla wie eine Ewigkeit vorkam, verschwand der Unbekannte. Er lief am linken Seiteneingang des Münsters vorbei, den kleinen Berg hinunter Richtung Stadttheater. Sie wartete eine Weile, sah sich ängstlich um und ging langsam in die Brückengasse. Plötzlich merkte sie, dass ihr Gebetbuch noch im Chorgestühl lag. Keine zehn Pferde hätten sie jedoch nochmals in die Kirche gebracht.

Als sie die Wohnungstüre aufschloss, kam Frank, ihr Ehemann, auf sie zu.

»Wo bleibst du denn? Es ist nach ein Uhr, ich habe mir Sorgen gemacht. Du weißt, ich finde es nicht gut, dass du jeden Abend so spät ins Münster gehst!«

Erst jetzt sah er ihre Tränen. Er nahm sie in die Arme und sie weinte los.

Dienstag, 15. März 2011
6 Uhr

Die Frühjahrssonne streckte ihre ersten wärmenden Strahlen durch den wolkenverhangenen Himmel. Kurt Eisenreich lag noch eingekuschelt in seiner braunen Wolldecke. Es roch nach Alkohol und Nikotin. Er übernachtete im Seitenportal des Münsters, neben dem Kreuzgang. Um ihn herum ein rotes Kissen, ein olivgrüner Rucksack und die Zweiliterflasche Rotwein. In seinem grauen schmutzigen Schlapphut, der umgekehrt auf dem Boden stand, lagen vier Eurostücke. Die steckte er ein und freute sich über die unerwartete Spende. Der 43-jährige schlanke Stadtstreicher hatte einen ungepflegten braunen Vollbart und schüttere Haare. Jetzt fiel ihm ein, dass er spätestens um sieben Uhr weg sein musste, um diese Zeit sperrte der Münstermesner die Türen auf. Mit dem war nicht gut Kirschen essen. Der war dagegen, dass er nachts hier schlief. Aber Münsterpfarrer Geiger hatte es ihm erlaubt. Er stand auf, legte seine Decke zusammen, räumte die anderen Utensilien weg und packte die angebrochene Weinflasche in seinen Rucksack. Mit der Wolldecke versuchte er die Rotweinflecken auf dem Steinboden zu entfernen. Als ihm das nicht gelang, fluchte er leise:

»Kruzifix noch mal, wenn das der Mesner sieht, gibt es Ärger. Wieso geht der Scheiß auch nicht weg.«

Er hob noch mehrere selbst gedrehte filterlose Zigarettenstummel auf, die von der letzten Nacht übrig geblieben waren. Eisenreich wollte auf die Marktstätte gehen, zur Unterführung, wo er den Tag verbrachte. Da sah er einen hellen Trenchcoat und einen schwarzen Filzhut in der Ecke auf dem Boden liegen.

»Dies hat mir ein christlicher Mensch hingelegt«, sagte er zu sich und zog die Sachen an. Als er seine Hand in die rechte Manteltasche steckte, spürte er einen länglichen Gegenstand. Er schaute ihn genau an und flüsterte:

»Ein Klappmesser, das kann ich gut gebrauchen.«

Emeran Schächtle wühlte mit beiden Händen seufzend durch seine schwarzen Haare. Heute Morgen war er gegen zwei Uhr mit dem Zug von Wiesbaden in seine Heimatstadt Konstanz zurückgekehrt. Er stand auf der Marmortreppe vor dem roten mittelalterlichen Haus seines Vaters in der Gerichtsgasse, im Stadtteil Niederburg. Wie immer sah er gepflegt aus, hatte einen dunkelblauen Anzug, ein weißes Hemd und eine feuerrote Krawatte an. Darüber einen dunkelblauen dünnen Stoffmantel, den er offen ließ. Er schweifte seinen Gedanken nach:

Als er dreizehn Jahre alt war, wollte er in die Straßenbande vom Stadtteil Paradies aufgenommen werden. Das Aufnahmeritual war, von einem Menschen etwas zu stehlen. Lange hat er sich davor gescheut, es zu tun. Eines Tages kam die Bande auf ihn zu, forderte dies unverzüglich von ihm ein. Sie gingen zum Kaufhaus Hertie in der Altstadt. Dort riss er einer älteren Frau die Handtasche weg und rannte zum Ausgang. Die kreischte alles zusammen, dass sich sofort mehrere Passanten um sie kümmerten. Im Eingangsbereich standen seine Kumpels erwartungsvoll und beobachteten ihn. Kurz bevor er die Türe erreichte, schnappte ihn der Kaufhausdetektiv und übergab ihn dann der Polizei. Als das die Bande sah, bekamen sie Angst und rannten weg.

Kriminalkommissar Wolfgang Ambs nahm den Festgenommenen ins Gebet:

»Du bist bis jetzt noch nicht bei uns aufgefallen. Aber mach nur weiter so, wenn du dir die Zukunft versauen willst. Beim nächsten Ding landest du im Gefängnis, das garantiere ich dir. Es fängt mit Diebstahl an und hört mit Mord auf.«

Da der Junge strafunmündig war, konnte ihm nicht viel geschehen. Die Worte des Kommissars hat er nie vergessen. Als er von den Polizeibeamten heimgebracht wurde, nahm ihn sein Vater zur Seite und gab ihm einige Ohrfeigen. Doch dann drückte er ihn weinend an sich.

»Du hast uns enttäuscht, Emeran. Stiehlst einer Frau die Handtasche. Haben wir dir nicht alle Freiheiten gelassen? Wieso machst du so was? Deine Mutter weint die ganze Zeit. Wir können uns nirgends mehr sehen lassen. Du bist doch unser Einziger, warum bestiehlst du jemanden? Willst du im Gefängnis landen?«

Er wusste nicht, was er darauf antworten sollte. Es tat ihm leid, dass er sich dazu hatte überreden lassen. Er schämte sich für das, was er gemacht hatte. Emeran wurde für drei Tage in sein Zimmer gesperrt, durfte zum Essen nicht an den gemeinsamen Tisch kommen. Sein Vater sah keine andere Möglichkeit mehr, als ihn auf ein Internat nach Bayern zu schicken. Das katholische Landschulheim in Grunertshofen lag im Landkreis Fürstenfeldbruck. Das war die größte Strafe für den Jungen. Denn lange brauchte er, bis er sich dort eingelebt hatte.

In ihm reifte täglich der Wunsch, zur Polizei zu gehen.

Wolfgang Ambs wurde sein großes Vorbild. In den Schulferien besuchte er ihn bei der Kriminalpolizei am Lutherplatz in der Konstanzer Altstadt.

Seine Eltern wohnten als selbstständige Gemüsebauern in der Fischenzstraße im Stadtteil Paradies. Ihr Sohn sollte den Betrieb übernehmen. Der wollte aber nicht, machte nach seiner Internatszeit zuerst eine Ausbildung als Maler und Lackierer. Kriminalkommissar Ambs hatte sich dafür eingesetzt, dass er nach der Malerlehre zum Bundesgrenzschutz kam, auch gegen den Widerstand seiner Eltern. Die hatten es akzeptiert, weil sie glaubten, das mache er statt des Grundwehrdienstes bei der Bundeswehr. Franziskus Schächtle war der festen Meinung, dass sein einziges Kind nach zwei Jahren zurückkommt, um im eigenen Betrieb zu arbeiten. Es gab eine Auseinandersetzung mit den Eltern, als Emeran mitteilte, dass er nicht daran denke, Gemüsebauer zu werden. Während seiner Ausbildung beim Bundesgrenzschutz hatte er seine große Liebe Elvira kennengelernt. Er bewarb sich bei der damals neuen Spezialeinheit GSG 9 und war bei der Befreiung des Flugzeuges Landshut in Mogadischu dabei. 1980 gingen beide zum Bundeskriminalamt nach Wiesbaden und haben 1985 geheiratet. Als ihre zwei Kinder Thomas und Franziska geboren wurden, waren sie die glücklichste Familie der Welt. Doch was im letzten Jahr geschah, das war unbegreiflich.

Emeran Schächtle ging in den mit Kopfsteinpflaster belegten Hof, an dem kleinen Steingarten vorbei, in die Gerichtsgasse hinein. Er schaute von dort direkt auf den stattlichen Kirchturm des Münsters. Der große schlanke Fünfundfünfzigjährige strich sich mit dem Zeigefinger über seinen grauschwarzen Schnurrbart, den seine Frau so liebte. Er war auf dem Weg in die Stadt, die er so lange Zeit nicht mehr gesehen hatte. Es roch nach blühenden Blumen, die Sonne schien recht kräftig für diese Jahreszeit, man merkte, dass es Frühling wurde.

»Emeran, bist du es wirklich?«, hörte er eine Stimme hinter sich.

Er drehte sich um, sah einen älteren, mittelgroßen Mann mit dünnen grauen Haaren. Ein buschiger, weißer Schnauzbart zierte sein faltiges Gesicht.

»Ja, Wolfgang, es freut mich, dich zu sehen!«

Kriminalhauptkommissar Ambs stand vor ihm. Sie umarmten einander freudig.

»Jetzt im Ruhestand?«

»Ja, seit Anfang letzten Jahres. Zuletzt war ich der Leiter des Dezernats für Tötungsdelikte. Die Stelle ist immer noch nicht besetzt. Solltest du Interesse daran haben, setze ich mich gerne für dich ein«, antwortete der pensionierte Kriminalbeamte.

»Nein danke, ab April bin ich dein Nachfolger.«

»Mensch Emeran, das finde ich gut. Ich dachte schon, dass Auer die Stelle bekommt.«

»Wer ist Auer?«

»Kriminalkommissar Auer ist der derzeitige kommissarische Leiter des Dezernats. Soviel ich weiß, hat er sich als mein Nachfolger beworben. Er wäre nicht der richtige Mann dafür, weil er egoistisch ist und mit Menschen nicht umgehen kann.«

»Warten wir es ab, ich werde ihn ja noch kennenlernen.«

»Sollen wir einen Kaffee zusammen trinken? Hast du Zeit?«

Sie standen vor dem Café Wessenberg, schräg gegenüber dem Münster, gingen hinein und setzten sich auf die

Barhocker an der Theke. Es roch angenehm nach frischem Bohnenkaffee. Schächtle holte seine Pfeife raus und stopfte sie mit Tabak.

»Lass das, hier wird nicht geraucht wegen des gesetzlichen Nichtraucherschutzes. Der Wirt hat erst neulich einen prominenten Schriftsteller deswegen rausgeschmissen!«

Er steckte seine Rauchutensilien weg, Ambs bestellte für beide einen Milchkaffee.

»Jetzt erzähle, wieso lässt du dich nach Konstanz versetzen? Immerhin hast du einen guten Posten beim BKA gehabt. Doch nicht wegen deiner Mutter? Ich weiß, dass sie Ende Januar an Krebs gestorben ist.«

»Deshalb ist es nicht. Vater fehlt sie zwar, aber er kommt in der Zwischenzeit damit zurecht. Elvira ist tot und ich konnte nicht mehr in Wiesbaden bleiben.«

»Dann stimmt es also, was ich gehört habe. Ich wollte es nicht glauben. Was ist passiert?«

»Die letzten zwei Jahre war ich als verdeckter Ermittler im Untergrund tätig. Ich wurde in ein Verbrechersyndikat eingeschleust, das Frauen aus dem Ausland, hauptsächlich aus den Ostblockstaaten, nach Deutschland verschleppten und illegalen Bordellen zum Kauf anbot. Der Drahtzieher der Bande war ein gewisser Fabrizio Creola, ein Italiener. Ich brauchte lange, um mit ihm in Kontakt zu kommen. Er war vorsichtig und traute keinem. Die Orte, wo man die Ware übergab, wie er es nannte, sind immer kurzfristig von ihm bekannt gegeben worden.«

Schächtle stierte zum Fenster hinaus, spielte mit einigen Bierdeckeln. Man merkte, es fiel ihm schwer, darüber zu sprechen.

»Doch diesmal hatte ich es, durch seine Freundin

15

Lucia, früher mitbekommen. Bei diesem Treffen wollten wir die Bande verhaften und unschädlich machen. Aber Fabrizio muss davon erfahren haben. Als wir den Zugriff starteten, hat er mich mit mehreren Schüssen niedergestreckt. Ich sah noch, wie Elvira schrie und auf Creola zurannte.«

Er unterbrach, die Tränen standen ihm in den Augen. Er nahm sein weißes Taschentuch, wischte sich den Schweiß vom Gesicht.

»Wenn es dir schwerfällt, darüber zu reden, lass es«, meinte Ambs.

Doch Schächtle antwortete nicht, sondern erzählte weiter:

»Im Fallen zog ich meine Dienstwaffe, schoss auf ihn. Auf einmal wurde es dunkel um mich. Ich war in Lebensgefahr, lag einige Tage im Koma. Als ich aufwachte, erfuhr ich, dass Elvira durch meine Kugel getötet wurde. Sie ist mir direkt in die Schussbahn reingelaufen. Ich wollte nicht mehr leben. Meine Kinder Thomas und Franziska waren bei mir im Krankenhaus. Sie sind der Grund, weshalb ich mich nicht umgebracht habe.«

»Und sie haben dich überredet, weiterzumachen?«

»Ja, Elvira hätte es auch gewollt, aber ich brauchte lang, bis ich mich entscheiden konnte. Franziska hat sich mit Eugen Schmitz, ihrem Patenonkel, in Verbindung gesetzt. Du müsstest ihn kennen, er ist der Leiter der Kripo Konstanz und war mit mir beim BKA. Er hat dafür gesorgt, dass ich aufgrund meiner psychischen Probleme eine Sondergenehmigung bekam, um als Kriminalbeamter weiter arbeiten zu dürfen.«

»Ja, ich habe noch kurz mit ihm zu tun gehabt. Habt

16

ihr das Syndikat mit Creola und seiner Freundin geschnappt?«

»Die Mädchenhändler wurden von uns alle verhaftet.
Lucia fand man wenig später tot in ihrem Haus. Sie ist mit
einer Maschinenpistole regelrecht hingerichtet worden.
Fabrizio ist seit dem Tag unauffindbar. Ich vermute, er ist
nach Italien geflohen, kommt garantiert bald zurück, um
weiterzumachen, wo er aufgehört hat.«

»Bei dir ist alles in Ordnung?«

»Nein, ich habe Angst zu schießen und Sachen zu entscheiden. So was kannte ich früher gar nicht. Ich fange an
zu zittern und habe mich nicht unter Kontrolle. Meine
Nerven spielen mir einen Streich. Fast wie bei einem Epi-
leptiker. Es ist nicht mehr so, wie es einmal war.«

»Das legt sich bald. Schließlich war das ein Unglücksfall.
Nach vorn schauen, das Leben geht weiter.«

»Mir fehlt Elvira so!«, schrie Schächtle und fing an zu
weinen.

Ambs umarmte ihn väterlich und versuchte zu trösten.

Da klingelte das Handy.

»Emeran, hier spricht Eugen Schmitz. Ich hoffe, du bist
bereits in Konstanz.«

»Ja, bin heute Morgen angekommen.«

»Ich brauche dich dringend. Der Mesner vom Münster
ist in der Sakristei ermordet gefunden worden. Kannst du
das Dezernat übernehmen?«

»Eugen, du weißt, dass ich derzeit noch mit mir selbst
viel zu tun habe. Ich bin noch nicht so weit.«

»Emeran bitte, ich bin in einer Zwickmühle. Dem
kommissarischen Leiter Franz Josef Auer kann ich das
nicht zumuten. Der ist nicht fähig, diesen delikaten Fall mit
dem nötigen Fingerspitzengefühl zu bearbeiten. Unsere

Staatsanwältin macht mir Druck. Dir ist doch bekannt, was für einen Stellenwert das Münster in Konstanz hat. Ich brauche dich dringend.«

Schächtle überlegte und blickte zu Ambs.

»Emeran, bist du noch dran?«

»Ja, ich denke nach. Wo soll ich hinkommen?«

Kurt Eisenreich war auf dem Weg zum Treffpunkt der Nichtsesshaften im Zentrum der Altstadt. Er lief langsam, seine Beine machten nicht mehr mit. Jeder Schritt tat ihm weh. Er schlurfte über die Brotlaube, an der Seniorenresidenz Tertianum vorbei, auf die Marktstätte. Konstanz wachte auf. Man sah überall Lastwagen, die ihre Waren an die Einkaufsläden brachten. Bis um zehn Uhr sollten sie fertig werden, bis dahin musste die Fußgängerzone autofrei sein. Aus allen Ecken kamen umhereilende Menschen. Auch einige Touristen waren schon unterwegs und warteten, dass die Geschäfte und Cafés öffneten. Eisenreich ging in die Fußgängerunterführung hinein, die zu den Bodenseeschiffen führte. In der Mitte war der Treffpunkt der Nichtsesshaften. Dort hielt man sich auf, bis es Abend wurde. Man durfte keinen Ärger machen oder sich mit Passanten anlegen. Ab und zu bekam man ein paar Euros.

»Hey Kurti, wo hast du den Mantel und den Hut her?«, fragte Edi.

Der war dick und jünger als Eisenreich, ungepflegte Bartstoppeln im Gesicht.

»Ein unbekannter Christ hat es mir geschenkt.«

»Tu nicht so scheinheilig, der ist garantiert geklaut. Übrigens wo ist die Flasche Rotwein? Du bist jetzt mal dran«, sagte Ossi, der so schlank war wie Eisenreich, dafür kleiner und eine Glatze hatte. Der Zwerg, wie er genannt wurde, baute sich vor ihm auf, um zu provozieren. Eisenreich packte ihn am Kragen und stieß ihn weg. Ossi lag mit dem Rücken auf dem Boden, nahm eine leere Flasche, wollte sie auf dem Kopf seines Gegners zerschlagen. Da kam Edi dazwischen, schlug ihm den Gegenstand aus der Hand, die Flasche zerschellte auf dem Asphalt.

»Hört auf damit, sonst werden wir weggejagt.«

Plötzlich zog Eisenreich das Klappmesser aus der Manteltasche, ging auf seinen Widersacher zu.

»Du wolltest mich töten, du Ratte?«, seine Stimme wurde immer lauter und piepsiger.

Fußgänger blieben stehen und beobachteten die Szene.

»Nein, ich wollte dich nicht umbringen. Glaube mir Kurti, es war eine Kurzschlussreaktion. Du weißt doch, wie unbeherrscht ich bin.«

Plötzlich nahm Ossi die rechte Hand des Gegners mit dem Messer und rammte dieses in dessen linke Schulter hinein. Kurt Eisenreich schrie auf und sah, dass er stark blutete. Da versuchte der Täter an das Messer zu kommen, doch sein Opfer war schneller. Beim Herausziehen mit seiner rechten Hand verkantete Eisenreich die Waffe und zog sich noch zusätzlich einen länglichen Schnitt zu. Da schrie er nochmals auf, lauter als zuvor. Die Wunde blutete noch mehr und das Blut strömte über den Arm auf den Boden. Mit letzter Kraft nahm er die Waffe und stach unkontrolliert mehrmals auf den Zwerg ein. Dann rutschte er die kalte Steinwand herunter und wurde ohnmächtig. Das gelbe Hemd färbte sich blutrot und Ossi brach zusammen.

Von Weitem hörte man das Martinshorn der Polizei.

Emeran Schächtle stand im Altarraum des Münsters. Er erinnerte sich an seine Jugendzeit, als er Ministrant war.

»Hier haben vor über fünfundzwanzig Jahren Elvira und ich geheiratet«, sagte er leise.

Im rechten Chorgestühl entdeckte er auf der Ablage ein weißes Gebetbuch. Er schlug es auf und las den Namen: Karla Grunert.

Es muss ein Kommunionbuch sein, dachte er.

Er steckte es in die Seitentasche seines Mantels und betrat die Sakristei.

»Hallo, jemand da? Hier ist die Kriminalpolizei.«

»Wir befinden uns im oberen Raum«, hörte er eine Stimme.

Er ging die kleine Steintreppe hinauf, alles war ihm so bekannt. Nun sah er den Pfarrer, die Putzfrau und zwei uniformierte Polizisten. Da kam einer auf ihn zu:

»Sie sind doch nicht von der Kripo, ich kenne Sie nicht.«

Er zeigte seinen BKA-Dienstausweis:

»Kriminalhauptkommissar Emeran Schächtle, seit heute der Leiter vom Dezernat für Tötungsdelikte. Kriminaloberrat Eugen Schmitz hat mich gebeten, die Ermittlungen zu übernehmen.«

»Polizeikommissar Frank Schiele und meine Kollegin Polizeiobermeisterin Tamara Heiler. Wir sind zum Tatort gerufen worden und warten auf die Kripo. Können wir gehen?«

»Bleiben Sie noch, bis die Kollegen eintreffen.«

»Ich bin Kooperator Walter Kleiner, unsere spanische Putzfrau Esmeralda Martinez hat den toten Mesner gefunden«, stellte sich der schlanke Priester vor.

»Ja, als heute Morgen putzen wollen. Sagen Padre, dieser Polizia holen«, rief die kleine, dickliche Spanierin aufgeregt.

»Die Leiche ist hinten am Schrank, Kommissar. Aber

erschrecken Sie nicht, es befindet sich ein Abort darin«, informierte der 28-jährige braunhaarige Geistliche.

»Ich weiß, Herr Kleiner, ich war in meiner Jugendzeit Ministrant im Münster.«

Der Priester wollte zu dem Toten gehen.

»Wir warten, bis die KTU da ist. Nicht, dass noch Spuren zerstört werden«, meinte Schächtle etwas ängstlich.

Da hörte er Stimmen aus der unteren Sakristei.

»Unser zukünftiger Chef war einer der genialsten Köpfe in Wiesbaden, mit einer überdurchschnittlichen Aufklärungsrate«, vernahm er eine helle Stimme.

»Ja, das hat mir Schmitz auch gesagt. Aber weil er seine Ehefrau erschossen hat, ist er ein Psycho geworden. So einer soll das Dezernat leiten?«, hörte er eine Bassstimme.

»Dirk, was meinst du?«, fragte die weibliche Stimme.

»Wie immer nichts, der hat doch keine Meinung«, sagte der tiefe Bass.

Er hatte genug gehört und ging nach unten.

»Ich bin Emeran Schächtle, es ist nett, wenn man so sehnsüchtig erwartet wird«, stellte er sich vor.

»Haben Sie das alles mitbekommen? Ich bin Kriminalobermeisterin Angelika Fischer«, sagte eine 32-jährige schlanke Frau mit Sommersprossen im Gesicht und ging lachend mit strahlend weißen Zähnen auf ihn zu.

Neben ihr stand ein wuchtiger glatzköpfiger Mann. Es war bedrohlich, wie dieses Muskelpaket auftrat.

»Kriminalkommissar Franz Josef Auer, Herr Hauptkommissar. Ich war bis jetzt der kommissarische Leiter des Dezernats. Sie sind also der Superbulle vom BKA«, sagte der 45-Jährige mit seiner tiefen, lauten Stimme.

Er faltete seine Hände wie zum Gebet und nickte ihm zu.

Schächtle schaute ihn kritisch an und wusste, dass er es mit ihm nicht einfach haben würde.

»Und wer ist der schüchterne dunkelblonde Jüngling da hinten?«

Der Hauptkommissar zeigte auf einen mittelgroßen, etwas untersetzten Mann.

»Kriminalmeister Dirk Steiner«, antwortete der 25-Jährige und gab ihm die Hand.

»Sie sind von Eugen Schmitz bereits informiert worden?«

»Ja, er hat uns vor Ihnen gewarnt«, meinte scherzhaft die aparte Kriminalobermeisterin Fischer und wischte sich ihre schulterlangen roten Haare aus dem blassen Gesicht.

»Können Sie sich ausweisen, Herr Schächtle?«, fragte das Muskelpaket recht aggressiv.

»Hör auf, Franz Josef, das ist unnötig«, fauchte Fischer.

»Lassen Sie ihn, er darf misstrauisch sein. Ich kenne Sie genau, denn ihre Akten bekam ich nach Wiesbaden. Sie, Auer, sind fünfundvierzig, seit zehn Jahren bei der Kripo, davon drei in diesem Dezernat. Sie sind verheiratet und haben zwei Kinder. Kollegin Fischer ist zweiunddreißig, ledig und vor zwei Jahren von der Schutzpolizei Singen zur Kripo Konstanz gekommen.«

»Und sie mag auch Frauen.«

»Auer, das ist unpassend. Halten Sie sich zurück«, sagte Schächtle ärgerlich.

»Steiner ist fünfundzwanzig, nicht verheiratet und seit einem Jahr bei der Kripo. Zuvor war er bei der Schutzpolizei Stuttgart. Genügt das als Beweis?«

Er streckte noch seinen Dienstausweis vom BKA entgegen.

»Franz Josef, du bist wie immer peinlich«, sagte Fischer.

In der Zwischenzeit war die KTU mit dem Rechtsmediziner Dr. Walter Spaltinger eingetroffen. Als Schächtle und seine Mitarbeiter in die obere Sakristei kamen, wurde der Getötete von dem Rechtsmediziner untersucht. Hauptkommissar Schächtle blieb ungefähr fünf Meter vor der Leiche stehen.

»Können Sie was sagen, Doc?«, rief er.

»Es könnte Selbstmord sein. Er hat ein Loch in der linken Schläfe. Mit Sicherheit ein aufgesetzter Schuss, der sofort tödlich war. Kommen Sie doch her, dass ich nicht so schreien muss«, antwortete der große, glatzköpfige Fünfzigjährige.

Schächtle war jetzt etwa zwei Meter von dem Ermordeten entfernt, als der Rechtsmediziner ihn am Genick packte und zur Leiche hinunterdrückte:

»Der macht Ihnen nichts mehr. Wie Sie sehen, ist das Einschussloch an der linken Schläfe. Die versengte Haut sagt mir, dass der Schuss aufgesetzt war.«

Schächtle wurde übel, er sah abwechselnd das Gesicht des toten Mesners und das seiner erschossenen Frau.

»Reiß dich zusammen, es ist nicht Elvira«, flüsterte er zu sich.

»Haben Sie was gesagt?«, erkundigte sich Spaltinger und grinste dabei.

»Wurde die Tatwaffe gefunden?«, fragte Schächtle, als er sich ängstlich schnell von der Leiche entfernte.

»Ja, sie war in der rechten Hand des Opfers«, antwortete Klaus Ringer, der Leiter der KTU.

»Es war kein Selbstmord. Ein Rechtshänder schießt nicht in seine linke Schläfe.«

»Wie kommen Sie darauf, dass der Tote Rechtshänder war, Herr Schächtle?«

»Ganz einfach, weil die Pistole in der rechten Hand gefunden wurde. Sollte er Linkshänder sein, hat ihm sein Mörder die Pistole in die falsche Hand gelegt. So oder so, es war Mord, Herr Ringer.«

»Können Sie was wegen des Todeszeitpunkts sagen?«, fragte Fischer.

»Erst nach der Obduktion«, antwortete Spaltinger.

»Nur ungefähr.«

»Geschätzt zwischen zehn und ein Uhr letzte Nacht.«

»Das ist euer Chef? Ich habe noch nie einen Kriminalbeamten gesehen, der so viel Angst vor einer Leiche hatte«, flüsterte der Rechtsmediziner Auer zu.

»Der ist ein Psycho, nur durch Protektion von Schmitz an den Posten gekommen.«

»Chef, fahren Sie mit ins Präsidium?«, fragte Angelika Fischer, als sie das Münster verließen.

»Nein, ich komme mit dem Fahrrad nach.«

Schächtle fuhr über den Radweg der Rheinbrücke zum Benediktinerplatz im Stadtteil Petershausen, wo sich seit einigen Jahren das neue Polizeipräsidium befand. Als er den wuchtigen ockerbraunen Altbau von 1876 sah, ging es ihm durch und durch.

Ich bin daheim und werde hier arbeiten, dachte er.

Er betrat das Haus und stellte sich beim Pförtner vor. Dann lief er in den ersten Stock, wo sich die Räume der Kriminalpolizei befanden. Er öffnete die letzte Türe links, das Dezernat für Tötungsdelikte. Die Zimmer waren hell und freundlich gestrichen. Im vorderen Raum standen drei robuste Eichenholzschreibtische, auf jedem ein Computer. Der hintere Raum war etwas kleiner, aber die Einrichtung war die gleiche. Auer, Fischer und Steiner saßen an ihren Arbeitsplätzen.

»Ihr Büro ist da hinten«, sagte die Rothaarige und zeigte mit dem rechten Finger auf den kleineren Raum.

»Sie sollen sofort zum Kriminaloberrat kommen. Sie finden ihn einen Stock höher«, sagte Auer.

Als er das Zimmer im zweiten Stock betrat, saß hinter einem pompösen, mit Holzintarsien versehenen Schreibtisch sein alter Freund Eugen Schmitz. Der 55-jährige große und kräftige Mann stand auf, ging auf ihn freudig zu und umarmte ihn fest:

»Endlich bist du da, Emeran!«

Schächtle nickte und bekam feuchte Augen.

Der glatzköpfige Kriminaloberrat gab ihm den Dienstausweis und die Marke der Kripo Konstanz.

»Gib mir noch die Legitimation vom BKA. Deine Dienstwaffe bekommst du oben im Waffenlager.«

»Nein, Eugen, ich will keine Waffe. Du weißt warum.«

»Ja, aber ich muss darauf bestehen. Du kennst die Vorschriften.«

»Gut, ich hole sie und werde sie im Schreibtisch verstauen, vorläufig.«

Schmitz ging auf eine Diskussion mit seinem Freund nicht ein. Er kannte den Stursinn von Schächtle.

Etwas entfernt saß auf einem Stuhl eine kleine, pummelige Frau mit schwarz-grauen Stoppelhaaren. Sie trug eine schwarze Hornbrille, war etwa Mitte vierzig und hatte ein nichtssagendes graues Kostüm an. Ein kritischer Gesichtsausdruck musterte den Hauptkommissar von oben nach unten.

»Emeran, das ist unsere Staatsanwältin Dr. Lisa Marie Kreiser. Sie ermittelt im Fall des ermordeten Münstermesners.«

Er wollte ihr die Hand geben, sie verweigerte dies, stierte ihn nur an.

Als Schmitz an seinen Schreibtisch zurückging, flüsterte sie ihm zu:

»Ich mag Sie nicht, Schächtle. Auer wäre der Posten zugestanden, nicht Ihnen. Aber Sie, ein Psycho, bekommt die Stelle wegen der Beziehung zum Leiter der Kripo. Ich verspreche Ihnen, ich werde Sie vernichten.«

Mittwoch, 16. März 2011
4 Uhr

Emeran Schächtle hatte in dieser Nacht kaum geschlafen. Die Worte von Lisa Marie Kreiser konnte er nicht vergessen. Laufend dachte er daran, bekam Angstzustände, sein Körper zitterte. Albträume quälten ihn und er sah neben seiner toten Frau die gehässige Staatsanwältin.

»Du bist schuld am Tod von Elvira. Deinetwegen musste sie sterben. Jetzt willst du weitermachen, wie zuvor. Das lasse ich nicht zu!«, schrie diese und würgte ihn.

Schweißgebadet wachte er gegen vier Uhr morgens auf. Er duschte lange, das heiße Wasser tat ihm gut.

»Die macht mich nicht fertig. Die nicht!«, sagte er laut zu sich, während er aus der Dusche stieg.

Er frühstückte, griff zur Konstanzer Tageszeitung, dem Südkurier. Die Titelüberschrift stach ihm sofort ins Auge:

Tod in der Münstersakristei

Mesner kaltblütig ermordet.

»Auch das noch, das geht ja gut los. Da werde ich weiteren Druck von der Kreiser bekommen.«

Gegen sechs Uhr holte er sein Fahrrad und fuhr ins Polizeipräsidium. Er studierte die Akten des Mesnermordes,

viel wusste man bis jetzt nicht. Als er sich einen Kaffee zube-
reitete, fragte eine helle Stimme freundlich:

»Bekomme ich auch einen?«

Es war Angelika Fischer. Schächtle gab ihr die Tasse und
wunderte sich:

»Sie sind aber früh da.«

»Es ist kurz vor acht Uhr, Herr Hauptkommissar. Ich
war bei den Kollegen von der Schutzpolizei. Das mache ich
jeden Morgen, um zu erfahren, was in der Nacht geschehen
ist. Könnte ja sein, dass was für uns dabei ist.«

»Das nenne ich Einsatzbereitschaft. Wo sind Auer und
Steiner?«

»Dirk ist bei der Recherche im Computerzentrum. Franz
Josef habe ich heute noch nicht gesehen.«

In diesem Augenblick betraten Auer und Steiner das
Dezernat. Schächtle begrüßte sie und bat die Kollegen in
sein Büro.

»Ich weiß nicht, wie mein Vorgänger Wolfgang Ambs es
gehandhabt hat. Ich erwarte von jedem, dass er pünktlich
zum Dienst erscheint«, und schaute dabei Auer genau an.

»Ich werde je nach Bedarf morgens eine Besprechung ab-
halten. Wert lege ich auf kollegiale Zusammenarbeit. Keine
Alleingänge, damit bringt man sich nur unnötig in Gefahr.
Wenn ihr Probleme habt, könnt ihr auch zu mir kommen.
Ich habe für alles ein offenes Ohr«, fuhr Schächtle fort, als
sie sich um seinen Schreibtisch setzten.

Stille im Raum. Man spürte, dass jeder nachdachte, denn
sowas hatte keiner erwartet. Einen solchen lockeren Führungsstil kannte man bisher nicht.

»Herr Hauptkommissar, es gefällt mir, was Sie da sagen.
Ich glaube, das wird eine fruchtbare Zusammenarbeit«,
sagte Fischer begeistert.

»Da wären wir beim nächsten Thema. Ich möchte von keinem meiner Mitarbeiter hören, dass sie mich mit meinem Dienstrang ansprechen. Ich bin es gewohnt, meine Kollegen zu duzen. Diese natürlich auch mich. Man spricht sich mit dem Vornamen an. Was habt ihr dazu für eine Meinung?«

»Das finde ich gut. Ambs mussten wir siezen, darauf legte er Wert«, sagte Auer.

»Ja das stimmt, er war noch von der alten Schule«, meinte Fischer.

»Es gehört sich nicht, einen Hauptkommissar zu duzen«, sagte Steiner.

»Du kannst Dirk sagen, ich wünsche es sogar. Deine Schüchternheit lege bitte ab. Ich möchte auch deine Ansichten hören, nicht nur die der anderen.«

»Danke, ich werde mich bemühen.«

»Nur dass eines klar ist: Ich heiße Franz Josef. Und nicht nur Franz. Schließlich haben mich meine Eltern nach dem ehemaligen Ministerpräsident von Bayern, Franz Josef Strauß, benannt.«

»Wir werden deinen Wunsch respektieren«, sagte Schächtle.

»Mensch Auer, mach nicht so ein Aufheben um deine Person«, sagte Angelika Fischer.

»Wenn wir jetzt das Organisatorische geklärt haben, wenden wir uns dem Tagesgeschäft zu.«

Er knallte den Südkurier auf den Tisch.

»Habt ihr das gelesen?«

»Ja, aber wir kennen doch die Sensationspresse«, meinte Auer.

»Wir müssen den Fall schnellstens aufklären, sonst gibt es Ärger. Die Staatsanwältin will mir sowieso ans Bein pinkeln.«

»Die ist nicht einfach. Auch Ambs hatte seine Probleme mit ihr. Sie will Karriere machen. Dafür ist ihr jedes Mittel recht«, versuchte Angelika Fischer ihren Chef zu beruhigen.

»Was wissen wir über das Mordopfer?«, fragte Schächtle.

»Karl Brunner war kein unbeschriebenes Blatt«, berichtete Steiner.

»Was hast du ermittelt, Dirk?«

»Der ist in den letzten dreißig Jahren mehr gesessen, als dass er in Freiheit war. Es waren Kleinigkeiten wie Diebstahl, Betrügereien, Körperverletzung. Er galt als brutal und unberechenbar. Das erste Mal saß er 1982 wegen verschiedener Kleinverstöße zwanzig Monate in Stammheim. Dann saß er…«

»Hey Dirk, du willst uns aber nicht seinen Lebenslauf vorlesen?«

»Ich finde es eine Unverschämtheit, wenn man jemanden unterbricht, während er Ermittlungsergebnisse bekannt gibt, Franz Josef, nicht bei mir!«

Auer lehnte sich beleidigt zurück.

»Mach weiter Dirk«, sagte Schächtle.

»Brunner wurde im November 2010 aus der Haftanstalt Bruchsal entlassen. Im Dezember ist er in Konstanz aufgetaucht. Auf einmal war er Mesner im Münster.«

Der Hauptkommissar schaute sich die Akte an:

»Der hat eine Latte an Vorstrafen. Wir sollten den Münsterpfarrer befragen, wie er das sieht.«

»Franz Josef, was meinst du dazu? Du bist doch der Pfarrgemeinderatsvorsitzende der Münsterpfarrei«, sagte Fischer.

»Normalerweise entscheidet der Stiftungsrat, wenn ein Posten in der Pfarrei besetzt wird. Dieses geschieht nach einer Ausschreibung in der Zeitung. In diesem Fall hat es der Pfarrer selbst angeordnet. Er brauchte dringend einen Mesner und er übersieht uns dabei meistens. Pfarrer Geiger ist nicht einfach.«

Da klingelte das Telefon, Schächtle ging ran:

»Hier spricht Dr. Walter Spaltinger, der Rechtsmediziner. Könnten Sie zu mir kommen? Ich möchte Ihnen was zeigen.«

»Tut mir leid, ich bin in einer Besprechung. Bringen Sie mir doch den Bericht hierher.«

»Herr Hauptkommissar, ich habe mich ins Zeug gelegt und diesen Fall bevorzugt. Bitte kommen Sie jetzt. Es geht auch nicht lang«, brummte es ärgerlich am Ende des Telefons.

»Wo ist das?«

»Im Keller des Polizeipräsidiums, im hintersten Teil des Flurs ist die Rechtsmedizin. Bis gleich.«

»Ich muss zu Spaltinger, weiß jemand, wo das genau ist?«

»Wenn du willst, gehe ich mit«, sagte Fischer.

Als sie die Räume betraten, wurde Schächtle übel. Am Boden und den Wänden waren weiße Fliesen und es roch nach Formalin. Das alles erinnerte ihn an den Tod von Elvira. Er wollte umkehren, da kam der Arzt auf ihn zu.

»Da ist ja der Hauptkommissar. Wieso sind Sie so blass, wir waren doch noch nicht bei der Leiche?«

Schächtle hatte das Gefühl, dass es ihm den Boden unter den Füßen wegzog. Angelika Fischer bekam das mit und stützte ihren Chef.

»Spaltinger. Sie wissen genau, was Emeran für ein Schicksal hinter sich hat, Pietät besitzen Sie wohl keine?«

»Lassen wir das, sonst müsste ich gegen Sie eine Dienstaufsichtsbeschwerde loslassen wegen Beleidigung.«

Sie gingen in den nächsten Raum, wo auf dem Seziertisch

die nackte Leiche des Mesners lag. An dessen Oberkörper sah man die Schnitte von der Untersuchung. Spaltinger hob den Toten hoch, sodass dieser saß, und zeigte Schächtle die Einschussstelle.

»Also, der Tod trat gegen Mitternacht ein. Ursache war, wie vermutet, der aufgesetzte Schuss in die linke Schläfe. Er war sofort tot. Genaueres steht in meinem Bericht. Ach ja, auf seiner rechten Hand sind abgewischte, fremde Blutspuren. Die müssten vom Täter stammen.«

»Deswegen hätten Sie uns nicht herbestellen müssen. Das haben Sie uns gestern am Tatort schon gezeigt!«, rief Fischer.

Schächtle stand direkt am Tisch, ging aber einige Schritte zurück, als Spaltinger die Leiche hinlegte.

»Mensch, Mann, schauen Sie sich den Toten genau an. Ich sagte schon einmal, dass der Ihnen nichts mehr tut.«

»Spaltinger, es tut mir leid. Auch wenn ich Gefahr laufe, dass Sie beleidigt sind:

Sie haben ein Gemüt wie ein Nilpferd«, rief Fischer, bevor sie untergehakt mit dem zitternden Schächtle die Rechtsmedizin verließ.

Als sie das Büro betraten, saßen Auer und Steiner an ihren Schreibtischen.

»Gibt es was Neues?«, fragte der glatzköpfige Kommissar.

Schächtle hatte seine normale Gesichtsfarbe wieder bekommen. Er berichtete vom Termin bei dem Rechtsmediziner.

»Jetzt sind wir so schlau wie vorher. Von wem sind die fremden Blutspuren? Wir werden die Sache durch den Zentralcomputer beim BKA laufen lassen«, sagte Fischer.

»Mach das, Angelika, mit Sicherheit haben die eine DNA«, meinte der Hauptkommissar.

»Stör ich?«

Klaus Ringer von der KTU streckte den Kopf in das Büro hinein.

»Ja, aber komm rein«, brummte Auer.

»Der Fundort war nicht der Tatort. Der Mörder wurde gestört, hat die Leiche im Schrank versteckt. Zudem sind fremde Blutspuren auf dem dunklen Parkettboden in der unteren Sakristei und auf der Treppe zur oberen Sakristei gefunden worden.«

»Mensch, Ringer, dass wissen wir doch längst mit den fremden Blutspuren. Hast du …«

»Franz Josef, ich habe dir schon vorher gesagt, man unterbricht jemand nicht, während er Ermittlungsergebnisse bekannt gibt.«

»Sag ja schon nichts mehr«, meinte Auer und lehnte sich beleidigt zurück.

»Der Mesner muss sich mit einem scharfen Gegenstand, eventuell einem Messer, gewehrt haben«, berichtete Ringer weiter.

»Ja, hier steht es. Das Blut auf dem Boden und der Treppe ist identisch mit dem auf der Hand des Opfers. Ebenfalls wurden an seiner Kleidung dieselben Blutspuren entdeckt«, zitierte Schächtle aus dem Obduktionsbericht.

»Wie kommst du auf ein Messer, Klaus?«, fragte Fischer.

»Wir haben Stofffetzen von einem Trenchcoat auf dem Parkettboden in der unteren Sakristei gefunden. Auf denen war auch das gleiche Blut. Das kann nur mit einem Messer passiert sein.«

»Was gibt es sonst noch, was wir nicht wissen?«, fragte Schächtle.

»Die Tatwaffe ist eine Pistole der Marke Browning SFS 9 mm. Diese Waffe wurde im Jahre 1986 bei einem Mord an einer Prostituierten in Lahr verwendet. Zuvor wurde diese mit einem blauroten Seidenhalstuch erwürgt. Der Täter wollte sicher sein, dass sie auf jedem Fall tot ist. Das Seidentuch ist damals auf unerklärliche Weise vom Tatort verschwunden. Auch die Waffe wurde nie gefunden und ist bisher bei keiner anderen Tat benutzt worden.«

»Danke Herr Ringer, für die Information«, sagte Schächtle.

»Dirk, recherchiere alles über den Mord an der Prostituierten. Rufe bei der Kripo in Lahr an und versuche die Akten zu bekommen. Angelika, du setzt dich mit der Haftanstalt in Bruchsal in Verbindung. Wer waren die Mithäftlinge von Brunner? Hatte er Feinde, die ihn töten wollten? Wer wurde zur gleichen Zeit wie er entlassen? Wo sind die jetzt?«

Als Fischer und Steiner gingen, fragte Auer:

»Was machen wir?«

»Ich muss mit dir reden. Seit wir uns kennen, habe ich das Gefühl, dass du gegen mich bist. Wieso?«

»Das musst du dir einbilden. Ich bin ein bruddliger Typ, meistens schlecht gelaunt, aber nimm mich, wie ich bin. Dann kommen wir gut miteinander aus.«

»Was soll die Bemerkung der Staatsanwältin, du hättest den Posten als Dezernatsleiter verdient?«

»Sie hätte das gern gehabt, ich bin dazu nicht befähigt. Das ist eine Nummer zu groß für mich.«

»Hast du dich beworben für die Stelle?«

»Ja, nur um der Kreiser einen Gefallen zu tun.«

Schächtle konnte sich mit dieser Antwort nicht zufriedengeben, aber er bohrte nicht weiter. Mit der Zeit würde er es wohl erfahren.

»Franz Josef, wie war der Name des Münsterpfarrers?«

»Der heißt Geiger, ist so Mitte fünfzig. Er hat die Meinung, dass wir keinen Pfarrgemeinderat brauchen, die Entscheidungen fällt er. Deshalb gibt es auch immer wieder Reibereien.«

»Wie sieht er denn aus?«

»Er ist knapp zwei Meter groß, dick, hat eine Glatze mit einem braunen Haarkranz. Stinkt nach Tabak und Schweiß.«

»Heißt er Emanuel mit Vornamen?«

»Ja, kennst du ihn?«

»Eventuell, wenn es der ist, den ich meine. Kann mir aber nicht vorstellen, dass der Priester geworden ist, der alte Gauner.«

»Sollten wir ihn nicht verhören? Hatte er einen Grund, seinen Mesner zu ermorden?«, fragte Auer.

»Würdest du ihm einen Mord zutrauen? Wie war sein Verhältnis zu Brunner?«

»Ich traue jedem zu, einen umzubringen. Wie er mit ihm ausgekommen ist, weiß ich nicht.«

»Aber du bist der Vorsitzende des Pfarrgemeinderates. Du musst doch wissen, ob es Ärger mit dem Mesner gab?«

»Ich weiß gar nichts, was den Mesner betrifft. Das ist alleine die Angelegenheit von unserem Pfarrer.«

»Franz Josef, wir gehen jetzt zum Pfarrhaus, statten Geiger einen Besuch ab. Er muss uns einiges erklären«, beendete der Hauptkommissar die Unterredung.

Als Schächtle und Auer das Präsidium verlassen wollten, hörten sie den Pförtner rufen:

»Kommen Sie bitte, es gibt Neuigkeiten.«

Sie gingen in die Büros der Schutzpolizei. Polizeikommissar Schiele erwartete sie bereits.

35

»Wir haben den Täter vom Mesnermord.«

»Wie kam denn das?«, fragte Auer.

»Der Mann heißt Kurt Eisenreich und ist bei uns bekannt. Er ist ein Nichtsesshafter und hat heute Morgen bei einem Streit seinen Kumpel Oskar Reinhardt mit einem Messer lebensgefährlich verletzt. Dieser starb auf dem Weg ins Krankenhaus.«

»Wie kommen Sie darauf, dass der Stadtstreicher der Mörder von Brunner ist?«, erkundigte sich Schächtle.

»Er hatte einen Hut und einem Trenchcoat an, den er angeblich am Münster fand. An diesem wurden fremde Blutspuren entdeckt. Darin soll auch das Messer gewesen sein, mit dem Reinhardt erstochen wurde. Am linken Arm des Mantels waren Spuren mit Blut und ein Schnitt. Die KTU untersucht die Sachen. Mit Sicherheit dürfte die DNA vom Mesner daran sein. Allerdings hatte Reinhardt zuvor Eisenreich mit dem Messer am linken Oberarm ziemlich verletzt.«

»Ich erinnere mich, Eisenreich hatte immer am linken Seiteneingang des Münsters übernachtet. Er und das Mordopfer waren zerstritten.«

»Das sind doch nur Mutmaßungen, Franz Josef.«

»Den nehmen wir in die Zange. Dann haben wir unseren Mörder und können den Fall abschließen«, sagte Auer.

»Nicht so schnell. Wir brauchen das Ergebnis von der KTU. Selbst wenn Spuren vom Mordopfer daran sind, heißt das nicht, dass der Beschuldigte der Täter ist.«

»Frank, bring uns den Verdächtigen ins Vernehmungszimmer oder sollen wir zuerst zum Pfarrer, Emeran?«

»Nein, wir verhören Eisenreich. Ist der Tatverdächtige vernehmungsfähig, trotz der Verletzung?«

»Ja, wir haben ihn im Krankenhaus behandeln lassen.«

Auf einmal ging die Türe stürmisch auf.

»Gratuliere, ihr habt den Täter?«, fragte Schmitz freudig und rieb sich die Hände.

Dahinter kam die Staatsanwältin.

»Glück gehabt, Schächtle, dass Sie den Mörder schon erwischt haben.«

»Der Fall ist noch nicht aufgeklärt. Wir haben einen Verdächtigen, mehr nicht.«

Mittwoch, 16. März 2011
10 Uhr

Pfarrsekretärin Maria Weiler saß gelangweilt in ihrem Büro. Sie drehte sich mit ihrem Stuhl, sah die hell gestrichenen Wände und die Holzregale mit den unzähligen Aktenordnern. Sie schwang immer schneller, bis ihr fast übel wurde. Aus der Küche roch es nach verdorbenen Fett.

»Die Haushälterin von Hochwürden könnte weniger geruchsstark kochen«, sagte sie leise zu sich.

Sie hatte sich einmal beim Pfarrer deswegen beschwert. Der meinte nur, sie solle sich nicht so anstellen, schließlich sei sie zum Arbeiten da. Maria stand auf, ging an den Spiegel. Sie rückte ihren wuchtigen Busen zurecht, sodass es auffiel und kämmte ihre halblangen braunen Haare langsam durch.

»Mit deinen neunundreißig Jahren siehst du doch ganz gut aus. Du bist zwar klein und pummelig, dein rundliches Gesicht hat etliche Sommersprossen, aber deine Kurven machen die Männer ganz verrückt.«

Sie grinste und setzte sich hinter ihren kiefernen Holzschreibtisch.

Der Pfarrer kommt erst in einer Stunde, ich habe noch Zeit, dachte sie.

Sie ging an den Computer, fing an einen Brief zu schreiben. Plötzlich hörte sie auf, einige Tränen kullerten über ihr pausbäckiges Gesicht, sie hing ihren Gedanken nach:

Schon immer hatte sie den Wunsch es in der Kirche zu tun. Ja, sie, die Pfarrsekretärin, wollte einmal im Beichtstuhl des Münsters mit einem Mann Sex haben. Dass dies ein Sakrileg sei, das wusste sie. Der Wille war jedoch größer als die Vernunft. Mit ihrem Ehemann Peter konnte sie es nicht tun. Sie hatte es ihm vor einigen Wochen vorgeschlagen. Er aber hatte sie als versaute Schnalle betitelt. Dann traf sie den, der dazu bereit war. Vor einigen Tagen waren sie nachts ins Münster gegangen und hatten Sex. Sie stöhnte so laut, dass man es in der gesamten Kirche hören musste. Plötzlich wurde die Türe des Beichtstuhls aufgerissen. Draußen stand der Mesner Karl Brunner.

»Ja was macht denn ihr da? Wenn das der Pfarrer erfährt, gibt es Ärger. Ich werde es ihm sagen müssen, das ist meine Pflicht.«

Ausgerechnet der Mesner, mit dem sie nie auskam. Der hatte sich an sie rangemacht und wollte es mit ihr treiben. Dieser kleine, faltenreiche, hässliche Kerl war nicht ihr Typ. Schon bei dem Gedanken bekam sie eine Gänsehaut.

In diesem Augenblick stürzte ihr Liebhaber halb nackt, wie er war, hinaus. Er packte Brunner am Kragen, gab ihm einen Kinnhaken, dass dieser auf den kalten Steinboden fiel. Nun hob er ihn hoch und flüsterte ihm zu:

»Wenn du irgendjemanden was sagst, bist du tot.«

»Lass die sinnlose Drohung, ich melde mich. Schweigegeld brauche ich schon, sonst mache ich euch fertig«, sagte er und rannte Richtung Thomaschor.

Ihr Geliebter wollte hinterher, aber Maria hielt ihn fest:

»Nein, lass ihn bitte in Ruhe. Nicht dass noch was passiert.«

Sie verließen gemeinsam das Münster, die Lust war ihnen vergangen.

Jetzt war der Mesner eines gewaltsamen Todes gestorben. Ob ihr Liebhaber ihn doch umgebracht hatte?

Maria ging zum Waschbecken und wusch ihre Tränen ab.

»Was machst du da? Reinigen kannst du dich auch daheim.«

»Hochwürden, wie sehen Sie denn aus?«

Pfarrer Geiger, ein korpulenter, kräftiger Mann, stand vor ihr, er blutete am linken Arm durch das weiße Hemd hindurch.

»Ich habe mir einen Spiegel für mein Bad gekauft. Den wollte ich heute Morgen montieren, da krachte er auf einmal auf den Boden. Ich rutschte aus, fiel mit meinem linken Oberarm direkt in eine aufstehende Scherbe hinein. Es ist ein tiefer Schnitt. Bei meinem Gewicht blieb die spitze Scherbe stecken. Ich habe sie unter Schmerzen herausgezogen. Danach habe ich mich notdürftig verbunden. Komm, mach mir einen frischen Verband.«

Geiger zog seinen schwarzen Kittel und das blutverschmierte Hemd aus. Als die Pfarrsekretärin die Wunde sah, erschrak sie.

»Sie sollten ins Krankenhaus, das muss genäht werden.«

»Papperlapapp!, verbinde mich, ich muss in die Schule zum Unterricht.«

Auer betrat als Erster den weiß lackierten Vernehmungsraum. Ein Fenster gab es nicht, jedoch einen Parabolspiegel. Dort stellte sich der Kommissar hin und polierte mit einem weichen Tuch seine Glatze. Er wusste genau, dass auf der anderen Seite im Flur jemand stand und ihn beobachtete. An dem länglichen Kunststofftisch, um den noch sechs Schalensitze standen, saß der beschuldigte Eisenreich.

In der hinteren Ecke stand ein Schutzpolizist zur Bewachung des Verdächtigen.

»Du kannst gehen, wir übernehmen«, sagte der Kommissar.

»Ich habe Anweisung zu bleiben, bis der Hauptkommissar da ist.«

»Geh jetzt, das ist ein Befehl!«, schrie Auer.

»Was schreist du den Kollegen so an?«, fragte Schächtle, als er das Zimmer betrat.

»Nicht so wichtig, ich wollte nur, dass er geht. Schließlich führen wir das Verhör durch und nicht die Schutzpolizei.«

»Sie können gehen, Herr Kollege, und vielen Dank. Halten Sie sich aber bitte auf dem Flur bereit«, sagte Schächtle zu dem Polizeibeamten.

Dann teilte er Eisenreich ruhig und sachlich mit, dass er als Beschuldigter gelte und das Recht habe, jede weitere Aussage zu verweigern. Auch könnte er einen Anwalt hinzuziehen.

»Herr Eisenreich, wir werden die Vernehmung wegen des Protokolls aufnehmen. Sind Sie damit einverstanden?«

»Es ist mir egal, ich bin eh geliefert. Einen Anwalt brauche ich nicht, kann ihn mir nicht leisten. Ich gebe zu, dass ich meinen Kumpel Ossi abgestochen habe. Das macht mir schwer zu schaffen. Wieso habe ich mich so gehen lassen? Das frage ich mich die ganze Zeit. Aber den Mesner habe ich nicht ermordet. Das kann ich vor Gott beschwören.«

»Du lügst, wenn du dein Maul aufmachst. Natürlich bist du der Mörder von Brunner. Du hattest Probleme mit ihm, weil er dich nicht übernachten lassen wollte«, schnauzte Auer den Verdächtigen an.

»Franz Josef, nicht so laut. Herr Eisenreich, erklären Sie

mir bitte, wie Sie in den Besitz des Trenchcoats, des Hutes und des Messers gekommen sind?«

»Das sagte ich doch bereits. Ich habe alles gestern Morgen am Münster gefunden. Es wurde mir geschenkt und nicht von mir gestohlen. Ich hatte die Genehmigung des Pfarrers dort zu übernachten!«, schrie Eisenreich verzweifelt.

Da klingelte das Telefon.

»Vernehmungsraum eins, Auer. Das ist wunderbar, endlich habt ihr schnell gearbeitet.«

»Was ist los, wer war das?«, fragte Schächtle.

»Es war die KTU. Du bist nicht der Mörder des Mesners? Verrate mir, wie die Blutspuren vom Mordopfer auf den Trenchcoat hingekommen sind?«

»Ich gebe zu, ich habe Ossi umgebracht. Aber Brunner nicht, das schwöre ich vor Gott.«

»Sie wiederholen sich, Eisenreich. Damit wird die Tat nicht ungeschehener. Tatsache ist, dass Sie erheblich unter Tatverdacht stehen. Die Spuren auf Mantel und Messer reichen aus einen Haftbefehl für Sie zu bekommen. Wo waren Sie denn in der Nacht vom 14. auf den 15. März gegen Mitternacht?«

»Das wissen Sie doch, ich habe am Seitenportal des Münsters geschlafen.«

»Hast du Zeugen, hat dich jemand gesehen?«

»Nein, ich schlafe immer alleine. Glauben Sie mir, ich bin kein Mörder.«

Plötzlich stand Auer auf, packte den Verdächtigen und riss ihm den linken Hemdärmel hoch. Der schrie vor Schmerzen.

»Spinnst du, Franz Josef, was soll das?«

»Wir wissen, dass der Täter am linken Oberarm von

Brunner mit dem Messer verletzt worden ist. Es wurde zudem fremdes Blut und Stoffpartikel auf dem Klappmesser gefunden.«

»Aber die Verletzung stammt doch von Ossi.«

»Wenn du dich blenden lässt, Emeran, ich nicht. Der beschuldigte Penner hat seinen Kumpel so lange provoziert, bis dieser zustach.«

»Du meinst, er hatte sich absichtlich von Ossi verletzen lassen?«

»Wieso nicht? So könnte er die Verwundung am linken Oberarm, die er vom Mesner bekam, verschleiern.«

»Das stimmt nicht, Herr Kommissar. Ich bin kein Mörder. Gott ist mein Zeuge.«

Auer packte den Verdächtigen am Kragen, schüttelte ihn und schrie:

»Lüg mich nicht an. Du beleidigst meine Intelligenz. Gib endlich zu, dass du Brunner ermordet hast!«

Dann gab er Eisenreich einen Kinnhaken, dass er auf den Boden flog und zusammenbrach. Schächtle stürzte sich auf seinen Mitarbeiter und riss ihn weg.

»Franz Josef, Schluss damit. Diese Verhörmethoden dulde ich nicht, merk dir das.«

Nun ging der Hauptkommissar an die Türe und sagte zu dem Beamten der Schutzpolizei:

»Führen Sie Eisenreich ab, aber wir sind noch nicht fertig mit ihm.«

»So was wie eben möchte ich nicht mehr erleben. Solche Polizeimethoden lehne ich grundsätzlich ab.«

»Was meinst du, wer du bist? Nur weil du dich jetzt Chef von unserem Dezernat nennst, kannst du alles verändern? Über ein Jahr habe ich es kommissarisch geleitet. Ja, ich hatte mich für diesen Posten beworben. Ich hatte gehofft, den Job zu bekommen. Wer kriegt ihn? Ein Psycho wie du. Nur wegen deiner Freundschaft zu Schmitz und dem höheren Dienstrang. Das stört mich gewaltig. Übrigens ich verhöre immer so. Die lügen, und wenn du Druck ausübst, gestehen sie. Aber davon hast du ja keine Ahnung.«

Schächtle wurde nervös, begann zu zittern. Es drehte sich alles bei ihm und er verließ den Raum. Er hatte Angst umzufallen, so übel war ihm. Er ging ans Fenster im Flur um frische Luft einzuatmen, merkte, wie ihm das guttat. Da klopfte ihm die Staatsanwältin Kreiser auf die Schulter:

»Kommen Sie mit, wir müssen reden.«

Kaum waren sie im Büro von Kreiser, fing sie an:

»Ich habe die Unterhaltung zwischen Auer und Ihnen am Parabolspiegel mitbekommen. Schächtle, ich gebe Ihnen einen guten Rat, kündigen Sie diese Stellung sofort. Sie sind nicht fähig, aufgrund Ihres Erlebnisses und Schicksals dieses Dezernat zu leiten. Sie können nicht weiter als Polizeibeamter arbeiten. Sie waren angeblich früher sehr gut. Aber seitdem Sie Ihre Frau erschossen haben, sind Sie nicht mehr zu gebrauchen. Lassen Sie sich pensionieren, begeben sie sich in psychologische Behandlung. Überlassen Sie geeigneten Kriminalbeamten diesen Job. Franz Josef Auer ist der Beste dafür, ich werde alles tun, dass er den Posten bekommt.«

Schächtle hielt sich stehend am Tisch fest. Er war blass, es ging ihm nicht gut. Er bekam kein Wort heraus. Teilnahmslos schlich er sich aus dem Büro und setzte sich im Flur auf einen Stuhl.

Da kam Schmitz entlang und sah seinen bleichen Freund.

»Was ist los, Emeran, geht es dir nicht gut?«

»Eugen, ich werde kündigen.«

Franz Josef Auer verließ den Vernehmungsraum nachdem er sich nochmals Eisenreich vorgenommen hatte.

»Geht doch. Wenn ich die Kerle vernehme, klappt die Sache«, sagte er siegessicher zu sich selbst. Er überlegte, wo er hingehen sollte, denn Schächtle wollte er jetzt nicht begegnen.

»Der dreht nur durch, wenn er mich sieht.«

Da stand er vor dem Büro der Staatsanwältin, klopfte, und streckte seinen Kopf hinein.

»Störe ich dich oder hast du kurz Zeit, Lisa?«

»Komm rein, Franz Josef, schön das du vorbeischaust.«

Marie Luise Kreiser ging auf Auer zu, umarmte ihn, zog dabei seinen Kopf zu sich herunter und gab ihm einen festen Kuss auf den Mund.

»Nicht so stürmisch!«

»Ich habe dich so lange nicht mehr gesehen, geschweige gespürt. Du fehlst mir.«

»War Schächtle bei dir? Er ist vorher während der Vernehmung rausgestürzt, als sei der Teufel hinter ihm her. Seitdem ist er unauffindbar.«

»Ich sah eure Unterhaltung vom Flur aus. Daraufhin nahm ich ihn mir vor und habe ihm geraten, dass er seine Kündigung einreicht. Der ist bald weg, glaub mir. Dann bekommst du den Posten als Leiter des Dezernats. Nun schuldest du mir was.«

Kreiser ging auf Auer zu, griff seine rechte Hand und legte sie auf ihren kleinen Busen. Dann nahm sie seine Linke und zog sie in ihren Schritt.

»Komm, lass es uns jetzt endlich wieder einmal tun. Ich brauche es dringend, das habe ich mir doch verdient? Danach verrate ich dir auch, wo du ihn findest«, flüsterte sie ihm ins Ohr.

Sie sperrte die Türe ab und zog ihn auf das rote Sofa.

Emeran Schächtle warf mit einem Knall den Dienstausweis und seine Marke auf den Schreibtisch von Schmitz:

»Eugen, ich kann nicht mehr! Gib Auer meinen Posten, ich gehe sofort. Ich hatte sowieso Bedenken, ob ich das durchstehe. Bei dem kleinsten Problem drehe ich durch. Wenn ich eine Leiche sehe, bekomme ich Angstzustände. Das tote Gesicht von Elvira erscheint mir laufend. Ich bin fix und fertig.«

»Was soll das, Emeran? Wer hat dich so bearbeitet, dass du aufgeben möchtest? Du bist nach wie vor mein bester Mann, obwohl du erst seit zwei Tagen hier bist. Ich stehe hinter dir und werde deine Kündigung nicht annehmen. Was willst du denn in Zukunft machen?«

»Ich begebe mich in die Frühpension. Ich weiß nicht, wie es weitergehen soll.«

»So, jetzt reicht es. Ich habe mich für dich eingesetzt, dass du den Posten bekommst. Es war ein Kampf, weil es noch andere gute Bewerber gab. Ich habe beim Innenministerium erreicht, dass du die Sondergenehmigung bekommst, weiterzuarbeiten, trotz deiner psychischen Erkrankung. Du willst bei der ersten Schwierigkeit das Handtuch werfen? Nein, Emeran, dass lasse ich nicht zu. Denke an Elvira, sie hätte es auch nicht gewollt. Mein Patenkind, deine Tochter Franziska, die auf der Polizeischule in Biberach ist, wird enttäuscht sein. Du bist ihr großes Vorbild. Und wie willst du dies deinem Sohn erklären? Soll er wegen dir sein Medizinstudium in Berlin hinschmeißen, nur weil du aufgibst? Du bist Polizist durch und durch, dass weiß ich genau.«

»Wieso soll Thomas sein Studium abbrechen?«

»Weil du von dir aus kündigst. Mit der Pension, die du dann bekommst, kannst du es nicht mehr finanzieren.«

Beide schwiegen sich einige Zeit an.

»Wer steckt dahinter? Hat Auer versucht dich fertigzumachen?«

»Nein, mit dem hatte ich eine Diskussion wegen seiner Verhörmethoden. Die Staatsanwältin hat mir geraten, aufgrund der Ereignisse, die ich erlebt habe, zu kündigen. Und sie hat recht, Franz Josef ist der bessere Leiter des Dezernats.«

»Jetzt will ich dir was sagen. Auer würde den Job auf keinen Fall bekommen. Da waren andere Kandidaten da. Du bekamst den Zuschlag, weil du sehr gut bist und als Konstanzer dich mit den Örtlichkeiten hier genau auskennst. Also enttäusche uns nicht. Ich rate dir, dass du dich zu unserer Psychologin in Behandlung begibst. Ich mache sofort einen Termin für dich.«

Schmitz streckte den Dienstausweis und die Marke zu Schächtle hin. Er nahm beides etwas zögerlich zu sich.

»Eugen, ich mache weiter, im Sinne von Elvira und meinen Kindern. Das mit der Psychologin vergessen wir. Ich bin doch nicht verrückt oder muss ich?«

»Nein, es ist nur ein Vorschlag. Überlege es dir nochmals, es wäre besser für dich. Ich werde mit dem Oberstaatsanwalt sprechen. Wenn Kreiser noch einmal so unfair gegen dich vorgeht, wird sie zu einer anderen Staatsanwaltschaft versetzt, das garantiere ich dir.«

Da klopfte es an der Türe und Auer kam herein.

»Ich habe dich gesucht, Emeran. Alles in Ordnung?«

»Ja, Franz Josef, also setzen wir das Verhör fort.«

»Nicht nötig, das habe ich bereits erledigt. Du warst ja weg, keiner wusste, wo du bist. Der Penner hat den Mord gestanden.«

»Wir verhören immer zu zweit, das weißt du. Du hast ihn

47

wohl in der Zwischenzeit genügend unter Druck gesetzt. Deine Verhörmethoden kenne ich bereits.«

»Der Fall ist gelöst, Emeran. Sei doch froh und freue dich«, sagte Schmitz.

»Verratet mir bitte, wieso nicht eine Spur, keine DNA von Eisenreich in der gesamten Sakristei zu finden war. Ist er geflogen, hatte er Handschuhe und Schuhüberzieher an? Selbst wenn das so wäre, müssten kleinere Spuren von ihm vorhanden sein. An seinem Schlafplatz wurden solche massenhaft gefunden. Glaub mir, der Nichtsesshafte ist niemals der Täter.«

Aufgewühlt verließ der Hauptkommissar das Büro von Schmitz. Er lief die Treppe hinunter, war auf dem Weg in seine Diensträume. Da sah er im Flur einen braunhaarigen, untersetzten Mann von etwa Ende dreißig, der suchend dastand. Neben ihm eine blonde, hübsche Frau mit einem orthopädischen Stock. Man sah ihr an, dass sie mit dem Stehen Probleme hatte. Er ging auf die beiden zu:

»Suchen Sie jemand?«

»Ja, wir wollen zur Mordkommission. Der Pförtner hat uns hier hochgeschickt als er dort telefonisch niemand erreicht hatte«, sagte der Mann.

»Ich bin Kriminalhauptkommissar Schächtle, der Leiter des Dezernats für Tötungsdelikte.«

»Mein Name ist Frank Seibertz. Das ist meine Frau Karla. Sie hat eine Aussage zum Mesnermord zu machen.«

»Ich war Zeuge im Münster, als Herr Brunner ermordet wurde. Ich habe nur gehört, nichts gesehen.«

In der Zwischenzeit waren die drei im Büro von Schächtle angekommen. Außer ihnen war niemand dort.

»Ich mache Sie darauf aufmerksam, dass Sie als Zeugen

hier aussagen. Sie dürfen niemand falsch beschuldigen und auch nichts verschweigen.«

Das Ehepaar bejahte, dies verstanden zu haben. Karla Seibertz berichtete detailgenau von ihrem Erlebnis im Münster. Als sie alles erzählt hatte, war es still im Zimmer. Schächtle machte nach einiger Zeit eine Schublade an seinem Schreibtisch auf, holte ein weißes Buch heraus.

»Dann gehört das wohl Ihnen? Es steht der Name Karla Grunert darin.«

»Es ist mein Kommunionsgebetbuch, Grunert ist mein Mädchenname. Ich habe es vor lauter Aufregung an diesem Abend vergessen. Brauchen Sie es noch?«

»Nein, sie bekommen es zurück. Für die Ermittlungen ist es ohne Bedeutung. Aber wieso kommen Sie erst jetzt zu uns?«

Schächtle stand auf, stellte sich neben die Blonde und schaute sie von oben prüfend an.

»Können Sie sich das nicht vorstellen? Meine Frau hatte Angst, verdammt viel Angst. Ich habe sie dazu überredet diese Aussage zu machen. Sonst wäre sie überhaupt nicht gekommen. Sie traut sich nicht mehr aus dem Haus. Wieso schauen Sie Karla so genau an?«

»Frau Seibertz, hat Sie der Täter erkannt?«

»Herr Hauptkommissar, ich habe Sie was gefragt.«

»Herr Seibertz, fragen tue ich und Sie antworten. So sind die Spielregeln bei der Kriminalpolizei. Doch in diesem Fall mache ich eine Ausnahme. Ich schaue mir die Zeugen immer genau an, so sehe ich, ob sie die Wahrheit sagen.«

Seibertz wollte sich über diese Antwort beschweren, jedoch seine Frau hielt ihn zurück.

»Nochmals meine Frage: Wurden Sie vom Täter erkannt?«

»Ich glaube nicht. Er hat mich nur aus der Entfernung gesehen, als ich geflohen bin.«

»Trotzdem müssen wir damit rechnen, dass er weiß, wer Sie sind. Sollen wir Ihnen Polizeischutz geben?«

»Wenn der Mörder es jetzt noch nicht weiß, spätestens dann. Nein danke, ich passe auf meine Frau auf. Das ist mir sicherer.«

Auf einmal ging die Türe auf und Auer kam herein.

»Franz Josef, das ist das Ehepaar Seibertz. Frau Seibertz war in der Tatnacht im Münster.«

»Ich kenne die beiden, Emeran.«

»Woher?«

»Karla ist bei uns im Pfarrgemeinderat und Frank spielt aushilfsweise bei dem Gottesdienst die Orgel.«

»Herr Schächtle, ich habe was für Sie.«

Sie wühlte in ihrer Handtasche, zog ein blaurotes Seidentuch heraus.

»Das fand ich auf der kleinen Treppe in der Sakristei.«

»Das hat der Mörder verloren«, sagte ihr Mann.

»Oder der Mesner, das könnte auch sein«, meinte Auer.

Schächtle nahm das Halstuch in Empfang, tat es in eine Plastiktüte und bedankte sich.

»Wir brauchen von Ihnen noch die Fingerabdrücke.«

»Ja warum denn das, sind wir denn verdächtig?«, empörte sich Frank Seibertz.

»Das nicht, aber wir sollten die Ihren von denen des Täters unterscheiden können. Schließlich haben Sie das Tuch angefasst. Franz Josef, bringe bitte das Ehepaar Seibertz zur KTU. Nimm das Seidentuch mit, die sollen es untersuchen. Können Sie morgen früh um acht Uhr kommen? Wir müssen noch ein Protokoll machen.«

»Ja, das geht. Ich fange erst um neun Uhr an und Karla hat sowieso Zeit.«

Als Auer mit den beiden aus dem Büro ging, stürmte Angelika Fischer hinein.

»Chef, es gibt Neuigkeiten, das hättest du nie erwartet!«

Franz Josef Auer war auf dem Heimweg.

»Warum kann Schächtle sich nicht damit zufriedengeben, dass der Penner der Täter ist?«, sagte er.

Als er seine Wohnungstüre in der Wallgutstraße aufschloss, kam ihm seine Frau Caroline entgegen. Sie nahm seinen Mantel und hängte ihn an die Garderobe. Dann umarmte sie ihn, dabei musste sie auf die Zehenspitzen stehen, um ihn auf die Wange zu küssen. Caroline Auer war klein, schlank und hatte schwarz-graue Stoppelhaare. Sie sah verlebt aus, hatte Falten an den Händen und im Gesicht. Die 40-Jährige sah der Staatsanwältin ähnlich. Plötzlich ging sie von ihrem Mann weg.

»Du warst bei ihr.«

»Bei wem war ich?«

»Du hast wieder mit der Kreiser geschlafen. Du riechst nach ihrem billigem Parfüm. Das ist ja nicht das erste Mal. Wieso betrügst du mich?«

»Ich habe es dir schon einmal zu erklären versucht. Ich ficke sie nur, damit ich endlich die Leitung von unserem Dezernat bekomme. Sie verschafft mir das.«

»Lass die Ausreden. Ich bin dir wohl zu alt?«

»Du bist jünger als sie. Also rede nicht so einen Blödsinn.«

»Schau mich doch mal an. Ich sehe verbraucht aus, mache den Haushalt, kaufe ein und kümmere mich um die Kinder. Beide haben Probleme in der Schule. Du sorgst dich ja um nichts. Nein, der Herr Gemahl kommt abends heim und lässt sich bedienen. Dafür, dass ich alles für ihn mache, geht er als Dank auch noch fremd.«

»Mein Beruf ist anstrengend genug. Ich habe Hunger, mach mir was zum Essen.«

»Ich bringe es dir gleich, wie immer.«

Sie ging in die Küche, um sein Essen aufzuwärmen. Da kam ein großer schlanker Junge mit dunkelblonden kurzen Haaren herein.

»Hallo Paps, alle Gauner verhaftet?«, fragte der Achtzehnjährige.

»Ich habe meine Arbeit getan, Dieter. Und du? Mama hat gesagt, du hast Schwierigkeiten auf dem Humboldgymnasium.«

»Ach, die übertreibt wie immer. Habe die letzte Mathearbeit vergeigt. Das gleiche ich wieder aus bei der nächsten. Dies verspreche ich dir.«

»Dann ist gut. Ich verlasse mich darauf. Schule ist wichtig, damit du später einen anständigen Beruf hast.«

»Ich brauche kein Abitur. Will wie du Polizist werden.«

»Um dort vorwärtszukommen, brauchst du das Abi.«

»Du hattest doch auch keines.«

»Das stimmt, dass habe ich später in Abendkursen nachgeholt. Das war ganz schön anstrengend, neben meinem Dienst bei der Schutzpolizei. Reiß dich am Riemen und bring gute Noten heim. Dann hast du eine gute Zukunft.«

»Ich strenge mich an, versprochen.«

Während Auer sein Abendessen im Wohnzimmer vor dem Fernseher zu sich nahm, blieb Caroline in der Küche. Seit Wochen diese Situation. Sie hielt das nicht mehr aus. Sie kamen gut miteinander aus, wenn er nur nicht immer fremdgehen würde. Das belastete sie sehr.

Das wird unsere Ehe auseinanderbringen. Ich will ihn heute nicht mehr sehen, dachte sie, als sie ihren Strickkorb holte.

»Hallo Mama, ist Papa schon da?«, fragte ein sechzehnjähriges pummeliges Mädchen.

»Der sitzt im Wohnzimmer. Wie geht es bei dir in der Schule?«

»Habe Probleme in Latein. Du weißt ja, das Susogymnasium ist die schwierigste Penne in Konstanz. Sollte Nachhilfe nehmen.«

Dabei strich sie sich mit den Händen durch ihre langen rotbraunen Haare.

»Das können wir uns nicht leisten, Lioba.«

»Das meine ich auch, strenge dich an, dann klappt das. Du bist doch nicht blöd«, sagte Auer, als er die Küche betrat.

»Du kannst abräumen, ich gehe ins Bett. Es ist bereits elf Uhr und ich muss morgen rechtzeitig raus«, sagte er, bevor er ins Bad ging.

Lange mache ich das nicht mehr mit, dachte sie, und ging ins Wohnzimmer.

Da stand sie und starrte aus dem Fenster.

Sie hörte, wie er hereinkam.

»Wolltest du nicht ins Bett?«

»Nicht ohne noch vorher was zu erledigen.«

Dann spürte sie seine Hände, wie sie ihre Hose und den Slip herunterzogen.

»Was soll das?«

»Ich werde meinen ehelichen Pflichten nachkommen. Du hast dich schließlich darüber beschwert.«

Sie sagte nichts, denn sie wusste, was nun kam. Seit Wochen hatten sie keinen normalen Sex mehr. Immer nur schnell hier. Sie fühlte ihn an ihrem Po. Er liebte es, sie anal zu nehmen. Und sie mochte es überhaupt nicht. Sie kam sich dabei so billig vor, wie eine Nutte. Einmal hatte sie es ihm gesagt. Daraufhin schlug er ihr mehrmals ins Gesicht, bis sie blutete. Im Krankenhaus sagte sie, sie sei die Treppe hinuntergestürzt. Seitdem lässt sie es über sich ergehen.

Sie fühlte seine großen Hände an ihren kleinen Brüsten. Gleichzeitig die Schmerzen, als er gewaltsam in ihren Po eindrang. Obwohl die ganze Prozedur nur wenige Sekunden dauerte, kam es ihr wie eine Ewigkeit vor. Jedes Mal war es für sie, wie wenn sie vergewaltigt würde. Vom eigenen Mann. Als er aus dem Raum ging, zog sie ihre Hose hoch und fing an zu weinen. Dann schleppte sie sich ins Bad um den Dreck von ihm abzuwaschen.

Donnerstag, 17. März 2011

5 Uhr

Emeran Schächtle schlief in dieser Nacht kaum. Er wälzte sich hin und her, wachte jede Stunde auf. Dieser Mordfall beschäftigte ihn zunehmend mehr, als ihm lieb war. Deshalb ging er bereits um fünf Uhr morgens ins Büro. Was ihm Angelika Fischer über Frank Seibertz berichtet hatte, erstaunte ihn. Das traute er dem sympathisch wirkenden Mann nicht zu. Er schaute sich die Aufzeichnungen von den bisherigen Ermittlungen an:

Brunner hatte während seiner Haftzeit mit sämtlichen Mithäftlingen in der JVA Bruchsal Ärger. Er hatte Schlägereien provoziert und war auch öfter in Einzelhaft. Erst im letzten Jahr seiner Haftstrafe hatte er sich bemüht, nicht aufzufallen. Deswegen war er im Oktober 2010 auf Bewährung freigekommen. Sein Bewährungshelfer in Lahr hatte ihn polizeilich suchen lassen, jedoch ohne Erfolg. In Konstanz war er offiziell nicht gemeldet. Es sind noch zwei Häftlinge mit ihm entlassen worden. Der eine ging nach Hamburg zurück, der andere nach Schopfheim. Beide hatten ihren Ort seitdem nicht verlassen und keinen Kontakt zu Brunner gehabt.

Schächtle schaute aus dem Fenster, beobachtete einige Singvögel, die von Ast zu Ast flogen. Er spielte mit seinem Kugelschreiber, war in Gedanken.

»Sie fallen als Täter aus«, murmelte er.

Er wollte weiterlesen, da klopfte es an der Türe. Angelika Fischer betrat das Dezernat.

»Emeran, die Seibertz sind da. Wie willst du vorgehen?«

»Bringe sie ins Verhörzimmer eins, stelle einen Kollegen von der Schutzpolizei zur Bewachung ab.«

Schächtle ging an seinen Schreibtisch, um die Akten zu holen. Da kam Auer ins Büro und meckerte herum.

»Was soll das? Der Täter ist verhaftet und du ermittelst weiter. Wieso?«

»Eisenreich ist nicht der Mörder. Das sagte ich schon mehrmals. Ich werde jetzt mit Angelika die Seibertz vernehmen.«

»Du gönnst mir den Erfolg nicht. Nur weil ich es geschafft habe, dass der Penner ein Geständnis abgelegt hat. Wie kommst du auf Frank und Karla? Sie war angeblich Zeugin, wobei ich das noch bezweifle. Wer weiß, was die alles gehört hat.«

»Du meinst, sie lügt?«

»Ich kenne sie. Sie sitzt bei uns im Pfarrgemeinderat, neigt zu Übertreibungen, ist überschlau.«

Der Hauptkommissar sah seinen Kollegen vorwurfsvoll an und schüttelte den Kopf:

»Komm, Angelika, wir gehen.«

»Weshalb kann ich sie nicht verhören? Schließlich habe ich den höheren Dienstrang wie die Fischer!«, schrie Auer hinterher.

»Warum lassen Sie uns so lange warten?«

Die beiden Kriminalbeamten überhörten den Vorwurf von Frank Seibertz.

»Meine gestrigen Belehrungen in Bezug der Zeugenschaft gelten immer noch. Wieso haben Sie uns verschwiegen, dass sie vorbestraft sind?«, begann Schächtle.

»Herr Kommissar, das ist doch unwichtig. Was hat das mit dem Mord zu tun?«, unterbrach Karla.

»Seibertz, wollen Sie es ihrer Frau sagen oder soll ich es tun?«

»Was meinen Sie? Karla weiß, dass ich wegen schwerer Körperverletzung mit Todesfolge vier Jahre in Bruchsal in Haft war. Ich wurde nach drei Jahren wegen guter Führung auf Bewährung entlassen.«

»Frank hat mir das bereits gestanden, als wir uns ineinander verliebt haben. Das war vor meiner Zeit, deshalb ist es für mich nicht wichtig.«

»War es das?«

»Nein, Herr Seibertz, was der Hauptkommissar meint, ist, dass Sie Brunner dort kennenlernten.«

»Sie sind während ihrer gesamten Haft mit dem Mordopfer in einer Zelle gesessen. Es gab Streitereien und Schlägereien mit ihm. Nicht nur einmal drohten Sie ihm den Tod an. Dafür gibt es Zeugen. Was sagen Sie dazu?«

»Mein Mann ist doch kein Mörder!«, schluchzte Karla.

»Es stimmt, ich bin mit Brunner in einer Zelle gesessen. Ich habe ihn bedroht, wie man das in so einer Situation macht. Ich wurde übrigens auch von ihm in die Mangel genommen. Man muss sich wehren, um im Knast zu überleben. Ich schwöre Ihnen, ich habe ihn nicht getötet.«

»Haben Sie ihn getroffen, als er nach Konstanz kam?«, fragte Fischer.

»Ja, kurz nachdem er Mesner war, lief er mir an einem Sonntag nach dem Gottesdienst über den Weg.«

»Waren Sie allein mit ihm?«

»Ja, Karla war in der Sakristei.«

57

»Was sagte Brunner zu Ihnen?«, fragte Schächtle.

Seibertz schwieg und stierte in die Luft. Er schaute seine Frau an und räusperte sich.

»Sag es ihm, Frank, es kommt sowieso raus, bitte.«

»Er hat mich erpresst. Ich sollte ihm jeden Monat fünfhundert Euro geben, dann erfahre niemand, dass ich im Knast war.«

»Haben Sie bezahlt?«

»Ja, was blieb mir sonst übrig? Ich wollte die Vergangenheit hinter mir lassen. Außerdem hatte ich kein Interesse, dass das bekannt wird. Schließlich war ich in der Zwischenzeit verheiratet und hatte einen sicheren Job. Ich war wieder jemand, angesehen in der Gemeinde. Sogar als Hilfsorganist war ich im Münster tätig. Das konnte und wollte ich nicht aufs Spiel setzen.«

»Das glaube ich Ihnen nicht, Seibertz. Die Gefahr für Sie war zu groß, dass es doch herauskäme. Weiß Ihr Arbeitgeber, dass Sie im Knast waren? Wo arbeiten Sie überhaupt?«, fragte Fischer.

»Ich bin Abteilungsleiter für Herrenmoden bei Karstadt. Meine Haft habe ich bei der Einstellung verschwiegen.«

»Das Risiko, dass in der Kirche und bei ihrem Arbeitgeber durch den Mesner herauskommen würde, dass Sie im Knast saßen, war für Sie zu groß. Zusätzlich die fünfhundert Euro Erpressergeld für jeden Monat. Das wurde Ihnen wohl mit der Zeit zu teuer. Deshalb mussten Sie dem Mesner töten, um ungestört weiter zu leben.«

»Frank Seibertz, ich nehme Sie vorläufig fest, wegen des Verdachtes, Karl Brunner ermordet zu haben«, sagte Schächtle.

Karla stand fassungslos da. Sie heulte nur noch.

»Mein Mann ist kein Mörder!«, schrie sie, während der von der Schutzpolizei abgeführt wurde.

Als sie auf dem Weg ins Büro waren, kam ihnen Dirk Steiner entgegen.

»Es gibt Ergebnisse aus Lahr. Viel Neues ist es nicht. Dass die Nutte erschossen und erwürgt wurde, hat uns Klaus Ringer von der KTU bereits mitgeteilt. Ich habe mit dem Kollegen Seilnacht telefoniert, der war damals dabei.«

»Der muss aber bereits in Pension sein, der Mord war ja 1986«, sagte Schächtle.

»Es war sein erster Fall bei der Kripo. Er war zu dieser Zeit ein junger Kriminalmeister. Jetzt haltet euch fest: Die ermordete Prostituierte hieß Ilona Brunner und war die Schwester von unserem Mordopfer.«

»Das kann kein Zufall sein. Diese beiden Morde hängen garantiert zusammen. Zudem die Tatwaffe in beiden Fällen die gleiche war. Der Mesner und seine Schwester wurden von demselben Täter getötet«, sagte Fischer.

»Das glaube ich auch. Wo ist Auer? Hat ihn jemand gesehen?«

»Der heult sich bestimmt bei seiner Freundin, der Staatsanwältin, aus, weil du ihn nicht zum Verhör mitgenommen hast«, meinte sarkastisch die rothaarige Kriminalobermeisterin.

»Haben die was zusammen?«, fragte Schächtle.

»Es gibt Gerüchte, dass sie miteinander schlafen«, antwortete Steiner.

»Angelika und ich gehen ins Pfarrhaus, befragen Pfarrer Geiger. Dirk, du bleibst hier zur Stallwache und schaust, wo sich Auer herumtreibt. Er kann nicht während der Dienstzeit machen was er will.«

Der schwarze Mercedes raste durch die Fußgängerzone in der Wessenbergstraße. Das Auto schoss den Münsterberg hoch, bremste quietschend vor den Absperrpfosten beim Eingang des Münsterturmes, und stand quer zum Pfalzgarten.

»Angelika, musst du unbedingt so rasen? Einige Leute sind direkt auf die Seite gesprungen. Falls es dir nicht aufgefallen ist, Fußgänger haben hier Vorrang«, beschwerte sich Schächtle lautstark.

»Tut mir leid, Emeran, das ist mein Fahrstil. Werde mich bemühen, langsamer zu sein. Auch wenn mir das schwerfällt.«

Sie liefen über den Pfalzgarten, an der großen Säule mit der Marienstatue vorbei zum großen Pfarrhaus, klingelten, hörten einen Summton. Die große schwere Holztüre öffnete sich. Nun gingen sie einige Stufen im Treppenhaus hinauf und rechts ins Pfarrbüro hinein.

»Was kann ich für Sie tun?«, wurden sie von einer kleinen korpulenten Frau empfangen.

»Emeran Schächtle und Angelika Fischer von der Kriminalpolizei. Wir möchten Pfarrer Geiger sprechen.«

»Ich bin die Pfarrsekretärin Maria Weiler. Ich frage Hochwürden, ob er Zeit hat«, sagte sie aufgeregt.

»Kommen Sie bitte mit«, rief sie kurz darauf und führte die beiden Kriminalbeamten in das Büro nebenan.

Der große, wuchtige Münsterpfarrer hatte seine schwarze Jacke über seinen Stuhl gehängt, saß im weißen Hemd da und schaute sich Schächtle genau an.

»Bist du es wirklich, Emeran?«

»Der bin ich, dass du mich erkannt hast, nach all den Jahren!«

»Kann mich jemand aufklären?«, fragte Fischer erstaunt.

»Wir waren früher Nachbarn in der Fischenzstraße, im Stadtteil Paradies. Auch in der Stefanschule waren wir gemeinsam, allerdings Emanuel in der Parallelklasse. Er war der Chef der Paradiesbande, zu der ich auch gern gehören wollte und deshalb eine Mutprobe machen musste.«

»Ach, lass doch die alten Geschichten.«

»Wenn das mit dem Stehlen der Handtasche geklappt hätte, wer weiß, ob ich bei der Polizei wäre? Eher Gemüsebauer, eventuell im Knast.«

»Dann hatte die Sache doch einen guten Sinn.«

»Glaub jetzt nicht, dass ich dir dafür dankbar sein muss. Dass ausgerechnet du Priester geworden bist, der größte Gauner vom Paradies!«

»Nun übertreib nicht so maßlos. Der Ruf hat mich spät erreicht, aber ich habe ihn rechtzeitig vernommen. Was kann ich für Euch tun?«

»Es geht um den ermordeten Karl Brunner. Was können Sie über ihn sagen?«, fragte Fischer.

»Er kam im Dezember 2010 zu mir ins Pfarrhaus, wollte was zu essen. Brunner erzählte mir, dass er aus der JVA Bruchsal entlassen wurde und soeben mit dem Zug angekommen sei. Auf meine Frage, wieso er nach Konstanz kam, antwortete er, er möchte hier einen neuen Anfang starten.«

»Hast du ihn sofort als Mesner eingestellt?«

»Nein, ich habe ihm den Vorschlag gemacht, bei uns als Hausmeister zu arbeiten. Er bekam auch ein Zimmer im Pfarrhaus, machte seine Sache gut. Als ich mitbekam, dass er früher in Lahr, seiner Geburtsstadt, bei den Ministranten war, fragte ich ihn, ob er nicht im Münster Mesner werden wolle. Da diese Stelle schon seit Längerem verwaist war, wurde es Zeit, dass man sie endlich besetzte.«

»Herr Pfarrer, muss das nicht der Pfarrgemeinderat beschließen?«

»Das stimmt. Aber die Kandidaten, die sich beworben haben, waren für mich nicht die Richtigen. Schließlich muss ich mit dem Mesner zusammenarbeiten und nicht der Pfarrgemeinderat.«

»Bekamst du von denen keinen Ärger?«

»Doch, aber ich bin hart im Nehmen. Dein Kollege Auer wollte sich deshalb in Freiburg beim Ordinariat beschweren. Ich bestimme, was in dieser Pfarrei geschieht, lasse mir von denen nicht vorschreiben, was ich zu machen habe.«

»Hast du deinen linken Arm schon gesehen? Alles blutverschmiert.«

»Ich weiß, habe mich heute Morgen geschnitten. Es blutet immer noch durch. Muss wohl doch zum Arzt gehen, um es nähen zu lassen.«

Geiger machte eine kleine Pause und nahm aus der obersten Schreibtischschublade eine Packung schwarzer Zigarillos und bot Schächtle eine an. Der blaue Dunst und der würzige Tabakgeruch erfüllten den Raum.

»Wie kamen Sie mit Ihrem Mesner aus?«, fragte Fischer, die einen Hustenanfall bekam, weil sie den Tabakrauch eingeatmet hatte.

»Am Anfang gut. Er tat alles, was ihm angeordnet wurde. War überpünktlich bei den Gottesdiensten. Seine Arbeit gab zu tadeln keinen Anlass. Als er sich eingelebt hatte, wurde er rebellisch und streitsüchtig. Meine Befehle hatte er nicht mehr so ausgeführt, wie ich mir dies wünschte. Die heilige Messe versäumte er teilweise, sodass unsere Putzfrau Esmeralda mir beim Ankleiden des Messgewandes helfen musste.«

»Wieso haben Sie ihn nicht entlassen?«

»Dann wäre ich wieder ohne Mesner dagestanden. Besser ein schlechter als gar keiner.«

»Das ist auch eine Einstellung. Emanuel, du kennst bestimmt den Nichtsesshaften Kurt Eisenreich?«

»Nein, wer ist das?«

»Das ist der Bettelbruder, der jede Nacht am Seiteneingang des Münsters übernachtet. Den wollen Sie nicht kennen?«, fragte Fischer etwas lauter.

»Doch, er ist mir bekannt. Ich wusste nur nicht, wie er heißt. Was ist mit ihm?«

»Wir haben ihn wegen Verdachts des Mordes an Brunner verhaftet.«

»Dass der das getan hat, kann ich mir nicht vorstellen. Er stiehlt, betrügt auch jemanden, ermorden – das ist eine Nummer zu groß für ihn.«

»Er hat die Tat gestanden. So wie es aussieht, wird die Staatsanwältin Anklage erheben.«

»Wie kam der Ermordete mit Eisenreich aus?«, fragte Schächtle.

»Nicht gut, er wollte, dass ich ihn entferne. Er meinte, ein Penner würde nicht ins Bild des Münsters passen, der verunstaltet die Umgebung.«

»Dann fassen wir zusammen: Brunner war unbeliebt. Sie, Herr Pfarrer, hätten ihn gerne weggehabt. Allein diese Tatsache ist ein Mordmotiv. Haben Sie Brunner ermordet? Wo waren Sie in dieser Nacht zwischen zehn Uhr abends und ein Uhr morgens?«

»Jetzt passen Sie mal auf Fräulein, was Sie hier sagen. Ein Priester bringt niemand um, das ist eine Todsünde!«

63

»Soll ich Ihnen eine Liste mit katholischen Geistlichen bringen, die im Knast sitzen?«

»Reiß dich zusammen, Emanuel. Was die Kollegin Fischer sagt, ist nicht so abwegig. Wo warst du in der Zeit, als der Mesner ermordet wurde? Zudem macht dich der Schnitt am linken Arm bereits tatverdächtig.«

»Wieso denn das?«

»Der Mörder wurde von Brunner mit einem Messer dort verletzt. Allein deswegen könnte ich dich vorläufig festnehmen.«

»Dass du glaubst, ich hätte jemanden getötet, enttäuscht mich. Ich bin Priester, bringe niemanden um.«

»Du warst schon früher ein Gauner. Das hat sich bis heute nicht geändert. Genauso unbeherrscht wie damals in unserer Jugendzeit. Bitte beantworte meine Frage. Sonst müsste ich dich tatsächlich unter Tatverdacht in Gewahrsam nehmen.«

»Ich habe bis elf Uhr nachts gearbeitet und bin gegen halb zwölf Uhr ins Bett gegangen.«

»Gibt es Zeugen?«

»Nein, ein katholischer Priester hat keine Frau, die das bestätigen kann. Meine Haushälterin verließ nach dem Abendessen gegen sieben Uhr das Haus.«

»Was ist mit deinem Kooperator, Walter Kleiner heißt er, glaube ich?«

»Der war zum Abendessen da, hatte aber noch eine Sitzung im Kolpinghaus. Er ist gegen Mitternacht heimgekommen. Ich habe gehört, wie er das Haus betrat. Er ging sofort in seine Wohnung.«

»Ich denke, Sie sind gegen halb zwölf Uhr ins Bett? Trotzdem haben Sie Ihren Kooperator gehört, als er um Mitternacht heimkam.«

»Ich brauche immer sehr lang, bis ich einschlafe.«

»Lassen wir das vorläufig so stehen, Emanuel. Zeigst du uns noch das Zimmer von Karl Brunner?«

Sie standen auf und wollten gehen. Als sie die Türe öffneten lag Maria Weiler vor ihnen auf dem Boden. Sie hielt sich mit der Hand die Stirn.

»Hast du gehorcht?«

»Ja, Hochwürden, ich will wissen, was los ist.«

»Neugieriges Weibsbild.«

Als sie das Büro verließen, rannte die Pfarrsekretärin hinterher und zog Fischer auf die Seite.

»Frau Kommissarin, ich muss Ihnen was gestehen.«

Schächtle und Geiger gingen den langen Flur entlang. In der Mitte öffnete der Pfarrer auf der rechten Seite eine Tür. Das Zimmer war anspruchslos eingerichtet. Es roch muffig, als würde nie gelüftet. An dem kleinen Schreibtisch befand sich ein Holzstuhl. Darüber ein Gemälde mit einem vergoldeten Bilderrahmen. Es stellte die Gottesmutter Maria dar, das Jesuskind auf dem Arm. Der Künstler hatte kräftige rotblaue Farbtöne verwendet. Daneben stand ein schlichtes Holzbett mit einem einfachen Nachttisch. Das Bettzeug war ungemacht, als hätte jemand darin geschlafen.

»Das war das Zimmer von Brunner. Wir haben alles so gelassen, falls die Polizei hier Spuren sucht.«

Schächtle zog sich Einweghandschuhe an und öffnete die Schublade des Nachttisches vorsichtig. Eine Bibel und eine Packung Zigaretten mit Streichhölzern lagen darin. Dann nahm er sich den Schreibtisch vor.

»Habe ich mir doch gedacht, dass nichts Aufschlussreiches dort ist. Nur ein Block Schreibpapier und einige Kugelschreiber.«

Er hielt das Foto einer jungen Frau in der Hand, das auf dem Möbelstück stand.

»Weißt du, wer das ist? Ein hübsches Mädchen, eine richtige Schönheit.«

»Brunner hat mir gesagt, es sei seine Schwester. Die ist vor über fünfundzwanzig Jahren ermordet worden. Der Mörder wurde bis heute noch nicht gefasst.«

Schächtle öffnete den Bilderrahmen und nahm das Bild heraus.

»Wir werden es mitnehmen für unsere Unterlagen. Die KTU wird sich noch bei dir melden, um das Zimmer nach Spuren zu durchsuchen.«

»Das dachte ich mir schon. Wo ist deine Kollegin?«

»Die redet mit deiner Frau Weiler.«

Als sie das Pfarrbüro betraten, weinte die Pfarrsekretärin.

»Sagen Sie bitte dem Hauptkommissar, was Sie eben mir erzählt haben«, sagte Fischer.

Weiler schaute auf zu Schächtle, der gab ihr ein Papiertaschentuch und sie wischte sich die Tränen ab.

»Am 14. März nachmittags kam der Mesner ins Pfarrhaus. Er lockte mich in sein Zimmer, weil er mir was zeigen wollte. Es war sonst niemand mehr da.«

»Das stimmt, ich war zu dieser Zeit bei einer Versammlung im Kolpinghaus. Meine Haushälterin war beim Einkaufen und der Kooperator beim Kommunionunterricht«, unterbrach der Pfarrer.

Weiler stockte und kämpfte mit ihrer Verfassung.

»Brunner warf mich auf sein Bett, riss mir die Kleider vom Körper. Anschließend vergewaltigte er mich brutal. Es war so erniedrigend. Als er fertig war, ließ er mich liegen wie ein Stück Vieh. Er meinte nur, dass ich es auch nötig gehabt hätte und es mir noch nie so gut besorgt worden sei«, sagte die Pfarrsekretärin schluchzend.

Nun heulte sie richtig los. Fischer nahm sie in die Arme, um sie zu beruhigen.

»Wieso hast du nichts gesagt, Maria? Den Kerl hätte ich sofort der Polizei übergeben.«

»Der Schock war groß, ich wollte nur vergessen.«

»Haben Sie es jemanden erzählt?«, fragte Schächtle.

»Ja, meiner besten Freundin.«

»Wer ist das? Maria, lassen Sie sich doch nicht jede Kleinigkeit aus der Nase ziehen!«

»Emeran, sei nicht so ungeduldig. Du kannst dir als Mann nicht vorstellen, was in einer Frau vorgeht«, sagte Fischer.

»Es ist Karla Seibertz. Bei ihr war ich, nachdem ich lange geduscht hatte, um den Dreck von Brunner abzuwaschen.

»Wann wurde beschlossen, dass Frank Seibertz in dieser Nacht den Vergewaltiger ermordet? Er wurde in der Zwischenzeit festgenommen. Gestehen Sie, Maria!«, sagte Schächtle etwas lauter.

»Nein, Herr Kommissar, wir haben ihn nicht umgebracht. Karla hat mir geraten zur Polizei zu gehen. Aber ich konnte es nicht, wollte nur vergessen.«

Schächtle stand auf, ging zu der Beschuldigten, legte seine Hand auf ihre Schulter:

»Maria Weiler, ich nehme Sie vorläufig fest unter dem Tatverdacht, Karl Brunner zusammen mit Frank Seibertz ermordet zu haben. Angelika, nimm sie mit.«

»Ich besorge dir einen Anwalt«, rief der Pfarrer ihr nach, als sie das Pfarrhaus verließen.

»Maria ist niemals eine Mörderin!«

Franz Josef Auer ging aufgeregt im Büro von Schächtle auf und ab.

»Was bist du so nervös? Wieso betrifft dich das so?«

»Emeran, ich kenne die Weiler seit etlichen Jahren. Sie hat bestimmt viele Fehler, aber jemanden töten kann sie nicht.«

»Es spricht einiges gegen diese Vermutung. Maria wurde von Brunner vergewaltigt. Aus Rache hat sie sich mit Seibertz verbündet. Entweder haben sie beide den Mesner ermordet oder Frank alleine. Der hatte Angst, dass Brunner seinen Knastaufenthalt in Bruchsal an die große Glocke hängt. Obwohl er von Seibertz monatlich fünfhundert Euro erpresste, konnte dieser nicht sicher sein, dass der Mesner das Geheimnis für sich behielt. Die Karriere von Seibertz wäre dann bei Karstadt beendet gewesen. Wenn das kein Tatmotiv ist?«

»Du bist auf dem Holzweg, Maria war es nicht.«

Da kam Fischer mit Steiner herein:

»Was ist los, musst du so rumschreien, Auer?«

»Ach, lass mich doch in Ruhe.«

»Chef, das Ehepaar ist im Verhörraum eins, Weiler in Raum zwei«, sagte der Kriminalmeister.

»Gut, Dirk nimmt sich die Seibertz vor. Angelika und ich befragen die Pfarrsekretärin.«

»Emeran, lass mich Maria vernehmen. Schließlich kenne ich sie.«

»Du vernimmst niemand, weil dir beide zu gut bekannt sind. Man könnte dir Befangenheit vorwerfen. Zudem muss Dirk Erfahrung sammeln.«

»Aber Chef, bitte?«

»Es bleibt dabei, was ich gesagt habe. Franz Josef du gehst ins Büro und schreibst das Protokoll von der gestrigen

Befragung von Seibertz. Dirk, hol dir Frank Schiele von der Schutzpolizei dazu. Ihr müsst zu zweit sein. Zudem hat der Kollege Erfahrung darin. Lass dir aber das Ruder nicht aus der Hand nehmen. Du bist der, der bestimmt, verstanden?«

»Wird gemacht, Emeran. Danke für dein Vertrauen.«

»Frau Weiler, ich mache Sie darauf aufmerksam, dass Sie als Beschuldigte gelten. Sie haben das Recht, jede weitere Aussage zu verweigern und einen Anwalt hinzuzuziehen. Haben Sie das verstanden?«, begann Schächtle das Verhör.

»Ja, ich werde aussagen. Ich bin unschuldig und brauche keinen Rechtsanwalt.«

»Wieso vergewaltigte der Mesner Sie?«

»Weiß ich nicht.«

»Ermutigten Sie ihn? Haben Sie mit ihm bei einer anderen Gelegenheit geflirtet?«

»Nein, das nicht. Er war nicht mein Typ, und außerdem bin ich verheiratet.«

»Die Vergewaltigung kam für Sie aus heiterem Himmel?«

»Natürlich, das sagte ich Ihnen doch bereits vorhin im Pfarrhaus.«

»Dann sagen Sie es halt noch einmal. Schließlich stehen Sie unter Tatverdacht, aus Rache den Mesner umgebracht zu haben. Mal schauen, was Ihr Komplize aussagt. Irgendeiner von Euch packt aus, weil er den seelischen Druck nicht mehr aushält.«

»Wir waren es nicht, zudem…«

»Wieso lügen Sie mich an? Irgendwas stimmt nicht an Ihrer Geschichte.«

»Ich lüge nicht!«, schrie Weiler und fing erneut an zu weinen.

»Hören Sie auf mit dem Theater und sagen Sie endlich die Wahrheit.«

»Glauben Sie mir ...«

Schächtle stand auf und stellte sich hinter Weiler.

»Chef, ich habe Neuigkeiten«, unterbrach Fischer, als sie in den Vernehmungsraum hineinstürzte.

»Maria, Sie sagten uns nicht, dass sie vorbestraft sind. Hier habe ich Ihre Strafakte«, meinte Fischer zu der Beschuldigten.

»Das ist doch schon lange her. Was hat das mit dem Mord zu tun?«

»Warum sind Sie vorbestraft?«, fragte Schächtle, und setzte sich wieder auf seinen Stuhl.

»Wenn Ihre Kollegin meine Strafakte hat, dann weiß Sie es ja.«

»Ich will es aber von Ihnen hören.«

»Ich sage jetzt nichts mehr.«

»1992 arbeitete Maria Weiler als Freizeitprostituierte. Dabei hatte sie einem Kunden fünftausend Mark gestohlen. Sie wurde wegen Beischlafdiebstahls zu zwei Jahren Haft mit Bewährung verurteilt. Es wurde ihr zugutegehalten, dass sie den gesamten gestohlenen Geldbetrag an den Eigentümer nach kurzer Zeit zurückgegeben hat. Seitdem lag nichts mehr gegen sie vor«, berichtete Fischer.

»Brunner hatte das rausbekommen, so war es doch?«, fragte Schächtle.

Die Verdächtige schaute auf den Boden und nickte.

»Hat er Sie deswegen erpresst?«

»Ja, ich wusste nicht, wie er es erfuhr. Eines Tages stand er bei mir im Büro, sagte, er kenne mein Geheimnis. Damit es niemand erfährt, wollte er mit mir schlafen. Wenn er Lust verspürt, sollte ich ihm zur Verfügung stehen.«

»Haben Sie mit ihm geschlafen?«

»Nein, ich konnte mich immer aus der Affäre ziehen.«

»Sagen Sie die Wahrheit. Was ist an dem Nachmittag vom 14. März wirklich passiert?«, fragte Fischer.

»Ich habe Sie nicht angelogen. Brunner kam rein, lockte mich in sein Zimmer, packte mich auf das Bett. Ich wollte nicht, aber es gefiel ihm, wie ich mich wehrte. Er lachte laut, als er mich vergewaltigte. Danach hat er mir gedroht, wenn ich ein Wort sage, werde er dem Pfarrer meine Vergangenheit mitteilen. Dann sei ich die längste Zeit Pfarrsekretärin gewesen. Als er ging, sagte er noch herablassend: Liebling, bis morgen.«

Auf einmal wurde die Türe aufgerissen, ein großer schlanker Mann kam hineingestürzt. Auf dem Kopf hatte er eine schwarze Schirmmütze, die seine braunen Haare nicht ganz verdeckten.

»Lassen Sie sofort meine Frau frei! Sie hat den Saukerl nicht umgebracht. Dabei hätte er es verdient.«

In seiner rechten Hand hielt er ein Messer, damit stürzte er sich auf Schächtle. Fischer packte ihn hinten an seiner Jacke, schlug auf den Arm des Angreifers, gab ihm noch einen Handkantenschlag auf den Hals. Der Mann ließ die Waffe fallen, sie flog polternd auf den Boden. Die Rothaarige schnappte ihn sich, bog seine Arme auf den Rücken und legte Handschellen an.

»Wer sind Sie?«, fragte Schächtle.

»Das ist mein Ehemann Peter.«

»Maria ist keine Mörderin!«

»Von wem wissen Sie, dass Ihre Frau hier ist?«, fragte Fischer.

»Von Pfarrer Geiger.«

»Was haben Sie in der Nacht vom 14. auf den 15. März gemacht?«

»Nachdem meine Frau von dieser Drecksau vergewaltigt wurde, ist sie völlig aufgelöst nach Hause gekommen. Sie hat nur noch geweint. Stundenlang war sie unter der Dusche, nicht ansprechbar. Danach ging sie schweigend weg.«

»Habe es dir doch später gesagt, dass ich bei Karla war.«

»Das ist der springende Punkt, Frau Weiler. Dort wurde der Mordplan für Brunner ausgearbeitet«, sagte Fischer.

»Nein, er wurde von uns nicht ermordet. Das schwöre ich.«

»Sie sollen nicht schwören, sondern den Mord gestehen. Was haben Sie gemacht, als Sie bei den Seibertz weggingen?«, fragte Schächtle.

»Ich bin nach Hause gegangen. Peter und ich haben einen ausgedehnten Spaziergang gemacht, damit ich einen klaren Kopf bekomme.«

»Was heißt ein ausgedehnter Spaziergang. Hat Sie jemand gesehen?«

»Wir sind von der Seestraße über den Jakobswald bis zum Freibad Horn an den Bodensee gelaufen. Danach zurück in die Altstadt. Es waren viele Leute unterwegs, keinen von denen kannten wir.«

»Schade, dann hätten Sie wenigstens ein Alibi.«

»Wie ging es weiter, Herr Weiler?«, fragte Fischer.

»Wir waren in der Weinstube Hintertürle in der Konradigasse. Gegen ein Uhr sind wir nach Hause gegangen.«

»Das heißt aber nicht, dass Sie an diesem Mord unbeteiligt waren. Wenn Frank Seibertz den Mesner ermordete, können Sie sich ein Alibi als Mitwisserin beschafft haben. Sollten Sie von dieser Tat Kenntnis haben, sind Sie genau so schuldig wie der Täter selbst. Ich werde auf jeden Fall das Alibi im Hintertürle überprüfen«, sagte Schächtle.

»Frau Weiler, Sie bleiben vorläufig in Gewahrsam, bis das geklärt ist«, sagte Fischer.

Die Tatverdächtige bekam einen Weinkrampf und wurde von einer Polizeibeamtin abgeführt.

»Sie irren sich, Maria hat damit nichts zu tun. Was geschieht mit mir?«

»Gegen Sie wird ein Ermittlungsverfahren wegen bewaffnetem Überfall auf Vollstreckungsbeamte durchgeführt. Sie hören von uns«, sagte Fischer und nahm ihm die Fesseln ab.

Als sie den Verhörraum verließen, kam Steiner auf sie zu. Ebenfalls Frank Seibertz, der Handschellen trug und von einem Polizeibeamten abgeführt wurde.

Sie gingen ins Büro, Schächtle berichtete über das Verhör mit Maria Weiler.

»Was hast du erreicht, Dirk? Hat er gestanden?«

»Nein Emeran, er behauptet nach wie vor, den Mord nicht begangen zu haben. Er habe ein Alibi. Den Abend bis gegen Mitternacht ist er in seiner Firma gewesen. Danach ging er sofort nach Hause. Seine Frau hat bestätigt, dass er in der Wohnung war, als sie um ein Uhr heimkam.«

»Dirk, du wirst das morgen früh als Erstes bei Karstadt überprüfen. Dann sehen wir weiter.«

»Aber Chef, die machen erst gegen zehn Uhr auf.«

»Du kannst bei dem Personaleingang in der Hussenstraße hineingehen. Dort wird ab acht Uhr gearbeitet.«

Obwohl es fast halb elf Uhr nachts war, ging Schächtle noch nicht nach Hause. Er fuhr mit seinem Fahrrad in die Konradigasse, im ältesten Stadtteil von Konstanz, Niederburg. Sein Ziel war das Hintertürle, in dem er oft mit Elvira war, wenn sie hier Urlaub machten. Er betrat die Weinstube, sah die dunkle Decke, den braun gebeizten Holzbalken, der über die ganze Breite des Lokals hing.

An diesem Balken hast du als Lehrling beim Maler Graf den alten Farbanstrich total entfernt. Das war eine Sträflingsarbeit, dachte er, als er darunter stand.

Die Wände waren immer noch hell gestrichen, hatten aber in der Zwischenzeit eine bräunliche Patina bekommen. Der grüne Kachelofen stand auch noch da, damit der Raum wertvoller wirkte. Das Weinlokal war gut besucht und an der mit dicken Holzschwarten verkleideten Theke saßen einige Gäste.

Da kam eine große schlanke Frau mit rotbraunen, halblangen Haaren auf Schächtle zu.

»Emeran, bist du es wirklich? Das gibt es doch nicht!«, rief sie überrascht.

Sie umarmte ihn stürmisch und drückte ihn an sich.

»Nicht so fest, Sabine, du schnürst mir ja die Luft ab.«

»Ich freue mich so dich zu sehen. Wie geht es dir, kommst du zurecht?«

Sie gingen in den Raum hinter der Theke, der durch eine Glastüre getrennt war, und setzten sich an den einzigen Tisch, der dort stand.

»Dass Elvira tot ist, das hast du wohl bereits gehört. Ich bin jetzt bei der Kripo in Konstanz.«

»Dein Vater hat mir dies bereits erzählt. Du kannst rauchen, wenn du willst. Ich hol dir einen Reichenauer Weißwein.«

Schächtle stopfte sich seine Pfeife und zündete sie an. Als die dicken Rauchwolken an die Decke schwebten, machte sich würziger Duft im Raum breit. Da kam die Wirtin und stellte das Weinglas hin.

»Wann seit ihr das letzte Mal im Hintertürle gewesen?«

»Das ist etwa fünf Jahre her.«

Schächtles Gesichtsausdruck wurde ernst und nachdenklich.

»Sabine, ich muss dienstlich werden. Kennst du Maria Weiler, kannst du was über sie sagen?«

»Dachte ich mir, dass du nicht privat hier bist. Ist sie verdächtig im Mesnermord?«

»Bitte beantworte meine Frage.«

»Ich kenne Maria gut. Weil sie die Pfarrsekretärin vom Münster und mein Stammgast ist.«

»Am 14. März war sie hier?«

Die Wirtin überlegte kurz und sah in ihrem Terminkalender nach.

»Ich hatte an diesem Tag frei. Reserviert hatte sie nicht. Christa, kannst du dich erinnern, ob am letzten Montag Frau Weiler da war?«, rief sie in den Schankraum hinein.

»Ja natürlich. Sie ist gegen zehn Uhr abends gekommen. Ihr Mann war auch dabei. Verheulte, gerötete Augen hatte sie gehabt. Peter war richtig süß, hat sie liebevoll getröstet«, sagte die blonde Bedienung.

»Hat Maria gesagt, warum sie weint?«

»Nein, darüber haben wir nicht gesprochen.«

»Wann sind die beiden gegangen?«

»Das weiß ich genau. Es war nach ein Uhr zur Polizeistunde. Sie waren die letzten Gäste, ich musste sie fast rausschmeißen. Deshalb erinnere ich mich so genau daran.«

»Christa, bringen Sie mir bitte noch einen Wein«, sagte Schächtle und klopfte den Tabakrest seiner Pfeife in den Aschenbecher.

Freitag, 18. März 2011
8 Uhr

Eine 30-jährige, schlanke Schönheit stand vor dem Polizeirevier am Benediktinerplatz. Sie lief aufgeregt umher, strich sich mit einer Bürste durch ihre langen Haare, ging auf die Türe zu und kurz davor zurück. Dann setzte sie sich auf die Bank, die vor dem Präsidium stand. Einige Polizeibeamte kamen vorbei. Einem fiel diese attraktive Frau auf.

Sie sieht aus wie Schneewittchen, mit ihrer hellen Haut und dem wunderschönen pechschwarzen Haaren, dachte er, als er auf sie zuging.

»Kann ich Ihnen helfen?«

»Nein, danke. Mir kann keiner helfen.«

»Wieso nicht?«

»Das ist mein Problem. Bitte lassen Sie mich in Ruhe.«

Nun stand sie auf und lief über die Rheinbrücke, um in die Stadt zu gehen. Dann entschied sie sich, in die Seestraße zu laufen, die unterhalb der Brücke verlief. Es ging ihr einfach zu viel durch den Kopf. Sie setzte sich ans Wasser und schaute über den ruhigen blauen Bodensee, zu den leicht schneebedeckten Schweizer Bergen. Es war ein schöner warmer Sonnentag. Es roch nach Frühling und ihre Stimmung wurde langsam besser. Dann fiel ihr wieder das Problem ein, das ihr so viel Kopfzerbrechen machte.

»Wie gehe ich dies nur an? Du musst da durch, auch wenn es dir schwerfällt«, sagte sie leise zu sich.

Sie stand auf und rannte zurück zum Polizeipräsidium. Zielstrebig betrat sie das Gebäude und ging zum Pförtner, der hinter einer schusssicheren Glasscheibe saß.

»Mein Name ist Karin Reissner. Ich möchte zu Kriminaloberrat Schmitz.«

»Haben Sie einen Termin?«, fragte der ältere Polizeibeamte.

»Nein, nicht direkt. Er erwartet mich, wenn ich in Konstanz bin.«

Der Mann ging gemächlich ans Telefon.

»Ja, Lunosch von der Pforte, Herr Kriminaloberrat. Da ist eine Frau Reissner, die sie sprechen möchte. Sie erwarten die Dame bereits. Gut, dann lasse ich sie zu Ihnen bringen.«

Er schlurfte aus der Pforte heraus. Da betrat Auer das Präsidium.

»Gut das du kommst, Franz Josef. Kannst du diese Dame zu Schmitz bringen?«

»Wieso machst du das nicht selbst?«

»Erstens gehst du sowieso nach oben und zweitens muss ich dann die Pforte nicht verlassen. Du weißt, wie schwer mir das Laufen fällt. Bitte tue mir den Gefallen.«

»Vielleicht können sich die Herren endlich entscheiden, wer mich zum Kriminaloberrat bringt«, sagte gereizt die Schwarzhaarige.

»Kommen Sie mit«, rief der brummige Auer.

Sie fuhren mit dem Aufzug in den zweiten Stock und gingen zielstrebig ins Büro des Leiters der Kriminalpolizei. Der öffnete ihnen die Türe und sagte freudig:

»Schön, dass Sie da sind, Frau Reissner. Ich habe Sie allerdings früher erwartet.«

Staatsanwältin Lisa Marie Kreiser saß an ihrem Schreibtisch und studierte eine Akte. Als es an der Türe klopfte, schaute sie kurz auf und sagte:

»Herein!«, und vertiefte sich dann weiter in ihre Arbeit.

»Das ist ja das Letzte. Ihr verhaftet zwei unschuldige Bürger und du lässt das auch noch zu. Nur damit du diesen Fall abschließen kannst, um dich im Ruhm zu sonnen.«

Kreiser schaute kurz auf, sah einen kleinen, schlanken, glatzköpfigen Mann, der mit seinen schmalen Händen wild in der Luft herumwirbelte.

»Guten Morgen, Karl Friedrich, was führt dich zu mir?«

Dr. Schnabel war der schmächtigste und unansehnlichste Rechtsanwalt, den man in Konstanz finden konnte. Er war Mitte vierzig, hatte Pickel und Warzen im Gesicht und an den Händen. Aber er war der erfolgreichste Strafverteidiger den es in dieser Stadt gab.

»Deine Kripobeamten haben Frank Seibertz und Maria Weiler wegen Mordes an dem Mesner verhaftet. Karla Seibertz hat mich mit dem Mandat der beiden Verdächtigen beauftragt. Sie haben ein Alibi. Seibertz war während der Tat noch bei der Arbeit. Weiler ist mit ihrem Mann in einer Weinstube gewesen. Also lass sie frei, sonst mache ich euch gewaltigen Ärger.«

Kreiser schaute in die Akte hinein:

»Woher weißt du das?«

»Das spielt doch keine Rolle. Tatsache ist, dass sie es nicht waren. Ich hatte Akteneinsicht erhalten, da steht dasselbe drin.«

»Das stimmt nicht, Karl Friedrich. Du übertreibst wie immer. Schon während unseres gemeinsamen Jurastudiums hast du laufend den Bogen überspannt. Die sogenannten

Alibis müssen von der Kripo noch überprüft werden. Erst wenn das geschehen ist und es sich bestätigt, kann man sie freilassen. Das solltest du aber wissen.«

Der kleine Strafverteidiger lief rot an, Speichel tropfte ihm vor Aufregung an den Mundwinkeln herunter. Er kratzte sich in seinem vernarbten Gesicht, drehte sich um, verließ eilig das Büro, schlug die Türe wütend mit einem lauten Knall zu.

»Wie früher, keine Beherrschung«, sagte Kreiser und lächelte verschmitzt.

Als Emeran Schächtle das Dezernat betrat, saßen Fischer und Auer an ihren Schreibtischen.

»Wo ist Dirk? Kommt denn hier jeder, wie es ihm gefällt?«

Er war schlecht gelaunt, wollte unbedingt den Mordfall abschließen, sah aber keine Möglichkeit wie.

»Der überprüft doch das Alibi von Seibertz bei Karstadt«, antwortete Fischer.

»Stimmt ja, dass habe ich total vergessen.«

»Was hat er denn, er ist so durcheinander?«, fragte Fischer, nachdem Schächtle in seinem Büro war.

»Wundert dich das wirklich? Der ist und bleibt ein Verrückter, halt ein Psycho. Man hätte mir die Stelle geben sollen, bei mir wäre der Mörder schon hinter Gitter.«

»Du meinst Eisenreich? Du spinnst, Franz Josef, der ist nicht der Täter.«

»Du sprichst bloß das nach, was Schächtle vorsagt.«

Fischer wollte darauf antworten, da kam Kreiser mit Rechtsanwalt Schnabel herein.

»Wo ist der Hauptkommissar?«

»In seinem Büro«, antwortete Auer.

In diesem Augenblick betrat Schächtle den Raum.

»Was für ein Glanz in unserer Hütte! Was führt Sie zu uns, Frau Staatsanwältin?«

»Das ist Rechtsanwalt Dr. Schnabel. Er möchte, dass Sie die beiden Verdächtigen freilassen. Wie weit sind Sie mit der Überprüfung der Alibis?«

»Die Entlassung der Pfarrsekretärin aus dem Gewahrsam habe ich soeben veranlasst. Gestern Abend war ich noch in der Weinstube Hintertürle. Die Bedienung hatte bestätigt, dass das Ehepaar Weiler gemeinsam bis ein Uhr nachts dort war. Der Mord geschah um Mitternacht. Somit besteht kein Tatverdacht mehr gegen Maria Weiler.«

»Wieso haben Sie die Freilassung nicht sofort in die Wege geleitet?«, fragte Schnabel.

»Herr Rechtsanwalt, das war nachts gegen halb eins. Ich hielt es für angebracht, es als Erstes am nächsten Tag zu erledigen. Letzte Nacht war viel Betrieb bei den Kollegen der Schutzpolizei.«

Der kleine Rechtsanwalt schaute an Schächtle hoch.

»Was ist mit Frank Seibertz? Wieso wurde der noch nicht entlassen?«

»Das Alibi wird derzeit von uns überprüft. Sollte sich seine Unschuld herausstellen, wird er noch heute auf freien Fuß gesetzt. Das verspreche ich Ihnen.«

»Kriminalpolizei, Dezernat für Tötungsdelikte, Auer«, meldete sich der Kriminalkommissar, als das Telefon klingelte.

»Gibt es was Neues, Franz Josef?«, fragte Schächtle.

»Allerdings, der Fall ist abgeschlossen. Es war die Gefängnisverwaltung von der Wallgutstraße. Der Mörder Eisenreich hat sich heute Nacht umgebracht. Er wurde in seiner Zelle aufgehängt am Gitterkreuz gefunden.«

»Das ist wie ein Geständnis. Gratuliere, Herr Hauptkommissar!«, rief begeistert die Staatsanwältin.

»Ich bleibe dabei, der Fall wird noch nicht zu den Akten gelegt. Der Stadtstreicher war nicht der Mörder«, sagte Schächtle wütend.

»Ich möchte, dass du den Tod von dem Nichtsesshaften gründlich untersuchst, Lisa. Es könnte ja sein, dass er ermordet wurde, damit man ihn zum Mörder stempeln kann.«

»Was hast du für ein Interesse an Eisenreich, Karl Friedrich?«

»Heute Morgen bekam ich den telefonischen Auftrag von Münsterpfarrer Geiger, die Verteidigung von ihm zu übernehmen. Jetzt ist der Beschuldigte tot, da liegt die Vermutung nahe, dass der eines gewaltsamen Todes starb.«

»Wieso macht dies der Pfarrer? Ist er doch der Mörder?«, sagte der Hauptkommissar leise.

Schächtle und Fischer stellten ihren schwarzen Dienst-Mercedes auf den Parkplatz vor dem Gefängnis in der Wallgutstraße ab. Sie liefen an die kleine eiserne Eingangstüre und klingelten.

»Justizvollzugsanstalt«, meldet sich eine männliche Stimme über die Sprechanlage.

»Kriminalpolizei Konstanz«, antwortete Schächtle.

Die Tür öffnete sich und die beiden Kriminalbeamten traten ein.

Sie gingen zu dem Beamten, der hinter einer schusssicheren Glasscheibe saß.

»Zu wem wollen Sie? Zeigen Sie mir Ihre Dienstausweise«, sagte dieser durch die Mikrofonanlage.

Schächtle und Fischer zeigten ihre Legitimation.

»Wir ermitteln im Fall des angeblichen Selbstmordes beim Untersuchungsgefangenen Kurt Eisenreich. Und Ihre Chefin müssen wir auch sprechen«, sagte die rothaarige Kriminalobermeisterin.

»Was heißt angeblicher Selbstmord? Der Kerl hat sich umgebracht.«

»Was geschehen ist, werden unsere Ermittlungen ergeben.«

»Zuerst geben Sie Ihre Dienstwaffen ab. Das ist Vorschrift.«

Fischer gab ihre durch das Schubfach.

»Ich habe keine«, sagte der Hauptkommissar.

»Das gibt es doch nicht, dass die Kripo ohne Waffe ist. Untersuche ihn mal Karl.«

Da kam ein zweiter Beamter und tastete Schächtle ab.

»Der hat wirklich keine, Max.«

»Wenn der Leiter des Dezernats für Tötungsdelikte sagt, er hat keine Waffe, dann können Sie ihm das ruhig glauben. Wir werden uns deshalb über Sie bei Ihrer Chefin beschweren, meine Herren.«

»Lass nur, Angelika, die Wachbeamten tun nur ihre Pflicht. Wo finden wir die Leiterin der JVA?«

»Sie ist bereits in der Zelle des toten Penners. Mein Kollege bringt Sie dort hin.«

Sie fuhren mit dem Aufzug in den zweiten Stock. Da sah man auf einer Flurseite vergitterte Zellen, die geschlossen waren. Auf der anderen Seite mehrere vergitterte Fenster, die man öffnen konnte. Vor den Türen waren Schilder, auf denen die Namen der Zelleninsassen standen. In der Mitte des langen Flurs war eine Zellentüre offen. Schächtle ging hinein und schaute sich um. Rechts ein einfaches Metallbett, gegenüber ein schlichter Schrank, daneben ein quadratischer Holztisch mit einem Holzstuhl. Darauf einige Kugelschreiber und ein Papierblock. Das kleine vergitterte Fenster war weit geöffnet. Daran hing noch der Rest einer Wäscheleine. Es roch nach Schweiß und Urin.

»Der Gestank hier ist nicht auszuhalten«, sagte Fischer, hielt sich ein Taschentuch vor die Nase und ging auf den Flur.

»Komm rein, und zwar sofort. Das musst du aushalten, wenn du Kommissarin werden willst.«

Widerwärtig befolgte sie den Befehl ihres Vorgesetzten.

»Das war die Zelle des Untersuchungsgefangenen Kurt Eisenreich«, sagte die brünette, schlanke Gefängnisdirektorin Franka Seiler.

»Wie konnte das passieren? Wie kam der Gefangene an diese Leine?«, fragte Fischer.

»Ich weiß es nicht. Er kann sie nur aus der Waschküche haben. Eine andere Erklärung gibt es nicht.«

»Da wäre ich auch so drauf gekommen. Wie kommt Eisenreich da hin, Frau Seiler? Als Untersuchungsgefangener muss er nicht arbeiten.«

»Das hat er nicht. Aber tagsüber sind die Zellentüren geöffnet und man läuft ungehindert herum. Wegen des Todesfalles habe ich Anweisung gegeben, die Zellentüren bis zum Abschluss Ihrer Ermittlungen geschlossen zu halten.«

»Das wird für Sie noch ein Nachspiel haben, dass garantiere ich Ihnen. Sie wissen doch, dass die Selbstmordgefahr bei Untersuchungsgefangenen besonders hoch ist. Da kann sich also jeder in der Waschküche eine Leine besorgen?«

»Sei nicht so streng, Angelika, Frau Seiler weiß das bestimmt. Außerdem ist dies Sache der Staatsanwaltschaft. Wo ist die Leiche von Eisenreich?«

»In der Rechtsmedizin bei Dr. Spaltinger«, sagte die 38-jährige Gefängnisdirektorin.

»Wieso konnte sie nicht warten, bis wir hier sind?«

»Der Tote wurde von einem meiner Mitarbeiter um sechs Uhr morgens gefunden. Er schnitt die Wäscheleine ab und alarmierte den Rechtsmediziner. Der hat nur noch den Tod festgestellt und ihn gleich überführen lassen. Ich habe davon erfahren, als ich gegen neun Uhr kam. Daraufhin sind Sie von mir umgehend benachrichtigt worden. Seit ich hier Direktorin bin, immerhin über fünf Jahre, hatten wir keinen Selbstmord. Die Kollegen waren mit dieser Situation überfordert.«

»Wieso hat man Sie nicht angerufen? Der Informationsfluss in dieser JVA funktioniert anscheinend nicht«, sagte Fischer.

»Das haben die Wachbeamten vor Aufregung vergessen.«

Schächtle ging an den Tisch und sah einen Brief. Er nahm diesen an sich, begann laut vorzulesen:

Sehr geehrter Herr Polizist Schächtle,

ich kann nicht mehr. Der Totschlag an meinem Kumpel Ossi belastet mich sehr. Ich mache mir Vorwürfe, dass ich ihn getötet habe, obwohl er mich töten wollte. Ihr Kollege Auer hat mich unter Druck gesetzt, sodass ich das Geständnis unterschrieben habe. Ich konnte den Mesner nicht leiden, das stimmt. Aber ich bin kein Mörder, das schwöre ich bei Gott. Mir glaubt ja niemand, ich bin ja nur ein Penner. Deswegen setze ich meinem Leben ein Ende. Ich weiß nicht mehr weiter.

Kurt Eisenreich

»Er muss zum Schluss geweint haben. Das Papier ist ganz feucht, die Schrift zittrig«, stellte Fischer fest.

»Wir werden den Abschiedsbrief mitnehmen, um ihn von der KTU untersuchen zu lassen. Auch bestehen Schriftproben von dem Nichtsesshaften. Damit wissen wir bald, ob er diesen Brief selbst geschrieben hat«, sagte Schächtle.

»Hatte Eisenreich einen Rechtsanwalt?«, fragte Fischer.

»Ich glaube nicht. Hier war jedenfalls keiner bei ihm«, antwortete Seiler.

»Doch, Dr. Schnabel ist vom Münsterpfarrer Geiger mit der Verteidigung beauftragt worden. Allerdings erst heute Morgen und da war Eisenreich bereits tot«, sagte Schächtle.

Als sie das Gefängnis verließen, blickten sie nochmals auf den alten Bau zurück.

»Das ist Auers Schuld, dass Eisenreich sich umgebracht hat. Angelika, wenn du Klaus Ringer von der KTU den Brief gibst, sage ihm bitte er soll noch ins Pfarrhaus gehen. Das Zimmer des Mesners muss kriminaltechnisch untersucht werden«, sagte Schächtle, als sie ins Polizeipräsidium kamen.

Dort wurden sie bereits bei der Pforte von Kriminaloberrat Schmitz erwartet.

»Was soll das, Emeran? Eisenreich hat sich umgebracht, somit ist der Fall abgeschlossen. Bist du etwa anderer Meinung?«

»Für mich war er von Anfang an nicht der Täter. Auer hat das Geständnis durch Druck bekommen. Der Nichtsesshafte hat keinen Ausweg mehr gesehen. Niemand hat ihm geglaubt, auch ich nicht. Deswegen hat er sich umgebracht. Hätte ich ihm bloß etwas Hoffnung gemacht, dass er aus der Sache rauskommt. Dann könnte er noch leben.«

»Deine Vorwürfe sind fehl am Platz. Er war der Mörder, davon bin ich überzeugt.«

In der Zwischenzeit waren die drei im Büro des Kriminaloberrats angekommen. Am Besprechungstisch saß die Staatsanwältin.

»Da kommen Sie ja endlich. Schächtle, der Fall ist abgeschlossen. Der Mörder hat sich umgebracht und somit ein Geständnis abgegeben.«

»Nein, ich ermittle weiter. Ich bin nach wie vor der Meinung, dass der Täter frei herumläuft. Und dann haben wir noch den verdächtigen Frank Seibertz.«

»Jetzt reicht es mir. Sehen Sie, wie der Hauptkommissar zittert. Das kommt davon, dass man einem Psycho, der nicht zurechnungsfähig ist, die Leitung des Dezernats überlässt. Der Fall ist von der Staatsanwaltschaft aus abgeschlossen. Es wird nicht weiter ermittelt.«

»Frau Kreiser, benehmen Sie sich. Ich lasse mir meine Mitarbeiter nicht maßregeln, nur weil das Ihnen in den Kram passt. Wenn Emeran Schächtle weiterermitteln will, hat das seinen Grund. Ich werde die Sache noch heute mit Ihrem Chef, dem Oberstaatsanwalt, besprechen. Schauen wir, was der dazu meint.«

»Gut, Herr Schmitz, dann ermitteln Sie halt weiter. Bis Montagabend lasse ich Euch Zeit. Ist bis dahin kein Ergebnis da, erkläre ich den Fall für abgeschlossen und Schächtle kündigt freiwillig, weil er nicht fähig ist, diesen Mordfall zu lösen. Da hilft Ihnen auch nicht mehr der Oberstaatsanwalt«, kreischte Kreiser, stand auf und verließ wütend den Raum.

»Die Besetzung der Dezernate ist nicht Sache der Staatsanwaltschaft«, schrie Schmitz ihr noch nach.

Dann ging er auf seinen Freund zu und packte ihn an den Schultern.

»Ich habe dir die Stange gehalten, Emeran. Ich glaube zwar immer noch, dass Eisenreich der Täter ist, aber versuche dein Glück. Entweder du präsentierst bis Montagabend einen Mörder oder…«

»Was meinst du?«

»Du hast doch gehört, was sie gesagt hat. Daran möchte ich gar nicht denken.«

»Eugen, ich habe noch einen Verdächtigen. Er hat am linken Arm eine Schnittverletzung.«

»Wer ist es?«

»Der Münsterpfarrer Geiger. Er behauptet, sich im Bad geschnitten zu haben.«

»Nur wegen der Verletzung kannst du ihn nicht festnehmen. Er ist eine öffentliche Person, da brauchen wir mehr Beweise.«

»Das habe ich mir auch gedacht. Zudem könnte man behaupten, dass ich ihn aus Rache verhafte. Geiger und ich kennen uns aus dem Paradies. Wir waren früher Nachbarn und kamen nicht gut miteinander aus.«

»Beobachte ihn, und falls sich noch andere Beweise oder Indizien ergeben, rede vorher mit mir, bevor du ihn festnimmst.«

Als Fischer und Schächtle auf dem Weg ins Dezernat waren, meinte die Rothaarige:

»Was war denn das? Will Kreiser dich los haben?«

»Ja, sie würde gerne Auer auf meinem Posten sehen. Aber den Gefallen werde ich ihr nicht tun.«

»Ausgerechnet Auer, der mit keinem auskommt. Der ist nicht mal annähernd fähig, das Dezernat zu leiten. Keine Angst, Dirk und ich stehen hinter dir.«

»Ich danke euch dafür. Es tut gut, wenn man weiß, dass man nicht alleine dasteht.«

In der Zwischenzeit waren sie im Büro angekommen.

»Emeran, kann ich Feierabend machen? Ich habe noch etwas Privates zu erledigen«, fragte Auer.

»Ja, aber morgen legen wir eine Sonderschicht ein. Der Fall muss bis Montagabend abgeschlossen sein. Seid ihr alle dabei?«

Als sie zustimmten, sogar Auer, war Schächtle zufrieden und schöpfte neuen Mut.

»Hast du das Alibi von Seibertz überprüft, Dirk?«

»Das wollte ich dir noch sagen. Er kann den Mesner nicht ermordet haben. Zu dieser Zeit war er noch bei der Arbeit. Seine Entlassung habe ich umgehend angeordnet.«

»Jetzt fangen wir wieder von vorne an.«

Emeran Schächtle ging in sein Büro, hielt die offenen Hände vor sein Gesicht und seufzte:

»Ob ich diesen Mord noch lösen kann?«

Da klopfte es an seiner Türe und Angelika Fischer streckte ihren Kopf herein:

»Emeran, können wir Feierabend machen oder gibt es noch was?«

»Ihr könnt gehen, bis morgen.«

Wenig später hörte er Schritte aus dem großen Büro.

»Hast du was vergessen, Angelika?«

»Wir sind es, Herr Schächtle«, sagte eine weibliche Stimme.

Er stand von seinem Schreibtisch auf, da kam das Ehepaar Seibertz auf ihn zu.

»Ich möchte mich bei Ihnen bedanken, dass Sie meinen Mann freigelassen haben«, sagte Karla.

»Das müssen Sie nicht. Er hatte ein Alibi für die Tatzeit, deswegen wurde er aus dem Gewahrsam entlassen.«

»Wir wollen Sie nun nicht länger stören«, sagte Frank und wollte gehen.

»Augenblick noch, Frau Seibertz, Sie wissen, dass Sie sich in Lebensgefahr befinden?«

»Nein, wie meinen Sie das?«

Die Blondine sah erschrocken den Hauptkommissar an.

»Weil der Täter Sie jetzt kennt. Er weiß, dass Sie in dieser Nacht in der Sakristei waren. Die Zeitungen schrieben darüber recht ausführlich.«

»Es wurden doch keine Namen erwähnt«, sagte Frank.

»Das nicht, es wurde von einer blonden Frau berichtet, die humpelt. Sie wohnt im Stadtteil Niederburg. Ehrlich, Karla, da brauche ich kein Insiderwissen, um auf Sie zu kommen.«

»Was sollen wir machen?«, fragten beide fast gleichzeitig.

»Frank, passen Sie auf Ihre Frau auf. Der Mörder wird versuchen, sie zu töten. Für ihn ist sie eine lästige Zeugin, die weg muss. Wollen Sie wirklich keinen Polizeischutz?«

»Nein, ich beschütze meine Frau. Das ist mir sicherer.«

»Sollte was Unvorhergesehenes geschehen oder Ihnen jemand verdächtig vorkommen, melden Sie sich umgehend bei mir.«

»Ja das machen wir«, sagte Frank, während er mit seiner Frau untergehakt das Dezernat verließ.

Schächtle ging hinter seinen Schreibtisch, da klingelte das Telefon.

»Hallo Papa, ich bin es«, hörte er eine weibliche Stimme.

Es war seine Tochter Franziska, die von der Polizeischule aus Biberach anrief.

So erfuhr er, dass es ihr dort gut gefiel und sie Fortschritte machte. Von seinen psychischen Anfällen erwähnte er lieber nichts. Er wollte sie nicht beunruhigen.

»Wie geht es eigentlich deinem Bruder? Der könnte sich auch mal melden.«

»Thomas ist im vierten Semester. Er hat keine Zeit, hängt mitten im Physikum.«

Als das Gespräch beendet war, freute er sich, dass Franziska angerufen hatte.

»Es tut gut, von seiner Familie was zu hören«, sagte er zufrieden zu sich.

Nun wählte er eine ihm bekannte Telefonnummer:

»Bundeskriminalamt Wiesbaden, was kann ich für Sie tun?«, meldete sich eine freundliche weibliche Stimme.

Karin Reissner stand im Flur und horchte an der Türe. Sie betrat das Büro und sah, dass niemand da war. Sie ging zum hinteren Raum und klopfte. Als sie nichts hörte, klopfte sie nochmals. Diesmal etwas fester. Als sie immer noch keine Antwort bekam, betrat sie das Zimmer. Schächtle saß noch am Schreibtisch und telefonierte.

»Wer sind Sie und was wollen Sie? Sehen Sie nicht, dass ich beschäftigt bin?«, sagte er gereizt.

»Beenden Sie das Telefongespräch und ich sage es Ihnen. Ich muss Sie allerdings informieren, dass ich vorher mit Ihrem Vorgesetzten gesprochen habe. Er hat mich an Sie verwiesen.«

Schächtle beendete das Gespräch. Seine Laune war allerdings nicht besser geworden.

»Was wollen Sie?«

»Ich heiße Karin Reissner und bin freie Journalistin aus Stuttgart. Es geht um den ermordeten Karl Brunner. Sie bearbeiten den Fall doch?«

»Ja, das stimmt. Was haben Sie damit zu tun?«

»Um es kurz zu machen: Karl Brunner hatte eine Schwester namens Ilona. Sie war Prostituierte in Lahr und wurde 1986 ermordet. Nach meinen Recherchen hängt der Mord von Karl mit dem seiner Schwester zusammen. Darüber möchte ich als Erste schreiben.«

»Berichten Sie was sie wollen, aber lassen Sie mich damit in Ruhe. Ich mache meinen Job und Sie Ihren, verstanden?«

»Tut mir leid, Herr Hauptkommissar, Ihr Chef hat mich zur Berichterstattung dem Dezernat für Tötungsdelikte zugeteilt. Ich bleibe Ihnen erhalten, ob Sie wollen oder nicht.«

Die Journalistin gab Schächtle ein Schreiben. Der las es sich durch, schüttelte den Kopf und ging aufgebracht ans Telefon.

»Eugen, das kannst du mir nicht zumuten. Was soll das? Wir stehen unter enormen Erfolgsdruck und sollen uns um diese Reporterin kümmern. Das darf nicht wahr sein!«, sagte er und knallte wütend den Hörer auf.

»Ich habe keine andere Möglichkeit, dass hat mir Schmitz deutlich gesagt. Ich verstehe das nicht. Eugen hat sonst kein gutes Verhältnis zur Presse. Einen Schreibtisch bekommen Sie nicht bei uns.«

»Brauche ich auch nicht. Meine Arbeit mache ich an meinem Laptop im Hotel. Ich komme täglich vorbei und erkundige mich über den Stand des Falles. Sie bitte ich, mich zu informieren, wenn sich was verändert hat.«

Karin Reissner gab ihm einen Zettel.

»Da steht meine Handynummer darauf. Ich wohne im Hotel Barbarossa am Obermarkt.«

Schächtle schaute kurz darauf und ging in sein Büro.

»Danke, Herr Hauptkommissar«, sagte sie bissig.

Kriminaloberrat Schmitz war wütend. Er hetzte die Treppe hoch, bis ins Dachgeschoss. Riss eine Türe auf und verschnaufte erst einmal. Hinter einem Schreibtisch saß ein 55-jähriger großer Mann mit grauen Stoppelhaaren, im dunkelblauen Anzug, blau-graue Krawatte, weißes, vergilbtes Hemd.

»Was rennst du denn so schnell, Eugen?«

»Ich erwarte, dass der leitende Oberstaatsanwalt Dr. Friedhelm Kümmerle seine Staatsanwältin Dr. Marie Luise Kreiser in die Schranken weist.«

»Was hat sie angestellt?«

»Sie hat versucht, meinen Dezernatsleiter Schächtle zu vergraulen um stattdessen ihren Liebhaber Auer auf den Posten zu setzen.«

»Das geht doch gar nicht. Schließlich hat die Staatsanwaltschaft dafür keine Befugnis.«

Kümmerle war ruhig, während Schmitz aufgeregt herumlief.

»Mir hat Kreiser berichtet, dass dein Schächtle nicht ganz normal und für diese Aufgabe nicht geeignet sei.«

»Emeran ist durch den Tod seiner Frau teilweise neben der Spur. Er wird von unserer Polizei-Psychologin betreut. Für dieses Dezernat ist er aber der richtige Mann. Ein Auer kann ihm nicht das Wasser reichen. Ich bin froh, dass er bereit war, nach Konstanz zu wechseln. Und da kommt dein Wachhund Kreiser und will ihn aus persönlichem Interesse weghaben, weil Auer ihr Liebhaber ist. Das werde ich nicht zulassen.«

»Was heißt, Kommissar Auer ist ihr Liebhaber?«

»Das Gerücht geht schon länger in unserem Haus herum.«

»Aus deiner Sicht verstehe ich dich. Du setzt dich für deine Mitarbeiter ein, vor allen Dingen für die etwas Schwächeren. Das spricht für dich. Aber du musst verstehen, dass ich mich für meine Leute auch einsetze. Kreiser

93

ist auf der einen Seite schwach. Ich kenne ihren Vater, der ein bekannter Rechtsanwalt in Konstanz war. Lisa war sein einziges Kind. Er wollte immer einen Sohn haben und das hatte er sie spüren lassen. Deshalb will sie öfter mit dem Kopf durch die Wand, um sich zu beweisen. Dafür habe ich zum Teil Verständnis.«

Kümmerle ging zum Fenster, schaute kurz hinaus und öffnete beide Fensterflügel.

»Der Nachteil an dieser Bude ist, dass sie im Dachgeschoss liegt. Sobald es warm wird, ist die Luft zum Schneiden. So, was machen wir jetzt mit dem Problem?«

»Was ich von dir erwarte, sagte ich dir bereits.«

»Gut, ich werde mit Kreiser reden und ihr die Versetzung androhen, wenn sie sich weiter in die personellen Angelegenheiten der Kripo einmischt. Es wäre sowieso besser, wenn sie in einen anderen Gerichtsbezirk ginge. Falls sie die Liebhaberin des Kommissars ist, würde ich das befürworten. Es ist nicht gut, wenn eine Staatsanwältin und ein Polizeibeamter etwas miteinander haben. Auer ist verheiratet und hat Kinder.«

»Ich danke dir, Friedhelm«, sagte Schmitz, gab dem Oberstaatsanwalt die Hand und verließ den Raum.

Kümmerle setzte sich an seinen Schreibtisch und wählte eine interne Nummer.

»Frau Kreiser, Kümmerle hier, bitte kommen Sie umgehend zu mir.«

Dann ging er an einen dunklen Eichenholzschrank und griff sich die hinterste Akte, wischte den jahrelangen Staub ab und las auf dem Deckel:

»Jurastudium Frankfurt 1990«.

Er blätterte die Akte durch und blieb an einem Namen hängen.

»Ich wusste doch, dass ich den schon mal gehört habe.«

Da klopfte es und die Staatsanwältin trat ein.

»Gut, dass Sie da sind. Wir müssen was besprechen. Nehmen Sie Platz.«

Kreiser setzte sich, legte die geöffnete Akte, die auf dem Stuhl lag, auf die Seite und las den Namen darauf.

»Herr Kümmerle, woher kennen Sie Emeran Schächtle?«

»Er hat mit mir in Frankfurt Jura studiert.«

Dirk Steiner saß im Büro an seinem Schreibtisch. Vor ihm lagen die Beweisstücke, die Tatwaffe, das Seidentuch und das Messer.

»Das sollte doch Auer in die Asservatenkammer legen«, murmelte er vor sich hin.

Er beschloss, sie selbst dort hinzubringen, nahm den Schlüssel vom Haken, schnappte sich die Beweismittel und machte sich auf in den Keller. Die Asservatenkammer war ein großer, fensterloser Raum mit vielen Regalen an den langen Wänden. Er nahm die drei Sachen und wollte sie dort zu den bearbeiteten Fällen legen. Doch auf einmal hatte er das Gefühl, es stünde jemand hinter ihm. Er drehte sich um, bekam Angst und eine Gänsehaut, ging aus dem Raum, immer noch die drei Beweisstücke in seinen Händen.

»Ist da wer?«, rief er in den Flur hinein.

Keine Antwort. Er schaute sich um und sah niemand. Er merkte, wie er zu zittern begann.

»Dirk, du spinnst, hörst Dinge, die es nicht gibt«, sagte er zu sich.

Er pfiff die Titelmelodie von James Bond, um sich zu beruhigen. Ging zurück. Es war ihm immer noch unheimlich. Als er die Stücke hinlegen wollte, spürte er einen kräftigen Schlag auf seinen Hinterkopf. Ihm wurde schwarz vor den

Augen und er spürte, wie sein Körper auf dem Boden aufschlug.

Kreiser schaute den Oberstaatsanwalt erstaunt an.

»Schächtle hat Jura studiert? Das kann nicht wahr sein?«

»Doch, er kam vom Bundeskriminalamt und war für die Zeit des Studiums freigestellt. Sein Plan war, so hat er es mir damals gesagt, zur Bundesanwaltschaft zu wechseln. Er wollte dort Staatsanwalt werden.«

»Wieso ist er es nicht geworden? Hat er das Studium geschmissen?«

»Nein, er hat das beste Examen gemacht, das es jemals gab. Die Bundesanwaltschaft hätte ihn mit Handkuss genommen.«

»Warum ging er nicht?«

Kreiser wurde neugierig. Dass Schächtle ihr ebenbürtig war, damit hatte sie nicht gerechnet.

»Er wollte zurück zum BKA. Ihm sei der Beruf als Staatsanwalt zu langweilig. Zudem müsste er dann nach Karlsruhe zum Bundesgerichtshof.«

»Das verstehe wer will, ich nicht. Da gibt der Staat Geld aus für sein Studium und er geht zurück zur Polizei.«

»Schächtle hing an seiner Familie, deshalb blieb er in Wiesbaden. Er ist ein gescheiter Kopf und weiß was er will. Auch wenn er derzeit einen Durchhänger hat, wegen des von ihm verschuldeten Todes seiner Frau. Immerhin ist er in psychologischer Behandlung, hat mir Schmitz gesagt.«

»Nein, ist er nicht. Der Kriminaloberrat hätte das gerne, aber er will nicht. Glauben Sie mir, der muss …«

»Weg, meinen Sie? Das ist nicht unsere Sache, sondern die der Polizei. Ist das nun klar?«

Kreiser schaute auf den Boden, hob den Kopf und nickte.

96

»Wo war ich stehengeblieben? Ach ja, ich habe Schächtles Frau bei einem Juristenball, kurz nach dem Studium, kennengelernt. Eine hübsche, aparte, kluge Frau. Deswegen möchte ich, dass Sie ihn in Ruhe lassen. Wenn er sagt, dass der Penner nicht der Mörder ist, dann weiß er, warum. Das Ultimatum, das Sie ihm stellen, ist sinnlos und hinfällig. Haben Sie mich verstanden, Lisa?«

»Herr Kümmerle, wissen Sie, was dieser Fall für einen Wirbel macht?«

»Das ist mir bekannt. Trotzdem will ich, dass der richtige Mörder verhaftet wird. Es bleibt dabei, lassen Sie mir Schächtle in Ruhe, sonst sehe ich mich veranlasst, den Fall selbst zu übernehmen und Sie zu versetzen.«

Kreiser schaute ihn wütend und verärgert an.

»Stimmt es, dass Sie ein sexuelles Verhältnis zu Kommissar Auer haben?«

»Das geht Sie nichts an. Das ist meine private Sache.«

Ihr reichte es jetzt. Sie verließ wütend und grußlos das Büro des Vorgesetzten.

»Doch zu viel Stress für das kleine Mädchen«, sagte Kümmerle lächelnd und setzte sich an seinen Schreibtisch.

Ein grelles Licht blendete ihn. Er schloss sofort die Augenlider, um sie wenig später wieder zu öffnen.

»Bin ich im Himmel?«, fragte er.

»Sehe ich aus wie ein Engel?«, hörte er eine tiefe Stimme.

Es blickte einen großen polierten Glatzkopf an und erkannte seinen Kollegen Franz Josef Auer.

»Wenn du da bist, dann kann ich nicht im Himmel sein«, sagte Steiner lächelnd.

»Du befindest dich im Krankenhaus. Hast ganz schön was abbekommen.«

»Wie komme ich hierher? Was ist passiert?«

»Du bist bewusstlos in der Asservatenkammer gelegen. Dort habe ich dich gefunden und den Notarzt alarmiert.«

»Wieso warst du im Präsidium? Du hattest doch Feierabend!«

»Ich hatte noch einen Termin bei der Staatsanwältin. Da ist mir eingefallen, dass ich die Beweisstücke in die Asservatenkammer legen wollte. Als sie nicht im Büro waren, ging ich in den Keller, um nachzusehen, ob sie bereits dort sind. Dort fand ich dich ohnmächtig auf dem Boden liegen. Die Pistole, der Seidenschal und das Messer sind weg.«

»Das gibt es doch nicht!«, schrie Steiner.

»Das reicht jetzt, Herr Kommissar, bitte gehen Sie. Der Patient braucht Ruhe«, sagte eine ältere, korpulente Krankenschwester.

»Das heißt, ich muss hierbleiben?«

»Diese Nacht zur Kontrolle, dann sehen wir weiter«, antwortete eine 25-jährige schlanke, große, langhaarige Blondine, die das Krankenzimmer betrat.

Steiner war nervös und zitterte. So eine attraktive Frau war ihm schon lange nicht mehr begegnet. Sie kam ihm bekannt vor. Er wurde rot und bleich im Gesicht.

Einen Busen hat die, in den könnte man sich glatt verlieben, dachte er, während er die junge Frau bewundernd anschaute.

Sie sah ihn genau an:

»Bist du nicht Dirk Steiner aus Waiblingen?«

Der Angesprochene brachte nur ein krächzendes:

»Ja, kennen wir uns?« heraus.

»Ich bin Daniela Renz, wir haben doch in Stuttgart zusammen das Abitur gemacht. Du bist jetzt bei der Kripo?«

»Ja, das war immer mein Berufswunsch.«

Jetzt erinnerte er sich genau. Daniela war das hübscheste Mädchen in seiner Klasse. Er schwärmte für sie, doch er traute sich nicht, es ihr zu sagen.

»Mit einer solchen starken Gehirnerschütterung sollte man nicht leichtfertig umgehen«, sagte die Ärztin und streichelte sein Gesicht.

Dann beugte sie sich über ihn und flüsterte in sein Ohr:

»Ich weiß, dass du damals für mich geschwärmt hast. Ich habe dich damals schon gemocht, doch du warst so schüchtern.«

»Lass deinen verliebten Gesichtsausdruck, dein Schwarm ist fort. Ich werde dich bei Schächtle entschuldigen. Erhole dich erst einmal.«

»Franz Josef, morgen erscheine ich zum Dienst, garantiert.«

»Das sehen wir noch. Vorläufig bleiben Sie hier. Wie Frau Dr. Renz gesagt hatte, mit einer Gehirnerschütterung ist nicht zu spaßen«, sagte brummig die Krankenschwester.

Samstag, 19. März 2011
8 Uhr

»Wie siehst denn du aus, was ist mit dir geschehen?«

Angelika Fischer war entsetzt, als sie ihren Kollegen Dirk Steiner mit Verband um den Kopf und einigen Pflastern im Gesicht sah.

»Wo ist Emeran? Ich muss ihn dringend sprechen.«

In diesem Augenblick kam der ins Büro, neben ihm die Journalistin.

»Darf ich euch vorstellen: das ist Karin Reissner. Sie wird über diesen Fall berichten.«

»Wieso denn das? Seit wann darf die Presse direkt vor Ort mit uns ermitteln? Wir haben doch eine Pressestelle«, sagte Fischer.

»Meine Idee war es nicht. Die Anweisung kam von oben.«

»Also von Schmitz.«

»Ja.«

Fischer und Steiner betrachteten Karin Reissner kritisch. Vor allen Dingen die rothaarige Kriminalbeamtin sah sie recht eifersüchtig an.

Dieser Typ Frau fällt den Männern sofort auf, dachte sie neidisch.

»Irgendwo habe ich diese Person schon mal gesehen«, sagte sie leise zu sich.

»Was meinst du, Angelika?«, fragte Schächtle.

»Nichts, ich habe nur laut gedacht«, sagte sie verlegen, wischte mit den Fingern über ihre leicht geschminkten dünnen Lippen und schaute ihren Chef lächelnd an.

»Ich kann mir gut vorstellen, dass Sie damit nicht einverstanden sind. Bedenken Sie, ich mache nur meine Arbeit. Deswegen sollten wir schauen, dass wir miteinander auskommen. Schließlich hat die Bevölkerung das Recht, informiert zu werden«, sagte Reissner, um die Antipathie abzubremsen.

»Und Sie meinen, Sie können das? Sie werden uns nur im Weg rumstehen«, sagte Fischer.

»Schluss mit der Diskussion. Frau Reissner ist da und wir müssen uns damit abfinden. Dirk bist du gestern unter die Räder gekommen? Hattest du eine Schlägerei?«

Steiner nahm sich einen Stuhl und erzählte von dem Überfall in der Asservatenkammer.

»Sie haben mich über Nacht behalten. Am Morgen habe ich mich selbst entlassen. Ich kann euch nicht im Stich lassen.«

»Das ist gut gemeint, aber deine Gesundheit ist wichtiger. Wir sind ein Team, vergessen? Wenn einer nicht einsatzfähig ist, müssen die anderen etwas mehr tun. Du wirst sofort ins Krankenhaus zurückgebracht. Dort bleibst du, bis die Ärzte meinen, dass du fit bist.«

»Emeran, es geht schon, lass mich bitte hier. Ihr braucht jeden Mann.«

»Keine Widerrede, das ist eine Anweisung. Ich sage Bescheid, dass dich ein Streifenwagen in die Klinik bringt.«

Schächtle drängte Steiner hinaus. Unter Protest verließ er das Büro und wenig später betrat es Auer.

»Wo kommst du denn her? Verschlafen?«

»Nein, ich war im Krankenhaus, wollte nach Dirk sehen. Dort erfuhr ich, dass er weg ist.«

»Ich habe ihn wieder hinbringen lassen. Er wird einige Tage ausfallen. Wie passt du in die Geschichte überhaupt hinein?«

»Ich war gestern Abend noch bei der Staatsanwältin und habe sie gebeten, uns mehr Zeit für die Lösung des Falles zu geben. Aber es war sinnlos. Sie ist dir gegenüber unversöhnlich. Den Termin für die Aufklärung des Falles bis Montag hat sie wegen Schmitz gegeben und das nur, weil der Kriminaloberrat mit dem Oberstaatsanwalt gedroht hatte.«

Schächtle stand auf, ging ans Fenster, atmete tief durch und setzte sich an Steiners Schreibtisch.

Wie soll ich bis Montag den Mörder haben, dachte er.

»Was will die hier?«, fragte Auer und zeigte auf Reissner.

»Sie ist Journalistin und uns von Schmitz zugeteilt worden.«

»Auch das noch.«

»War das alles, Franz Josef?«

»Nein, als ich gestern die Treppe hinunterging und im Erdgeschoss war, kam aus dem Keller ein unbekannter Mann auf mich zu. Der rannte mich um und verschwand aus dem Präsidium.«

»Kannst du ihn beschreiben?«, fragte Fischer.

»Nein, es ging alles so schnell. Aber er roch nach Alkohol. Es könnte vermutlich einer dieser Penner sein.«

»Das glaube ich nicht. Die meiden die Polizei, wie der Teufel das Weihwasser.«

»Ich bin in den Keller gegangen und sah Dirk bewusstlos in der Asservatenkammer liegen. Am Kopf und einigen Stellen im Gesicht blutete er. Ich holte sofort den Notarzt.«

»Den Rest der Geschichte kenne ich. Danke, Franz Josef, dass du für ihn da warst. Hätte ich dir gar nicht zugetraut.«

»Man schätzt mich immer falsch ein.«

»Es kann auf jeden Fall nur der Mörder gewesen sein, der die Sachen gestohlen hat«, sagte Fischer.

»Wenn der meint, dass wir seine DNA nicht haben, täuscht er sich. Er müsste doch wissen, dass die Beweisstücke erst nach der Untersuchung von der KTU in die Asservatenkammer gelegt werden«, sagte Auer.

»Apropos KTU, wie sieht das Ergebnis der fremden Blutspur in der Sakristei aus? Hast du Nachricht vom BKA, Angelika?«

Fischer kramte ein Blatt Papier aus ihren Unterlagen.

»Das kam heute Morgen per E-Mail. Sie haben die Blutanalyse durch den Zentralcomputer gejagt. Ergebnis negativ. Diese DNA ist gänzlich unbekannt.«

»Was ist mit der Untersuchung des Zimmers im Pfarrhaus?«

»Ebenfalls keine verwertbaren Spuren. Nur die von dem Mesner und der Pfarrsekretärin. Die Vergewaltigung fand eindeutig im Bett dort statt.«

Schächtle seufzte tief durch:

»Wir sind immer noch nicht weiter. Es geht nicht vorwärts. Oh Elvira, was würdest du jetzt tun?«, murmelte er vor sich hin.

Keiner merkte, dass Reissner die ganze Zeit ihr Diktiergerät mitlaufen ließ.

Emanuel Geiger saß an seinem Schreibtisch und arbeitete an der Predigt. Er schaute auf das Kruzifix an der gegenüberliegenden Wand. Er ging seinen Gedanken nach:

Gestern kam Maria Weiler wie immer zur Arbeit. Sie sei unschuldig, hatte sie zu ihm gesagt. Er wollte sie sofort entlassen, tat es aber nicht. Einerseits würden die Weilers dann in Schwierigkeiten kommen. Nur mit dem Gehalt als Taxifahrer ihres Ehemanns Peter könnten sie nicht überleben. Andererseits konnte er eine ehemalige Prostituierte in der katholischen Kirche nicht weiter beschäftigen. Und er war noch nicht aus der Gefahr heraus, verhaftet zu werden. Schächtle würde auf jeden Fall einen Grund finden, ihn wegen seiner Verletzung vor Gericht zu stellen.

Da kam der Kooperator herein.

»Darf ich dich kurz stören?«

»Gut, dass du kommst. Ich bin im Zwiespalt. Du kennst das Vorleben von unserer Pfarrsekretärin?«

»Dass sie früher eine Nutte war?«

»Genau das. So jemand sollte ich hier nicht weiterarbeiten lassen. Was wird der Pfarrgemeinderat dazu sagen? Und erst die Gemeinde?«

»Du kümmerst dich doch sonst auch nicht, was die meinen. Wenn du Maria entlässt, ist das ihr Untergang. Sie geht wieder auf den Strich, damit sie finanziell überleben kann. Das alles nur wegen des Geredes der Leute?«

»Du hast recht, das wäre nicht christlich. Meinem Gewissen gegenüber könnte ich das nicht verantworten.«

»Über was habt ihr geredet?«

»Ich sagte ihr gestern, dass wir am Montag darüber sprechen müssen.«

»Nicht mehr?«

»Die Kündigung habe ich ihr angedroht. Ich überlege es mir am Wochenende, habe ich zu ihr gesagt. Sie ging deprimiert nach Hause.«

»Ruf sie an, gib ihr Bescheid, dass sie bleiben kann.«

»Nein, sie soll noch etwas schwitzen und nachdenken über ihre damalige Verfehlung.«

»Findest du nicht, sie hat genug gelitten? Zuerst die

jahrelange Angst, als sie im Pfarrhaus die Arbeit als Sekretärin bekommen hatte, dass ihr Vorleben bekannt wird. Dann der Verdacht, dass sie Brunner getötet habe, weil der sie vergewaltigt hatte. Meinst du nicht auch, es genügt jetzt?«

»Nein, ich will sie am Wochenende leiden sehen. Sie muss bereuen. Nur dann kann ich ihr verzeihen. Damit ist die Diskussion für mich beendet.«

»Du bist unverbesserlich. Weshalb ich gekommen bin: Vor der Türe wartet ein Bettler, der was zu essen haben will.«

Geiger erhob sich und ging in den Flur. Dort saß auf einem Stuhl ein großer schlanker Mann mit verwildertem Bart. Sein Gesicht war eingefallen, die Backenknochen standen hervor. Seine verfilzten braunen Haare gingen ihm bis an die Schulter. Er hatte einen langen Stoffmantel an, richtete sich auf und wollte dem Münsterpfarrer die Hand geben.

»Was willst du?«, fragte dieser entschlossen.

»Ich bin mittellos und lebe auf der Straße. Heute Morgen bin ich angekommen und bitte um eine warme Mahlzeit. Danach verziehe ich mich sofort. Bisher hat mir das noch kein Pfaffe verweigert.«

»Ganz schön unverschämt, mich zu beleidigen. Du möchtest doch was von mir, also benimm dich gefälligst.«

»Tut mir leid, ich habe es nicht anders gelernt. Dann verdufte ich halt, sehr christlich, dieses Haus.«

Der Mann drehte sich um und wollte zum Ausgang gehen. Geiger hielt ihn am Arm fest:

»Du kannst eine warme Suppe bekommen. Dafür musst du was tun.«

»Was verlangen Sie von mir?«

»Um das Pfarrhaus sollte schon lange gekehrt werden. Mach sauber, dann erhältst du was zum Essen.«

»Gibt es bei Euch nichts ohne Gegenleistung?«

»Nein, um Gottes Lohn bekommt man auch bei der katholischen Kirche nicht das Geringste. Mach es oder lass es sein.«

»Wenn es sein muss. Wo sind Besen und Schaufel?«

»Kooperator Kleiner gibt es dir. Hast du auch einen Namen?«

»Ja, Friedrich, aber man nennt mich Fritz.«

Für Emeran Schächtle drehte sich alles im Kreis. Die Verdächtigen, die er hatte, sind entlastet. Die Beweisstücke sind gestohlen. Der Mord in Lahr an der Prostituierten ist immer noch nicht aufgeklärt. Zu viele Zufälle beherrschen diesen Fall. Die Tatwaffe die in Lahr benutzt wurde. Das Halstuch, das wie die Browning auf einmal in Konstanz auftauchte. Jahrelang waren diese Utensilien verschwunden. Die konnte nur der Mörder versteckt haben. Damit scheidet allerdings die Mordtheorie aus, dass Münsterpfarrer Geiger der Täter war. Aber wer hatte die Beweisstücke entwendet und Steiner überfallen? Und wie kam der Schnitt an den linken Arm des Pfarrers? Hat er sich wirklich verletzt oder ist er der Mörder?

»Emeran, ich habe Neuigkeiten«, sagte Fischer, als sie das Büro betrat.

»Hoffentlich bringt es uns weiter.«

»Brunner stand 2003 wegen Vergewaltigung in Karlsruhe vor Gericht. Der Prozess wurde eingestellt mangels Beweisen.«

»Wieso denn das?«

»Das Opfer wollte nicht aussagen. Sie könne sich an

nichts mehr erinnern. Ob Brunner der Täter sei, könnte sie auf keinen Fall beschwören.«

»Angelika, ich befürchte, dass wir diese Tat bis Montag nicht aufklären. Das war es dann, mein Gastspiel in Konstanz.«

»Nur nicht den Mut verlieren, wir haben noch zwei Tage.«

»Wo ist Auer?«

»Bei Dirk im Krankenhaus.«

»Wir gehen nochmals zum Münsterpfarrer. Es ist halb drei Uhr, da müsste er da sein.«

Emanuel Geiger hatte seine Predigt geschrieben.

»Nun schaue ich, was Fritz macht. Der müsste längst fertig sein.«

Der Bettler räumte Schaufel und Besen weg. Danach nahm er die Mülltonne und stellte sie an die Hauswand.

»Gut, dass Sie kommen, Herr Pfarrer, die Arbeit wurde von mir ausgeführt.«

Der Münsterpfarrer schaute sich alles genau an und nickte freudig:

»Sehr gut gemacht, so sauber war es noch nie. Wie wäre es, wenn du hier bleibst? Ich könnte einen Hausmeister gut gebrauchen. Du bekommst gute Bezahlung und ein möbliertes Zimmer habe ich auch für dich. Essen und Übernachtung natürlich frei.«

»Herr Pfarrer, ich wollte weiterziehen. Arbeit ist nicht so mein Ding.«

»Überlege es dir. Du wärst weg von der Straße und würdest dein eigenes Geld verdienen. Ich brauche dringend einen, der handwerklich begabt ist.«

»Gut, vorläufig bis Ende April. Dann reden wir nochmals darüber. Kennen Sie diese Personen, die auf uns zukommen?«

»Ja, vor denen musst du dich in Acht nehmen. Das sind Bullen. Komm, verschwinde, lass dir in der Küche was zu essen geben. Nachher zeige ich dir dein Zimmer.«

Fritz verzog sich schnellstens. Mit solchen Leuten wollte er nichts zu tun haben.

»Was war denn das? Hat der was auf dem Kerbholz?«

Angelika Fischer wunderte sich, als sie den Mann wegrennen sah.

»Der will mit euch nichts zu tun haben. Ein Bettler, der bei mir was zu essen bekommt. Ein armer Kerl, dem die Kirche hilft.«

»Nachdem du ihn die Straße hast kehren lassen. Ich kenne diese Einstellung«, meinte Schächtle und zeigte auf Schaufel und Besen, die an der Hauswand lehnten.

»Wir können auch nichts verschenken. Deswegen seit ihr wohl nicht gekommen?«

»Herr Pfarrer, im Ernst: Wer war das?«

»Ein mittelloser Christ.«

»Hat der einen Namen?«

»Er heißt Friedrich, man nennt ihn Fritz. Er ist heute Morgen in Konstanz angekommen. Ich habe ihn sofort als Hausmeister eingestellt. Seit Brunner ermordet wurde, fehlt mir so ein Mann.«

»Willst du ihn auch als Mesner?«

»Das weiß ich noch nicht. Wenn er katholisch ist, könnte ich es mir vorstellen.«

»Aber der Pfarrgemeinderat, was ist…?«

»Du weißt genau, von denen lasse ich mich nicht ins Handwerk pfuschen. Ich muss mit diesen Menschen arbeiten, deshalb suche ich sie mir aus«, unterbrach der

Pfarrer wütend, dass man ihn über den gesamten Pfalzgarten hörte.

Sie gingen gemeinsam ins Pfarrhaus, zum Büro von Geiger.

»Emanuel, das heißt, dass dieser Fritz hier wohnt?«

»Ja, er wird heute Mittag das Mesnerzimmer beziehen.
Seid doch froh, dass ich solche Leute von der Straße hole.«

»Wie ist sein Nachname, kennst du …«

Auf einmal ging die Tür auf, Schächtle drehte sich um
und Fritz kam hinein.

»Herr Pfarrer, ich bin fertig. Das Essen war sehr gut. Soll
ich jetzt mein Zimmer beziehen?«

»Ja, gleich. Wie heißt du mit vollem Namen?«

»Friedrich Hohlmayer, fünfunddreißig Jahre alt, und in
Berlin geboren.«

»Geh zu meiner Haushälterin in die Küche, sie soll dir
deine Unterkunft zeigen.«

»Ich werde diesen Herrn Hohlmayer sofort überprüfen«,
sagte Fischer und stand auf.

»Lass das, es bringt nichts. Wir haben Wichtigeres zu
tun.«

»Habt ihr noch Fragen? Ich denke, ich habe alles gesagt.«

»Du verheimlichst mir was? Du hast auch in unserer
Schulzeit die Tatsachen immer verdreht. Wie war dein Verhältnis zum Mesner?«

»Das habe ich doch schon gesagt. Am Anfang gut, später
schlecht. Dann …«

»Das ist nur die halbe Wahrheit. Ein Zeuge sagte mir,
dass Brunner aufmüpfig und rechthaberisch war. Sie wollten ihn unbedingt loswerden«, rief Fischer dazwischen.

Der Pfarrer stand auf, ging zum Fenster und öffnete es.

»Was wissen Sie noch, wo haben Sie überall herumgespitzelt? Ihr Bullen könnt doch nur alles kaputtmachen.«

»Spinnst du, Emanuel? Dein schwarzer Priesterrock macht dich nicht unverwundbar. Es gibt auch Geistliche, die im Gefängnis sind, vergiss das nicht.«

»Herr Geiger, wir zerstören nichts, sondern klären Mordfälle auf. Das ist unsere Aufgabe als Polizeibeamte.«

Der Pfarrer setzte sich hinter seinen Schreibtisch, lehnte sich zurück und sagte aggressiv:

»Weiter, Frau Fischer, ich habe nicht den ganzen Mittag Zeit. Nachher muss ich in die Kirche, die Beichte abnehmen.«

»Dann beichten Sie mal bei uns. Als Sie erfahren haben, dass Brunner weder katholisch noch christlich war, hätten Sie ihn am liebsten fortgejagt. Das entspricht doch der Wahrheit?«

»Ja, es stimmt. Der Mesner sah den Gottesdienst als Theateraufführung und wir Pfarrer waren die Schauspieler. Welcher Zeuge hat das gesagt?«

»Das darf ich Ihnen nicht mitteilen.«

»Was hast du unternommen, um ihn loszuwerden?«, fragte Schächtle.

»Brunner hat mich erpresst: Entweder ich zahle ihm zwanzigtausend Euro oder er wird dem Pfarrgemeinderat berichten, dass ich einen Atheisten eingestellt habe. Er meinte, dann wäre meine Karriere am Ende, und ich würde strafversetzt. Das alles nur, weil ich ihn ohne die Zustimmung des Pfarrgemeinderats arbeiten ließ. So was kann ich mir doch nicht bieten lassen.«

»Augenblick mal! Der Pfarrgemeinderat wusste doch von der illegalen Einstellung von Brunner. Die würden doch nichts Neues erfahren«, meinte Fischer.

»Es geht um meine Person, als Würdenträger des Konstanzer Münsters. Ich kann mich doch von so einem hergelaufenen Verbrecher nicht brüskieren lassen.«

»Wie hast du ihn umgebracht?«

»Ich habe ihn nicht ermordet. Ich war in dieser Nacht nicht mal in der Nähe der Sakristei. Er hätte das Geld von mir bekommen, immerhin habe ich von meinen Eltern ein kleines Vermögen geerbt.«

»Das sollen wir Ihnen glauben? Sie, ein Mann, der seine Probleme auch gewalttätig löst, gibt nach und zahlt? Das kann nicht sein. Sie haben ein einwandfreies Tatmotiv.«

»Das hast du allerdings. Leider reicht es nicht für eine vorläufige Festnahme aus. Trotzdem halte ich dich für den Täter. Ich werde es dir beweisen, dann komme ich, um dich festzunehmen.«

»Was kann ich denn tun, damit ihr mir glaubt?«

»Lüge uns nicht an und sage die Wahrheit.«

»Das habe ich getan. Mehr ist nicht dazu zu sagen.«

Als Schächtle und Fischer vor dem Pfarrhaus im Pfalzgarten standen, meinte die Rothaarige:

»Wieso hast ihn nicht in Gewahrsam genommen? Genügend Beweise haben wir.«

»Was für welche? Du vergisst, dass weder an der Tatwaffe noch am Seidentuch oder am Messer, Spuren von Geiger waren. Dass in der Sakristei welche sind, ist für einen Pfarrer normal. Jeder Anwalt hätte uns mit Freude auseinandergenommen. Wir sind nicht weitergekommen, immer noch am Anfang. Ich verzweifle so langsam.«

»Emeran, keine Angst, wir lösen den Fall noch rechtzeitig«, sagte Fischer und nahm Schächtle in den Arm.

»Wer war der Zeuge, den du befragt hast?«

»Den gibt es nicht. Ich habe den Pfarrer provoziert und es hat geklappt.«

»Du weißt, dass dies gegen die Dienstvorschrift ist.«

»Er hat mir geglaubt und ausgesagt. Mehr wollte ich nicht.«

»Meine liebe Angelika, ich habe dich falsch eingeschätzt. Du kannst ganz schön hinterhältig sein. Ich möchte aber so was nicht mehr erleben. Das könnte dir ein Disziplinarverfahren einbringen. Hast du mich verstanden?«, sagte Schächtle.

»Ja Chef, versprochen.«

Sie gingen den Pfalzgarten entlang und schwiegen sich an. Irgendwas ging im Kopf des Hauptkommissars herum.

»Ist was, Emeran?«

»Wieso?«

»Du schaust so ernst drein und bist so komisch.«

Er schaute sie an, streichelte ihre Wange und sagte:

»Ich habe eine Frage an dich.«

Sie setzten sich auf die rote Bank bei der Mariensäule. Schächtle schnaufte tief durch und schwieg.

»Was willst du mich fragen?«

»Es fällt mir nicht leicht und es geht mich auch nichts an. Ich bin dir auch nicht böse, wenn du mir keine Antwort gibst.«

»Also, Emeran, rück mit der Sprache raus. Was habe ich angestellt?«

»Was soll die Bemerkung von Auer, dass du es auch mit Frauen machst?«

»Das ist es also. Ich bin nicht lesbisch, höchstens etwas bisexuell.«

»Gut, das andere ist deine Angelegenheit.«

»Ich habe bisher noch mit niemand darüber gesprochen. Ich bin damals so enttäuscht worden und wollte nur vergessen. Dir will ich mein Geheimnis erzählen, dir vertraue ich.«

»Bist du ganz sicher? Wir können auch gehen und ich werde es nicht mehr erwähnen.«

»Die ganze Geschichte begann, als ich 2009 von der Polizei Singen zur Kripo Konstanz versetzt wurde. Ich war seit längerer Zeit ohne feste Beziehung und das nagte an mir. Mit mir kam eine junge Frau aus Stuttgart in unser Dezernat. Sie hieß Regina, hatte braune kurze Haare und war etwa so alt wie ich. Außer uns beiden gab es noch Kriminalhauptkommissar Ambs als Dezernatsleiter und Franz Josef Auer, der damals schon Kommissar war. Eines Abends sind Regina und ich nach dem Dienst noch was trinken gegangen. Wir saßen an einem kleinen Tisch in einem Weinlokal in der Niederburg und es war dort etwas düster. Die Kerzen brannten und die Stimmung war dementsprechend romantisch. Der Alkohol war schon ziemlich fortgeschritten und sie hat mich völlig unerwartet auf den Mund geküsst.«

Fischer machte eine Pause und schnaufte tief durch. Auf der Bank daneben hatte sich ein Liebespaar niedergelassen.

»Sie gab mir einen festen Zungenkuss und es gefiel mir.«

»Aber das ist schließlich deine Sache. Du musst mir nichts mehr erzählen.«

»Ich will, dass du es weißt. Wir gingen wenig später zu mir heim und was dann kam, kannst du dir denken.«

»Ihr seid zusammen ins Bett. Na und, ist doch nichts dabei.«

»Als ich am nächsten Tag aufwachte und die nackte Regina neben mir im Bett sah, bekam ich einen Moralischen. Ich sorgte dafür, dass sie schnellstens aus meiner Wohnung verschwand. Dann duschte ich mich und ging zum Dienst.«

»Dort war sie natürlich auch.«

»Ja, aber wir redeten nicht viel. Als wir allein im Büro waren, kam sie zu mir her, gestand, dass sie lesbisch sei und mit mir zusammen sein wollte. Ich war geschockt. Bis zu diesem Zeitpunkt hatte ich noch nie etwas mit einer Frau.«

»Und wie hat das Auer erfahren?«

»Wie gesagt, ich war neu in diesem Dezernat. Ich musste mich jemanden anvertrauen. Ambs war mir zu alt, und er war der Ansicht, Frauen gehören in die Küche und nicht zur Kripo. Deswegen habe ich mich Auer anvertraut und ihm alles erzählt.«

»Wie hatte er reagiert?«

Er lachte mich aus. Zwei Lesben im Dezernat, das hat uns noch gefehlt, hat er zu mir gesagt. Ich lief heulend raus und war fix und fertig.«

Man sah deutlich, obwohl die Geschichte schon einige Jahre her war, dass dieses Ereignis sie immer noch emotional berührte und Tränen an ihrem Sommersprossengesicht herunterliefen.

»Auer hatte die Sache sofort Ambs erzählt. Der sorgte dafür, dass Regina nach Stuttgart zur Kripo versetzt wurde. Zwei Lesben könne er hier nicht gebrauchen, sagte er zu uns. Ich war noch bei Schmitz, aber der wollte nichts machen. Er möchte Ruhe bei der Kripo, deswegen ist es besser, wenn eine von uns geht, so hat er es damals gesagt. Ambs untersagte Auer, darüber zu reden, sonst werde er dafür sorgen, dass er strafversetzt wird.«

»Hat er sich daran gehalten?«

»Ja, bis wir dich in der Sakristei getroffen haben. Ambs

war ja bereits im Ruhestand, deswegen hatte er keine Angst mehr, dass ihm etwas passiert.«

»Hast du von dieser Regina wieder was gehört?«

»Nein, bisher nicht. Ich kenne nicht mal ihren Nachnamen. Sie war ja nur zwei Tage da und wir redeten uns mit dem Vornamen an.«

Schächtle nahm Fischer in den Arm und drückte sie fest an sich.

»Keine Angst, Angelika, von mir erfährt niemand was. Jetzt vergessen wir das und wenden uns dem Fall zu«, flüsterte er ihr ins Ohr.

Sonntag, 20. März 2011
9 Uhr

»Papa komm, es gibt Frühstück. Ich decke den Tisch, der Kaffee ist schon fertig.«

Am Sonntag frühstückten die Schächtles immer zusammen.

»Du könntscht ruhig au unsre Konschtanzer Dialekt schwätze. Hosch des in de Fremde verlernt?«, sagte der 85-jährige Franziskus Schächtle, als er in die Küche betrat.

Er war kleiner als sein Sohn, hatte weiße lichte Haare, viele Falten im Gesicht und an den Händen. Ein weißer Dreitagebart dekorierte sein Gesicht, denn an diesem Morgen war ihm bisher kein Rasiermesser begegnet.

»Du weißt doch, ich habe es mir abgewöhnt. Mit unserer Mundart kommt man in Wiesbaden nicht weiter. Rasieren könntest du dich noch, bevor wir in die Kirche gehen.«

»Nein, ich loss mir en Vollbart wachse. Die ewige Rasiererei got mir uf de Keks. Und etzt frühstücker mor aber. Wa mache mer nach em Gottesdienscht?«

Schächtle senior setzte sich auf die Kiefernholzbank der Essecke in der Küche, während sein Sohn ihm gegenüber auf einen Stuhl saß.

»Oh Vater, du vergisst auch alles. Wir gehen zum Solidaritätsessen ins Kolpinghaus.«

»Was isch denn des?«

»Da gibt es eine warme Suppe und der Erlös geht an eine christliche Institution wie Caritas, Altenheim oder Kindergarten. Damit tun wir ein gutes Werk. Schließlich ist Fastenzeit.«

»Det isch bestimmt au de Minschterpfarrer, dein Schulfreind. Ob der de Mörder vum Mesner isch? Du monsch es doch au.«

»Der ist nicht mein Freund und wird es nie sein. Du weißt genau, rein zufällig sind wir miteinander aufgewachsen. Zufällig waren wir auch in der gleichen Schule. Sonst haben wir nichts gemeinsam.«

»Etzt hon i gmont, dass ihr Freind seit. Dabei isch des doch so en nette Kerle.«

Schächtle antwortete nicht darauf. Sie frühstückten, ohne weitere Gespräche. Seine Nerven waren angespannt. Er wusste, dass der morgige Tag die Entscheidung seiner Zukunft in Konstanz bringen würde.

»Emeran, an was denksch?«

»An nix, Papa. Wenn du gegessen hast, geh ins Wohnzimmer und rauche noch eine Zigarre. Ich räume den Tisch ab und mache sauber.«

»I wart, bis de fertig bisch. Denn könne mer zamme one paffe.«

Da klingelte es auf einmal Sturm an der Wohnungstüre. Schächtle öffnete und sah wie jemand mit langen roten Haaren die Treppe hinaufrannte.

»Was ist los, dass du am Sonntagmorgen störst?«

»Im Pfarrhaus…«

»Wer isch des Freilein, Emeran?«

»Eine Kollegin von mir, sei nicht so neugierig.«

Schächtle senior ging beleidigt zurück in die Küche.

»Komm rein, weshalb bist du hier?«

Sie standen neben der halb offenen Wohnungstüre im Garderobenflur, direkt vor dem Wohnzimmer.

»Mich hat der Kriminaldauerdienst rausgeläutet. Auch ich wollte heute einmal ausschlafen, obwohl mich der Mesnermord genauso aufwühlt wie dich. Ich will dir eins sagen, selbst wenn wir morgen den Fall nicht lösen, Dirk und ich werden dafür kämpfen, dass du unser Chef bleibst. Nur der Laune einer Staatsanwältin geben wir nicht nach«, sagte Fischer aufgewühlt.

»Nett von euch, aber deswegen bist du nicht gekommen?«

»Im Pfarrhaus ist eingebrochen worden. Wir müssen dringend rüber, Auer ist schon dort.«

»Nei mir wollet doch in d Kirch. Dein Lade wird au mol ohne dich uskumme.«

»Ich muss ins Pfarrhaus, es hängt mit unserem Mordfall zusammen. Ich komme danach direkt ins Kolpinghaus zum Essen.«

»Heißt des, i soll allon in d Kirch?«

»Das heißt es oder schaffst du das nicht?«

»Freilein, des wär etzt it nötig gwäse, uns de Suntig zu versaue.«

»Tut mir leid, Herr Schächtle, aber es ist wichtig.«

»Vater, stell dich nicht so an. Wir sehen uns später, versprochen.«

Als die beiden Kriminalbeamten von der Gerichtsgasse über den Münsterberg zum Pfarrhaus liefen, sahen sie ein großes Aufgebot an Streifenwagen mit Blaulicht davorstehen. Da rannte eine schwarzhaarige Frau über den Pfalzgarten.

»Das ist doch die Reporterin, unser Klotz am Bein«, sagte Fischer.

»Ein weiterer Grund, den Fall schnellstens zu lösen, damit wir die los haben. Weißt du mehr über den Einbruch?«

»Nein, mir ist nur der Überfall im Pfarrhaus gemeldet worden.«

Als sie hineingingen, führte sie der Schutzpolizist in ein Zimmer. Gleichzeitig betrat die Journalistin den Tatort.

»Was wollen Sie?«, fragte Fischer giftig.

»Das wissen Sie doch. Ich berichte über das Verbrechen«, antwortet Reissner ruhig.

»Lass sie in Ruhe, Angelika. Und Sie, Frau Reissner, bleiben hier im Flur stehen. Nicht das Sie uns noch alle Spuren zerstören.«

»Gut, dass ihr da seid«, sagte Auer, als er auf sie zuging.

Schächtle stand bei der Zimmertüre und bemerkte, wie Sanitäter sich über das Bett beugten.

»Was ist passiert, Franz Josef?«

»Heute Nacht ist in dieses Zimmer eingebrochen worden. Übrigens ist es das gleiche Zimmer in dem der ermordete Mesner gewohnt hatte. Hier hat man den Hausmeister Friedrich Hohlmayer mit mehreren Messerstichen verletzt. Wie schlimm die Verletzungen sind, weiß ich nicht.«

Bei Schächtle drehte sich alles. Er war blass und hielt sich an seiner Kollegin fest.

»Doktor, wie sieht es aus mit dem Opfer?«, fragte Fischer, als der Notarzt vorbeiging.

»Sind Sie von der Kripo?«

»Ja, wann können wir ihn vernehmen?«

»Das Opfer ist lebensgefährlich verletzt. Der Mann hat mehrere Messerstiche in den Rücken abbekommen. Sieht so aus, als wenn einer vor lauter Wut zugestochen hat. In den nächsten Stunden entscheidet sich, ob er überlebt.«

»Das ist doch eh nur ein Penner, um den ist es nicht zu schade«, sagte Auer.

Da stürzte sich Schächtle auf seinen Kollegen, packte ihn am Hals, gab ihm einen Kinnhaken, sodass Auer einige Meter auf dem Boden rutschte.

»Er ist in erster Linie ein Mensch, du Arsch!«, schrie er ihn an.

Auer wollte sich auf den Hauptkommissar stürzen, wurde aber von zwei Beamten der Kriminaltechnischen Untersuchung daran gehindert, indem sie ihn festhielten.

Schächtle setzte sich auf den Holzstuhl der vor dem Schreibtisch stand. Da sah er, wie das lebensgefährlich verletzte Opfer auf einer Krankentrage an ihm vorbeigetragen wurde. Wenig später hörte er das Martinshorn und fing an zu weinen.

»Was ist denn, Emeran, beruhige dich doch«, sagte seine Kollegin und hielt seine Hand fest.

»Der Psycho dreht durch. Mit dem lösen wir den Fall nie«, rief Auer, und kühlte dabei mit Eis sein Kinn.

»Franz Josef, verschwinde!«, schrie Fischer.

Der dachte nicht daran, sondern ging einige Meter von ihnen weg.

»Es geht, Angelika, machen wir weiter.«

»Was hat dich so sehr aus der Fassung gebracht? Kennst du diesen Fritz? Ich habe gestern gesehen, dass er dir zuzwinkerte.«

Schächtle schnaufte tief durch und wischte sich das Gesicht mit seinem Taschentuch ab.

»Ja, ich kenne ihn. Es ist mein Kollege: Kriminalkommissar Friedrich Maximilian Hohlmayer vom Bundeskriminalamt Wiesbaden. Wir arbeiteten beide bei der verdeckten Ermittlung. Ich war dort sein Chef, wie ich heute deiner bin.«

»Wie kam er nach Konstanz?«

Der Hauptkommissar stand auf und schaute in die Leere des Raumes.

»Ich habe ihn vor ein paar Tagen angerufen und gebeten im Pfarrhaus verdeckt zu ermitteln. Für mich ist der Münsterpfarrer der Täter. Er sollte mir Beweise beschaffen. Jetzt bin ich schuld, wenn er stirbt.«

Schächtle vergrub das Gesicht in seine Hände und fing laut an zu schluchzen.

»Wieso geht alles bei mir schief, seit ich hier bin?«

»Er war Polizist, Emeran, wie du. Er kannte das Risiko.«

Dann erhob Schächtle sich und ging an das Bett. Dort war auch Auer und grinste ihn an. Der Hauptkommissar sah ihn aber nicht. Als er vor dem zerwühlten Bett stand, fing er an zu zittern und war totenblass. Ihm begegnete das Gesicht von Elvira.

»Mir wird schlecht«, sagte er.

Angelika Fischer setzte ihn auf einen Stuhl und flüsterte ihm ins Ohr:

»Sollen wir gehen?«

»Nein, da muss ich alleine durch. Sonst schaffe ich es nie.«

»Jetzt reicht es mir aber. Ab sofort hast du in diesem Dezernat nichts mehr zu sagen. Ich bin wieder der Leiter. Du bist ein Verrückter, ein unberechenbarer Psycho, der in die Irrenanstalt gehört. So einer ist bei uns fehl am Platz!«, schrie Auer und wollte Schächtle aus dem Zimmer werfen.

Da ging Fischer auf Auer zu, gab ihm eine Ohrfeige, stieß ihn so, dass dieser wieder auf den Boden fiel. Diesmal raffte er sich schneller auf, zog seine Waffe und versuchte auf Fischer zu schießen. Die holte mit ihrem rechten Fuß aus, die Waffe fiel Auer aus der Hand, landete in der hinteren Zimmerecke und direkt vor den Füßen von Schmitz.

»Kriminalkommissar Auer, geben Sie mir sofort Ihren Dienstausweis und Dienstmarke«, sagte dieser und hob die Dienstwaffe auf.

»Franz Josef Auer, Sie sind bis auf Weiteres vom Dienst suspendiert. Gegen Sie wird ein Disziplinarverfahren eingeleitet wegen Mobbing zum Nachteil von Emeran Schächtle. Erwarten Sie nicht, dass die Staatsanwältin Ihnen hilft. Sie war sehr auskunftsfreudig, als sie heute Morgen den Oberstaatsanwalt in seinem Haus aufsuchte. Dadurch hat sie sich gewaltigen Ärger eingespart.«

»Was kann die schon wissen?«, sagte Auer.

»Sie hat ihr sexuelles Verhältnis zu Ihnen zugegeben. Auch das Sie dafür sorgen wollte, dass Schächtle versagt und Sie der Leiter des Dezernats werden. Sie gab zu, von Ihnen abhängig zu sein. Sie konnten mit ihr alles machen.«

»Dann ist sie also ihren Posten als Staatsanwältin los?«

»Nein, durch ihr freiwilliges Geständnis bekommt sie eine letzte Chance. Sie traute Ihnen nicht mehr.«

»Diese blöde Kuh!«, schrie Auer.

»Da sind Sie ja gerade im richtigen Moment gekommen«, sagte Angelika Fischer freudig.

»Ich wusste vom verdeckten Einsatz von Hohlmayer. Emeran hat mich vorher informiert. Nachdem mich der Oberstaatsanwalt heute Morgen angerufen hatte, war mir klar, dass Auer was unternehmen würde, um die Leitung des Dezernats an sich zu reißen. Auer, Sie verlassen sofort den Tatort, auch im Polizeipräsidium haben Sie Hausverbot. Wir melden uns bei Ihnen.«

»Ich gehe, aber das lasse ich mir nicht bieten. Das wird Ihnen noch leidtun!«, schrie der suspendierte Kriminalkommissar, während er das Pfarrhaus verließ und die Tür zuknallte.

»Jetzt hast du einen Feind mehr«, meinte Fischer.

»Das war der schon, als ich hier anfing«, entgegnete Schächtle.

»Interessant, wie es bei der Kriminalpolizei Konstanz zugeht«, murmelte Reissner und verließ das Pfarrhaus.

Emeran Schächtle ging in die Gerichtsgasse. Im Hof stand sein Vater und legte gleich los:

»Kumsch etzt au scho. Mir sotet doch ins Kolpinghaus go.«

»Tut mir leid, Papa. Warst du in der Kirche?«

»Jo, aber du hosch mol widder durch Abwesenheit glänzt. Dein Kumpel, de Minschterpfarrer, hot di au vermisst. Kum gomer etzt.«

Als die zwei wenig später über die Wessenbergstraße zur Hofhalde in das Kolpinghaus gingen, war dort reger Betrieb. Das rote christliche Haus war ein Kastenbau, Anfang der fünfziger Jahre im letzten Jahrhundert erbaut. Davor waren Rasenstücke und Kieswege. Auf der linken Seite sah man die Rückseite des Pfarrhauses der Münsterpfarrei, getrennt durch eine Mauer und einem Torgitter. Als die beiden den Eingangsbereich des Kolpinghauses betraten, hatten sie Mühe, einen Platz für ihre Mäntel an den Garderobenständern zu finden. Beim Betreten des Kolpingsaales waren sämtliche Tische besetzt. Der helle Parkettboden glänzte, weil die Sonne durch die großen Glasfenster in den Raum hineinstrahlte.

»Etzt homer de Dreck. Wäre mer bloß früher gange.«

»Nur mit der Ruhe, wir bekommen schon noch einen Sitzplatz.«

Schächtle sah, dass in dem Saal immer noch Decke und Wände mit Holz verkleidet waren.

»Sag emol, kensch du die dohinte? Do winkt ebber wie verruckt.«

Er schaute sich um und bemerkte, dass jemand mit dem Arm schwang. Sie gingen darauf zu und erkannten das Ehepaar Seibertz.

»Herr Hauptkommissar, dachte ich doch, dass Sie auch kommen«, sagte Karla.

»Wollen Sie sich nicht zu uns setzen?«, fragte Frank.

Schächtle zögerte und blieb stehen.

»Sie können ruhig zu uns kommen. Ich habe ja mit dem Mordfall nichts zu tun.«

»Kumm Bue, hocker mo ani, en bessere Platz griege mer sowieso it.«

Sie setzten sich auf die letzten zwei freien Stühle. Gegenüber saßen die Seibertz. Daneben noch vier andere Personen, die Schächtle nicht kannte.

»Ja, Emeran, schön dass du da bist«, hörte er eine ihm bekannte Stimme.

Da kam eilig Münsterpfarrer Geiger auf ihn zu. Schächtle stand auf und ging mit ihm auf die Seite.

»Was in deinem Pfarrhaus heute Nacht geschehen ist, weißt du wohl?«

»Du sprichst von dem Überfall auf meinen Hausmeister?«

»Das genau meine ich. Ich habe erwartet, dass du dort bleibst. Stattdessen bist du in die Kirche gegangen und hast dich der Befragung entzogen.«

»Meine Aufgabe war es, den Gottesdienst zu halten. Für weltliche Dinge habe ich in diesem Falle keine Zeit. Ich überlege mir, ob ich mich über dich beschwere. Du warst es schließlich, der diesen Kommissar Hohlmayer bei mir eingeschleust hat. Du meinst, ich wäre der Mörder des Mesners. Machst du es dir nicht zu einfach, Emeran?«

»Ich bin der Meinung, dass du was damit zu tun hast. Ich weiß noch genau, wie du zu unserer Schulzeit deine Probleme mit den Fäusten erledigt hast. Wieso soll sich das geändert haben?«

»Weil ich Priester bin«, schrie Geiger los.

Der ganze Saal drehte sich in die Richtung der beiden. Da kam die Wirtin auf sie zu:

»Herr Pfarrer, würden Sie bitte das Solidaritätsessen eröffnen. Wir sind spät dran. Emeran, lass ihn in Ruhe. Er hat schon genug Sorgen.«

Jetzt erkannte er sie. Es war Gabriele Sauter, genannt Gaby, die mit ihm früher in der Katholischen Jugend war. Sie war noch immer schlank und hübsch. Und da hinten kam sein bester Freund seit Kindergartentagen, Dieter Rau.

»Ihr seid beide miteinander verheiratet?«

»Ja, und das seit über fünfundzwanzig Jahren«, sagte Dieter und gab ihm die Hand.

»Das wusste ich nicht, es freut mich aber.«

Er umarmte seine alten Freunde und war richtig glücklich sie zu sehen.

»Du hast dich überhaupt nicht verändert. Immer noch so klein und man sieht, dass dir das Essen schmeckt. Nur der bräunliche Bart ist etwas grau geworden und die Haare sind lichter.«

»Lass den Pfarrer in Ruhe, der ist nicht der Mörder«, sagte die Wirtin, die eine weiße Küchenhaube über ihren halblangen braunen Haaren trug, bevor sie in die Küche verschwand.

»Liebe Gemeinde, herzlich willkommen zu unserem

Solidaritätsessen. Schön, dass Sie alle an diesem Sonntag dafür Zeit gefunden haben. Es sind einige unschöne Dinge in unserer Gemeinde die letzten Tage geschehen. Zuerst der Mord an unserem hochverehrten Mesner Karl Brunner und dann wurde heute Nacht noch mein neuer Hausmeister, den ich erst gestern eingestellt habe, in seinem Zimmer im Pfarrhaus überfallen und lebensgefährlich verletzt. Obwohl an dieser Situation die Polizei nicht ganz unschuldig ist. Wir wollen für die Opfer beten«, eröffnete der Münsterpfarrer die Veranstaltung und sprach ein Gebet.

Dann las er noch das Tischgebet. Anschließend wurden mehrere dampfende Suppentöpfe verteilt. Als Schächtle an den Tisch zurückkam, meckerte sein Vater:

»Kummsch au scho? Soll des den so weiter go? Denn kan i jo homgo, do isch au konner.«

»Sei bitte nicht böse, Papa, jetzt bleibe ich da. Du kannst dich mit den Seibertz unterhalten.«

»Die sind doch au it do.«

Da sah er voll Erstaunen, dass die beiden Stühle des Ehepaars nicht mehr besetzt waren.

»Wo sind die hin? Hast du was gesehen?«

»Er isch ufs Klo gange, hoter gseht. Und sie hot en Anruf uf ihrem Handy kriegt. Denn isch se ufgstande und au gange.«

In der Zwischenzeit brachte die Wirtin das Essen an den Tisch.

»Gaby, wo ist Frau Seibertz?«

»Weiß ich nicht, wahrscheinlich ist sie auf die Straße gegangen zum Rauchen. Bei dem Betrieb war ich die ganze Zeit in der Küche und kann nicht noch schauen, wo meine Gäste sind.«

Schächtle erhob sich und lief zum Eingang. Da kam Frank aufgeregt auf ihn zu.

»Karla ist weg. Sie hat mir eine SMS geschrieben, sie trifft hier jemand.«

Sie standen im Eingangsbereich des Kolpinghauses, kämpften sich durch die vollen Garderobenständer und gingen ins Freie. Dann verteilten sie sich und suchten nach ihr. Jeder rief ihren Namen, sogar Schächtle senior war dabei. Aber niemand meldete sich.

»Was schreit ihr denn so?«, sagte der Pfarrer, der soeben die Steintreppe an der Eingangstüre betrat.

»Meine Frau ist verschwunden!«

»Bue, do hinte isch eppes!«, rief Schächtle senior aufgeregt und zeigte Richtung Pfarrhaus.

Beim Eingangsgitter des Gartens sah man zwei Füße liegen. Schächtle ging vorsichtig näher heran, Frank Seibertz überholte ihn.

»Nein, das darf nicht wahr sein. Karla ist tot«, schrie er weinend, warf sich auf den leblosen Körper und hielt ihren Stock in der Hand.

Der Hauptkommissar ging zu ihm hin, drängte ihn weg und sah, dass um den Hals des Opfers der vermisste Seidenschal festgeknotet war. Er löste ihn und legte sein Ohr auf ihr Herz.

»Sie lebt, man hört schwach den Herzschlag. Holt sofort den Notarzt!«

»Das habe ich schon gemacht, auch deine Kollegen sind von mir bereits informiert!«

Hinter ihm stand Dieter Rau und half Schächtle auf. Man hörte immer näherkommend das Martinshorn des Krankenwagens.

Frank Seibertz rannte unruhig den Krankenhausflur entlang.

»Setzen Sie sich, durch Ihre Nervosität wird es nicht besser«, sagte Schächtle.

»Herr Hauptkommissar, Sie meinen, es ist der Pfarrer? Der kann es nicht sein, weil er in dieser Zeit sich im Saal des Kolpinghauses aufhielt«, schluchzte Seibertz.

»Geiger war bestimmt der Täter. Er könnte Ihrer Frau gefolgt sein, hat sie rausgelockt und überfallen. Danach begab er sich zurück in den Kolpingsaal.«

»Auf keinem Fall ist Pfarrer Geiger der Mörder. Das können Sie doch gar nicht beweisen.«

»Und was ist mit meinem Kollegen, der in Lebensgefahr ist? Er wollte Beweismaterial sammeln, Geiger kam darauf und hat in wilder Wut auf ihn eingestochen.«

»Deine Theorie stimmt nicht. Der Münsterpfarrer könnte es gewesen sein, aber das Messer, die Tatwaffe, haben wir nicht gefunden. Weder im Pfarrhaus noch in der näheren Umgebung. Auch sind die Spuren am Tatort, im Pfarrgarten unbekannt. Von Geiger sind keine vorhanden«, sagte Angelika Fischer, als sie das Krankenhaus betrat.

Frank schaute Schächtle starr, fast vorwurfsvoll an. Er befürchtete, dass Karla dies nicht überlebte. Sie setzten sich auf die Stühle und schwiegen sich an. Da ging die Türe vom Operationssaal auf und ein Arzt kam auf sie zu.

»Ich bin Professor Funkel, der Chefarzt der Inneren Medizin, Herr Seibertz? ...«

»Das bin ich, wie geht es meiner Frau?«

»Wir haben sie ins künstliche Koma versetzt. Durch die Strangulierung bekam das Gehirn wenig Sauerstoff. Es kann sein, dass Sie geistig behindert bleibt oder es nicht überlebt. Tut mir leid, so ist der derzeitige Zustand.«

Seibertz stürzte weinend sich auf Schächtle und packte ihn am Hals:

»Finden Sie endlich den Mörder! Sie sind schuld, wenn Karla stirbt.«

Karin Reissner ging vom Münsterpfarrhaus über die Wessenbergstraße, vorbei an der Stefanskirche zum Obermarkt. Eine Mutter zog ihr schreiendes Kind durch die Straße. Drei Männer im schwarzen Anzug hetzten an den Passanten vorbei. Eine Familie mit einem Kinderwagen schlenderte gemütlich und schaute sich die Schaufensterauslagen an. Diese wenigen Passanten in der Fußgängerzone sah Karin Reissner wie Schatten. Einer rempelte sie an, entschuldigte sich, aber sie nahm es nicht wahr. Am Obermarkt betrat sie ein Haus mit einer kunstvoll bemalten Fassade, das Hotel Barbarossa. Von dem bärtigen Portier ließ sie sich wortlos ihren Zimmerschlüssel geben und fuhr mit dem Aufzug in den zweiten Stock. Sie war müde und legte sich auf das Bett. Nach kurzer Zeit stand sie auf, lief an den Schreibtisch und machte ihren Laptop an. Sie öffnete den Ordner Fotos. Als sie das Bild einer hübschen jungen Frau sah, bekam sie feuchte Augen und hing ihren Gedanken nach:

Es war das einzige Foto, das sie von ihrer Mutter besaß. Sie konnte sich an sie nicht mehr erinnern. Als sie ermordet wurde, war sie erst zwei Jahre alt. Sie hatte keine Verwandten, außer ihrem Onkel Karl. Zu dem durfte sie nicht, da er öfter im Gefängnis war. Ein kinderloses Ehepaar adoptierte sie. Als sie vierzehn Jahre alt war, hatten sie ihr gesagt, dass ihre Mutter eine Prostituierte war, die eines gewaltsamen Todes starb. Das war ein Schock für Karin. Sie hatte lange gebraucht, das zu überwinden. Sie war entsetzt, dass sie eine Mutter hatte, die auf den Strich ging. Und dass sie nicht das leibliche Kind ihrer Adoptiveltern war. Es ging sogar so weit, dass sie in ein Internat in der Schweiz kam. Ihre Eltern wurden mit ihr nicht mehr fertig und wussten nicht weiter. Mit der Zeit hatte sich der Kontakt zu ihnen gebessert. Kurz vor dem Abitur sprachen sie sich aus und Karin sah ein, dass sie unrecht hatte. Sie stellte sich der Tatsache ihrer leiblichen Mutter. Gerne hätte sie mit ihr geredet, hätte sie gefragt, warum sie Prostituierte war. Dieser Mörder vor über fünfundzwanzig Jahren war schuld, dass sie nie ihre richtige Mutter kennengelernt hatte. Er hat ihr die Chance genommen, diese Frau zu verstehen. Deshalb machte sie es sich zur Aufgabe, den Täter zu fassen. Sie atmete tief durch und sagt leise:

»Ich bin sicher, dass du in dieser Stadt bist. Um dich zu finden, bin ich hergekommen.«

Reissner schaltete ihr Diktiergerät ein, hörte ihre Aufzeichnungen und Mitschnitte an. Da klopfte es an der Türe.

»Herr Hauptkommissar, was verschafft mir diese Ehre?«

»Dies ist bestimmt kein Höflichkeitsbesuch, Karin. Für wie blöd halten Sie mich?«

»Ich verstehe Ihre Frage nicht.«

»Sie haben uns alle an der Nase herumgeführt. Nie im Leben sind Sie als Journalistin hergekommen. Bei welcher Zeitung arbeiten Sie in Stuttgart?«

»Ich bin freie Autorin und biete meine Reportage mehreren Zeitschriften an. Wieso so misstrauisch, Herr Schächtle?«

»Weil ich Ihren Grund kenne. Sie sind die Tochter von Ilona Brunner, die 1986 in Lahr ermordet aufgefunden wurde.«

»Ich hätte nicht gedacht, dass Sie so schnell darauf kommen. Wer hat geredet?«

»Mein Chef, Kriminaloberrat Schmitz, kennt Sie und Ihre Adoptiveltern. Und die haben ihm gesagt, wer Ihre richtige Mutter ist. Leider wusste Schmitz das nicht, als Sie zu ihm kamen, sonst hätten Sie keine Erlaubnis von ihm bekommen, bei uns zu recherchieren. Er wollte Ihnen helfen, damit Sie beruflich weiterkommen.«

»Ja, das stimmt. Aber ich möchte, dass der Mörder verhaftet wird.«

»Die Tat liegt über fünfundzwanzig Jahre zurück. Da glauben Sie, dass Sie dies als Laie aufklären können?«

»Wieso nicht?«

»Weil das unser Job ist und wir das besser machen als Sie. Aber Sie wollen ja gar nicht, dass er verhaftet wird, sondern ihn aus Rache töten.«

»Nein, ich will ihn hinter Gitter bringen. Schon zu lange ist der in Freiheit.«

»Das sehen Ihre Eltern ganz anders.«

Reissner schluchzte und wischte sich die Tränen aus dem Gesicht.

»Der Kriminaloberrat und ich haben beschlossen, dass Ihre Recherchen hier beendet sind und Sie sofort abreisen.«

»Das können Sie nicht machen. Geben Sie mir noch einige Tage.«

»Sie reisen ab, und zwar heute. Sonst müsste ich Sie doch noch verhaften, wenn Sie Ihren Plan in die Tat umsetzten.«

Schächtle verließ das Zimmer, wo Schmitz im Hotelflur auf ihn wartete.

»Was willst du denn hier?«

»Ich habe es im Präsidium nicht ausgehalten. Wie hat sie reagiert?«

»Begeistert war sie nicht. Sie wird hoffentlich abreisen, weil sie von uns keine Unterstützung mehr bekommt. Und ohne die wird sie den Mörder ihrer Mutter nie finden.«

»Wenn du dich nur nicht irrst. Sie ist ein Sturkopf, bockig, und weiß was sie will. Warten wir es ab.«

Schmitz schaute seinen Freund kritisch an.

»Ist noch was, Eugen?«

»Ja, ich muss dir was gestehen, aber nicht hier. Gehen wir einen Kaffee trinken.«

»Um was geht es?«

Der Kriminaloberrat gab keine Antwort, sondern lief mit Schächtle zum Aufzug.

Das ganze Gespräch hatte Reissner mitbekommen und auf ihr Diktiergerät aufgezeichnet. Sie wählte eine Telefonnummer.

»Hier Karin Reissner. Verbinden Sie mich bitte mit meinem Vater.«

Dirk Steiner wachte nachts auf und spürte einen Druck auf seiner Brust. Er öffnete die Augen und sah eine weiße Gestalt. Er erschrak und wollte schreien. Da hielt man ihm den Mund zu.

»Pscht«, hörte er leise eine helle Stimme.

Langsam ließ der Druck auf der Brust nach und auch die Hand wurde von seinem Mund genommen. Die Frau beugte sich über ihn und streichelte sein Gesicht. Er roch ihr Parfüm, das süßlich nach Rosen duftete. Er kannte diesen Duft, wusste aber nicht woher.

Mit der rechten Hand fummelte sie an seiner Hose herum, bis sie das hatte, was sie suchte. Sie zog ihren weißen Kittel aus und ließ ihn auf den Boden fallen. Dann beugte sie sich nackt über ihn. Steiner gefiel dies. Im Mondlicht sah er ihre langen blonden Haare.

»Daniela bist du es?«

»Pscht«, flüsterte sie und legte ihren Zeigefinger auf seinen Mund.

Das kann nur mein blonder Engel sein, dachte er.

Der Mond leuchtete in das Zimmer hinein, doch ihr Gesicht konnte er nicht erkennen.

Dann beugte sie sich über ihn und gab ihm einen Kuss. Nun drückte sie sich fester an ihn und boxte auf seine Brust.

Jetzt war er sich sicher: Es war sein Schwarm, die blonde Ärztin.

Plötzlich verschwand sie genauso schnell, wie sie gekommen war.

»Das kann nur ein Traum gewesen sein. Ja, Dirk es war einer, ein wunderschöner«, sagte er zu sich und schlief glücklich ein.

Montag, 21. März 2011
6 Uhr

Der wolkenverhangene Himmel war grau und es regnete. Ein Mann lief nervös auf der Plattform des Kirchturms umher. Schaute auf den gepflasterten Münsterplatz hinunter.

»Hier ist man Gott doch ein Stück näher. Diese Aussicht ist herrlich. Da die Rheinbrücke, mit dem Stadtteil Petershausen. Auf der anderen Seite der Bodensee mit der angrenzenden Schweiz. Und dort der älteste Stadtteil von Konstanz, die Niederburg. Nach unten sind es gut vierzig Meter, dass überlebt keiner.«

Auf einmal hörte er jemand schnaufend und stöhnend die metallene Wendeltreppe hochkommen.

»Müssen wir uns ausgerechnet so früh hier treffen? Das hätten wir auch im Pfarrhaus tun können.«

Pfarrer Geiger wischte sich mit einem weißen Taschentuch den Schweiß vom Gesicht. Langsam kam er wieder zu Atem, schaute sich den Mann an, und rief:

»Du bist das? Ich dachte, ich habe mit einem vom erzbischöflichen Bauamt den Termin! Was willst du?«

»Dir einige Schäden hier oben am Münster zeigen. Das macht man am besten, solange es noch ruhig ist.«

»Das mache ich nicht mit dir. Du kennst dich da sowieso nicht aus.«

Geiger drehte sich um und wollte den Turm verlassen.

»Das würde ich nicht tun. Der eigentliche Grund ist, dass du ein Riesenproblem hast.«

»Was für eines?«

»Dein Freund, der Kriminalhauptkommissar, hält dich für den Mörder des Mesners. Nach dem, was gestern im Kolpinghaus und im Pfarrhaus geschehen ist, wurde der Verdacht gegen dich noch erhärtet. Es ist nur eine Frage der Zeit, bis du verhaftet wirst. Du bist bekannt für deine Unbeherrschtheit.«

»Der kann mir nichts beweisen.«

»Noch nicht, aber er arbeitet daran. Und so wie ich ihn einschätze, wird er bald einen Beweis finden, um dich zu verhaften. Das Einschmuggeln seines Kollegen vom BKA zeigt ganz deutlich, dass er einen Beweis braucht und ihn auch bekommen wird.«

Geiger überlegte und ging dabei an die Brüstung der Plattform. Er schaute hinunter, sah die Treppe von dem Haupteingang. Dann drehte er sich mit dem Rücken zur Balustrade.

»Du könntest recht haben. Was schlägst du vor?«

»Ich war mit dir an allen Zeitpunkten der Taten zusammen. Sollte ich das bestätigen, glaubt mir die Polizei das, und du hast ein Alibi.«

»Gut, wenn du das tun willst?«

»Unter einer Bedingung. Gib mir den Brief, der sich bei dir im Pfarrbüro befindet. Er muss vernichtet werden.«

»Das glaube ich sofort. Er ist deiner Karriere im Weg. Und du meinst, du machst mir eine Gefälligkeit und ich händige dir so einfach dieses Schreiben aus? Ich hätte den Brief schon längst weiterleiten sollen, an die richtige Stelle. Sobald ich im Pfarrhaus bin, wird dies nachgeholt.«

»Willst du mich vernichten? Was hast du davon?«

Die Stimme des Mannes wurde kieksig. Man merkte, wie diese Situation ihn überforderte.

»Solche Leute, wie du, haben in meinem Umfeld nichts verloren. Ich brauche dein Alibi nicht, ich komme auch so aus der Sache raus. Ich bin nicht der Mörder. Wahrscheinlich warst du es und benötigst einen Zeugen.«

Da stürzte sich der kräftige Mann auf Geiger, packte ihn am Hals und drückte ihn die Brüstung hinunter. Der Pfarrer war chancenlos.

»Du trachtest mir doch nicht nach dem Leben? Das ist eine Todsünde. Auch du stehst eines Tages vor deinem Richter.«

»Wenn es sein muss, bringe ich dich um. Siehst du deine Gemeinde? Da unten ist der Münsterplatz, willst du unbedingt dahin? Du möchtest meine Karriere zerstören? Dann zerstöre ich dich.«

»Und wenn du mich tötest: Ich schwöre, ich kann dir den Brief nicht geben. Er wurde schon längst weitergeleitet.«

»Du lügst. Gerade hast du gesagt, dass der Brief noch nicht weg ist«

»Er ist fort, glaub mir.«

Der Mann wusste nicht, was er davon halten sollte. Einerseits wusste er, dass Geiger lügt, wenn es um seinen Vorteil ging. Andererseits: Sollte der Brief bereits unterwegs sein, war sowieso alles verloren. Dann konnte er gleich den Strick nehmen. Bei dem, was in diesem Schreiben stand, wäre seine berufliche wie private Zukunft beendet gewesen. Er zog Geiger von der Balustrade am Kragen hoch. Der Pfarrer atmete erleichtert auf, als er mit den Füßen den Steinboden berührte.

»Ich wusste ja, dass du mich nicht töten kannst. Dazu

reicht dein Mut nicht«, sagte er. »Wie du meinst, dann verrecke.«

Mit einem Schwung wurde Geiger über die Brüstung gestoßen. Er merkte, wie er fiel – ein greller Schrei hallte nach unten. Den Aufprall auf das Kopfsteinpflaster bekam er nicht mehr mit.

Esmeralda Martinez, die kleine, dickliche Reinigungsfrau der Münsterpfarrei, war schon früh unterwegs. Sie betrat das Zimmer, in dem gestern der Hausmeister überfallen wurde. Der Pfarrer hatte sie gebeten, diesen Raum heute zuerst zu machen, nachdem die Polizei ihn freigegeben hatte. Im Pfarrhaus war niemand, die Pfarrsekretärin kam erst gegen acht Uhr. Esmeralda richtete das Bett, reinigte die Möbel und wollte den Staubsauger anstellen. Da sah sie, dass über dem Schreibtisch das Bild »Maria mit dem Jesuskind« schief hing. Sie ging hin, hängte es ab, um es zu reinigen. Als sie es umdrehte, sah sie einen Briefumschlag am Holzgestänge des Bildes. Sie nahm ihn weg, darauf stand:

Im Falle meines Todes der Polizei übergeben.

Karl Brunner

Die Putzfrau erschrak, bekreuzigte sich mehrmals, ließ alles stehen und liegen, flüchtete aufgeregt aus dem Pfarrhaus.

»Esmeralda, wo willst du denn hin?«, hörte sie eine Stimme.

Sie drehte sich um und rannte weiter. Ziellos lief sie über den Pfalzgarten, Richtung Hofhalde. Sie spürte, dass sie verfolgt wurde und rannte immer schneller. Es nützte alles nichts, der Atem ging ihr aus und vor dem türkischen Speiselokal Sedir in der Hofhalde wurde sie eingeholt.

»Esmeralda, vor wem läufst du weg?«

Erst jetzt sah sie, dass es der Kooperator war.

»Sie, Padre, Gott sei Dank! Dachte wäre Mörder von Mesner. Habe gefunden dieses bei Mariabild.«

Sie zeigte ihm zitternd den Brief, der durch ihre schweiß-nassen Hände ganz feucht geworden war.

Kleiner schaute sich den Briefumschlag genau an:

»Komm, wir gehen ins Pfarrhaus, wir müssen sofort die Polizei informieren.«

Emeran Schächtle betrat gegen sieben Uhr das Präsidium. Er war nervös, weil er wusste, was heute alles bei ihm auf dem Spiel stand. Sein Freund Kriminaloberrat Schmitz meinte, nachdem Auer suspendiert und die Staatsanwältin auf Anweisung des Oberstaatsanwaltes klein beigegeben hatte, habe sich die Situation entschärft.

»Nun müssen wir zwei den Fall schnellstens lösen«, sagte Fischer, als sie das Dezernat betraten.

»Es wird uns nichts anderes übrig bleiben.«

»Willst du einen Kaffee, während wir festlegen, was gemacht wird?«

»Gerne, Angelika.«

Da klingelte das Telefon in seinem Zimmer.

»Polizeischule Biberach, Hauptkommissar Zeirer. Ich bin der Ausbilder Ihrer Tochter, Herr Schächtle. Wie geht es Ihnen und ist Franziska noch in Konstanz?«

»Sie war gar nicht hier. Was reden Sie da?«

»Gestern Mittag kam ein Anruf von der Polizei Kons-tanz, dass Franzi nach Hause kommen müsste. Ihr Vater sei bei einem Einsatz angeschossen worden und schwebe in Lebensgefahr. Ich gab ihr frei, sie meinte allerdings, am späten Abend würde sie sich telefonisch melden. Ich habe jedoch nichts von ihr gehört.«

»Haben Sie versucht, sie auf ihrem Handy anzurufen, Herr Zeirer?«

»Ja, es geht niemand ran, nur die Mailbox.«

»Das gibt es doch nicht!«, schrie Schächtle und knallte den Telefonhörer auf den Apparat.

»Was ist, Emeran?«

»Franziska, meine Tochter, ist seit gestern Mittag spurlos verschwunden. Hoffentlich lebt sie noch.«

Schächtle wurde bleich und fing an zu zittern.

»Ich kann nicht mehr, das ist zu viel!«, schrie er.

»Ich kümmere mich gleich darum. Wenn sie in Konstanz ist, finden wir sie.«

Da stürzte plötzlich Schmitz herein.

»Habt ihr gehört? Der Pfarrer Geiger hat sich vom Münsterturm gestürzt. Er liegt direkt bei der Treppe, vor dem Haupteingang.«

»Komm Angelika, wir gehen jetzt dort hin, unsere Arbeit tun.«

»Was ist mit Franziska?«

»Ich versuche sie später auf dem Handy zu erreichen. Es gibt bestimmt eine einfache Erklärung, wieso sie gestern nach Konstanz musste. Ich verstehe nur nicht, wieso sie sich bei mir nicht gemeldet hat. Das ist nicht ihre Art, sie ist sonst sehr zuverlässig. Ich darf mich nicht verrückt machen lassen.«

»Was ist mit meinem Patenkind?«, fragte der Kriminaloberrat.

»Das erkläre ich dir auf dem Weg zum Tatort. Du gehst doch mit?«

Schmitz nickte und sie verließen eilig das Präsidium.

Dirk Steiner sah die weiß gestrichenen Wände und es roch wie in der Rechtsmedizin. Er stellte fest, dass er sich immer noch im Krankenhaus befand. Er hatte diese Nacht gut geschlafen und streckte sich genüsslich.

»Es geht mir gut, meine Gehirnerschütterung ist ausgeheilt, also könnte ich in den Dienst gehen. Man braucht mich schließlich«, flüsterte er.

Da kam die hübsche blonde Ärztin in sein Krankenzimmer. Steiner wurde nervös, als er sie sah. Er war ihr gegenüber völlig verloren und bekam kein Wort heraus. Sie kam an sein Bett, nahm seine rechte Hand und fühlte den Puls.

»Ich wollte dich noch einmal anschauen. Dein Herzschlag rast ja. Ganz bleich bist du im Gesicht. Geht es dir nicht gut?«

»Im Gegenteil, wenn du da bist, fühle ich mich immer besser.«

»Du alter Schwerenöter. Liegst mit einer Gehirnerschütterung im Bett und flirtest mit mir. Mach dich frei, ich möchte dich untersuchen.«

»Gerne, wenn du mitmachst.«

»Mein lieber Dirk, so frech warst du zu unserer Schulzeit nicht«, antwortete die Ärztin lächelnd.

Nun beugte sie sich über ihn und flüsterte in sein Ohr:

»Wie hat dir unsere letzte Nacht gefallen?«

Steiner wurde rot im Gesicht und nickte.

Da kam die Oberschwester rein und stellte sich hinter die Ärztin.

»Wie geht es Frau Seibertz und meinem Kollegen Hohlmayer?«, fragte Steiner um das Thema zu wechseln.

»Woher weißt du, dass die hier sind?«

»Wieso beantwortest du meine Frage mit einer Gegenfrage? Mein Chef Kriminalhauptkommissar Schächtle war gestern Abend bei mir. Er hat mir von den Verbrechen berichtet. Sind beide außer Lebensgefahr?«

»Ich habe mit einer Gegenfrage geantwortet, weil ich an die ärztliche Schweigepflicht gebunden bin.«

»Du vergisst, dass ich in diesem Fall ermittle. Ich warte auf eine Antwort.«

»Derzeit bist du krank und von den Untersuchungen freigestellt.«

»Nein, ein Kriminalbeamter ist immer im Einsatz.«

Die blonde Ärztin untersuchte seinen Kopf und bewegte ihn.

»Hast du noch Schmerzen?«

»Nein, jetzt sag schon.«

Sie ging ans Fenster und schaute hinaus.

»Von mir hast du diese Auskunft nicht. Sie sind beide noch in Lebensgefahr. Frau Seibertz liegt weiter im künstlichen Koma und Herr Hohlmayer wird derzeit zum zweiten Mal operiert. Die nächsten Stunden entscheiden.«

Steiner ließ sich in sein Bett zurückfallen und seufzte:

»Wir müssen schnellstens den Mörder finden. Kann ich entlassen werden?«

»Soweit bist du stabil. Wir sollten ein EEG machen, um sicher zu sein, dass mit deinem Kopf alles in Ordnung ist.«

Die Ärztin saß am Bettrand und hielt Steiners Hand.

»Darf der freche Kerl dich zum Essen einladen, wenn er wieder fit ist?«

Die Blondine nickte:

»Ich freue mich darauf, Dirk.«

Dann beugte sie sich zu ihm vor und gab ihm einen Kuss auf seine schmalen Lippen. Steiner wollte die Welt umarmen, so glücklich war er in diesem Augenblick.

»Frau Doktor, haben Sie es gehört: Der Pfarrer Geiger

141

hat sich vom Münsterturm heruntergestürzt. Er ist tot. Den ganzen Vormittag bringen sie die Nachricht schon im Seefunk Radio Bodensee«, sagte die Oberschwester.

Als der Kriminalmeister das hörte, sprang er aus dem Bett.

»Was willst du machen, Dirk?«

»Ich gehe dort hin. Du hast ja gesagt ich kann entlassen werden. Meine Kollegen brauchen mich. Wir müssen endlich den Mörder schnappen, bevor er noch mehr umbringt.«

»Wieso, der Pfarrer hat sich doch selbst ermordet?«, sagte die Oberschwester.

»Das glaube ich nicht. Der Täter kommt aus dem näheren Umfeld der Münsterpfarrei. Geiger wird ihm auf der Spur gewesen sein und musste deswegen sterben.«

»Dirk, wir müssen bei dir noch die Abschlussuntersuchung machen.«

»Daniela, erst wenn der Mörder geschnappt ist!«

Steiner hatte sich während der Diskussion angezogen und ging auf die Ärztin zu.

Er umarmte sie und gab ihr einen Kuss auf den Mund.

»Versteh doch, ich kann hier nicht herumliegen und meine Kollegen kommen nicht weiter. Ich melde mich bei dir.«

Dann rannte er aus dem Zimmer.

»Pass auf dich auf, ich brauche dich noch!«, rief sie ihm besorgt nach.

»Haben Sie einen neuen Verehrer?«, fragte die Oberschwester lächelnd.

»Ja, und dazu noch so einen lieben. Dass ich das früher nicht festgestellt habe. Ich kenne Dirk seit meiner Schulzeit auf dem Gymnasium in Stuttgart. Ich war schon damals in ihn verliebt. Doch er war so schüchtern, deshalb kamen wir

142

nicht zusammen. Wir haben eine neue Chance bekommen und werden sie nutzen. Hoffentlich passiert ihm nichts«, antwortete die Blondine und wischte sich einige Tränen aus ihren blauen Augen.

Als die drei Kriminalbeamten vor dem Haupteingang des Münsters ankamen, sahen sie eine große Menschenmenge. Trotz des inzwischen heftigen Regens ließen sich die Leute nicht abhalten. Die Polizisten bahnten sich einen Weg durch die Neugierigen.

»Nicht so stürmisch, wir waren zuerst da«, rief ein älterer untersetzter Mann.

»Verschwinden Sie, wir müssen hier durch, Kriminalpolizei«, sagte Fischer und zeigte ihre Dienstmarke.

»Machen Sie Platz!«, hörten sie eine schrille weibliche Stimme.

Schächtle drehte sich um und sah, wie sich die Staatsanwältin durch die Menschenmenge drängte.

»Sperren Sie den Tatort ab und schicken Sie die Leute weg, die behindern die Ermittlungsarbeiten!«, rief Schmitz den Schutzpolizisten zu.

Diese machten sich sofort an die Arbeit und einige Minuten später war der Vorplatz leer. Vor dem toten Münsterpfarrer standen die Kriminalbeamten und die Staatsanwältin. Dr. Spaltinger kniete vor der Leiche und untersuchte sie.

»War es Selbstmord, Doc?«, fragte der Hauptkommissar.

»Es war Mord, das kann ich auf jeden Fall sagen.«

»Denken Sie daran, Schächtle, dass ich bis heute Abend den Mörder ...«

»Und vergessen Sie nicht, Frau Staatsanwältin, was wir vereinbart haben. Lassen Sie meine Leute in Ruhe ermit-

143

teln. Sie wissen doch, was Ihnen der Oberstaatsanwalt angedroht hat«, unterbrach Schmitz.

Kreiser schaute den Kriminaloberrat giftig an und verließ wütend den Tatort.

»Was hat der ihr angedroht?«, fragte Fischer.

»Er wird die Ermittlungen selber übernehmen und Kreiser strafversetzen, wenn sie es nicht in den Griff bekommt«, flüsterte Schmitz.

Schächtle kniete an der Leiche des Pfarrers. Vom Kopf sah man nicht mehr viel, der war total zerschmettert und Hirnflüssigkeit trat aus.

»Was ist mit Ihnen los, Herr Hauptkommissar? Sie trauen sich zu einer Leiche!«, sagte der Rechtsmediziner erstaunt.

»Emeran hat seine Angstzustände überwunden«, stellte Fischer fest.

»Dr. Spaltinger, wie kommen Sie auf Mord?«

»Sehen Sie, Arme und Beine sind bei dem Toten gebrochen. Das deutet auf ein Abwehrverhalten während des Sturzes hin. Kein Selbstmörder tut das, nur einer, der gewaltsam heruntergestoßen wird.«

Schächtle stand auf und schaute seinen ehemaligen Schulkameraden an.

»Du warst zwar ein Gauner und immer nur auf deinen eigenen Vorteil aus. Aber so einen Tod hast du nicht verdient«, flüsterte der Hauptkommissar und machte das Kreuzzeichen.

»Damit ist deine Theorie beim Teufel. Der Pfarrer kann nicht der Mörder sein«, meinte Fischer.

»Es hätte so gut reingepasst. Durch diesen Mord ist seine Unschuld bewiesen. Doch es nützt ihm nichts mehr.«

Da kam Klaus Ringer auf sie zu.

»Herr Schächtle, wir fanden oben auf der Plattform diese Gummihandschuhe. Solche besitzen wir auch, doch man bekommt sie in jedem Supermarkt. Weitere Spuren haben wir nicht. Wenn welche da waren, hat der Regen sie zerstört.«

»Möchte nur wissen, was Emanuel gewusst hatte, dass er sterben musste. Untersuchen Sie die Plastikhandschuhe. Vielleicht haben wir Glück und es sind Spuren darauf.«

»Das wird nichts bringen, die sind die ganze Zeit im Regenwasser gelegen«, meinte Ringer.

Schächtle ging auf die Seite, Richtung Münsterberg. Dort war der Eingang zum Kirchturm. Er schaute hinein und sah die ihm vertraute Holztreppe die nach oben führte. Den Geruch, den er wahrnahm, erinnerte ihn an seine Jugend. Es roch wie immer nach altem, nassem Holz. Da hörte er sein Handy klingeln. Es war eine SMS und er erschrak, als er sie öffnete. Er sah auf einem Video seine Tochter, gefesselt.

»Papa, komm sofort und befreie mich. Der Entführer bringt mich um. Er meint, du weißt, wo wir sind. Papa…«

Bei den letzten Worten weinte Franziska. Er vernahm noch eine Stimme im Hintergrund:

»Keine Bullen, sonst stirbt sie.«

Schächtle war geschockt. Wo sollte er sie finden? Das Video zeigte nicht, wo sie waren. Die Stimme jedoch kam ihm bekannt vor. Da trat Angelika Fischer zu ihm.

»Ich war auf der Suche nach dir. Die Ermittlungen sind hier vorläufig abgeschlossen. Gehen wir ins Präsidium?«

»Mach, was du willst. Ich muss noch etwas erledigen und komme bald nach.«

»Aber Emeran, was musst du tun? Hast du vergessen, dass dieser Fall heute aufgeklärt werden muss?«

»Ich habe was Wichtigeres vor. Das ist meine Sache!«

Fischer wunderte sich über die Aggressivität ihres bis jetzt sehr geschätzten Vorgesetzten. Das war das erste Mal, dass er sie angeschrien hatte und sie verstand das nicht. Schächtle ging den Münsterberg hoch, Richtung Pfarrhaus, und seine Kollegin verlor ihn aus den Augen.

Dirk Steiner fuhr mit einem Taxi vom Krankenhaus ins Polizeipräsidium. Als er es betrat, rief ihm der Pförtner zu:

»Die sind alle am Münsterplatz. Der Pfarrer ist vom Turm gestürzt.«

»Ich weiß, ich gehe gleich dorthin.«

Er stürmte die Treppen hoch ins Büro, als er jemanden hörte:

»Komm noch mal runter, ich habe was für dich.«

Er sah Polizeikommissar Schiele, der einen Briefumschlag in den Händen hielt.

»Dieses Schreiben haben die Kollegen soeben im Pfarrhaus abgeholt. Die Putzfrau hat es hinter dem Bilderrahmen im Zimmer des Hausmeisters gefunden. Kannst du es zu euch nehmen?«

Steiner nahm den Brief und meinte:

»Ich denke, die KTU hat diesen Raum durchsucht?«

»Ist von denen wohl übersehen worden.«

»Darüber wird Emeran nicht begeistert sein.«

Als er die Diensträume betrat, war keiner da. Auch im Büro seines Chefs sah er niemanden, nur dessen PC war an. Er setzte sich an seinen Schreibtisch und öffnete den Brief. Erst überflog er ihn, dann las er Zeile für Zeile. Er konnte nicht glauben, was da stand. Da hörte er, dass am Computer von Schächtle eine Nachricht ankam. Er ging rüber und bemerkte ein ankommendes Video. Dort sah er ein hübsches schwarzhaariges und gefesseltes Mädchen, das ihren Vater anflehte, zu kommen.

Bestimmt die Tochter von Schächtle, dachte der junge Kriminalmeister. Steiner schaute sich das Video nochmals an und erkannte den Ort, wo sich die Entführung abspielte, schaute nochmals auf den Brief und sagte zu sich:

»Das war dein letzter Mord, ich kenne dich jetzt und weiß, wo du bist.«

Er ging zu seinem Schreibtisch, schloss den kleinen Tresor auf, holte seine Dienstpistole heraus, eine Heckler und Koch P 2000, und schnallte sie sich um.

»In einer Stunde habe ich dich.«

Montag, 21. März 2011
12 Uhr

Emeran Schächtle machte sich Vorwürfe. So unfreundlich hätte er mit Angelika nicht umgehen müssen. Von der Entführung Franziskas durfte keiner was wissen, sonst wäre das Leben seiner Tochter gefährdet.

Die Sonne strahlte auf ihn und er spürte eine angenehme Wärme.

Er lief ohne ein Ziel umher und überlegte, wo er sie finden konnte.

»Wenn ich nur wüsste, wo die sind. Auf dem Video erkennt man nur Franzi.«

Er setzte sich auf die rote Bank im Pfalzgarten, gegenüber dem Südeingang des Münsters und schaute die Marienstatue an, die von einer Säule auf ihn herunterblickte.

»Heilige Gottesmutter, bitte hilf mir«, betete er leise und faltete die Hände.

Der Mordfall begann in der Sakristei, vielleicht endet er auch dort, dachte Schächtle.

Dann betrat er die Säulenbasilika und rief durch das Gotteshaus:

»Franzi, wo bist du? Melde dich, Papa ist da!«

Der verzweifelte Schrei hallte durch die Kirche.

In den vorderen zwei Bänken saßen die Ordensschwestern des Kloster Zoffingen. Fast gleichzeitig riefen sie:

»Ruhe, hier wird gebetet!«

Eine ältere Ordensfrau stand auf, ging bedächtig auf Schächtle zu, nahm ihn auf die Seite und flüsterte ihm ins Ohr:

»Bitte nicht so laut, Emeran. Wir beten für den armen Pfarrer Geiger. Willst du nicht mit uns ein Gebet sprechen?«

Es war Schwester Agiboda, die lange Jahre die Mädchenrealschule des Klosters Zoffingen geleitet hatte. Er kannte sie aus dieser Zeit, seine ersten Liebschaften begannen auf ihrem Schulhof.

»Tut mir leid, ich kann nicht. Wir müssen den Mörder verhaften, bevor er noch mehr anstellt.«

»Gott beschütze dich«, sagte die Ordensfrau und machte an Schächtles Stirn ein Kreuzzeichen.

Wie meine Mutter, dachte der Hauptkommissar.

Er rannte über die Treppe in den Altarraum und blieb am rechten Chorgestühl stehen.

»Hier habe ich damals das Gebetbuch von Karla gefunden. Durch meine Schuld hatte der Mörder sie erwischt.«

Schächtle ging über die Marmortreppe am Hochaltar vorbei, links in die Sakristei. Wie immer stand die Türe auf, sodass jeder hineinkonnte. Er sah niemanden. Er rief leise, um nicht die Ordensschwestern beim Gebet zu stören.

»Hallo, ist jemand da? Franzi wo bist du?«

Keine Antwort. Er lief den oberen Raum entlang, bis er an dem Schrank ankam, in dem sich der Abort befand. Er öffnete die Türe und stellte sich vor, wie Karla einen Schreck bekam, als ihr damals die Leiche des Mesners vor die Füße fiel. Während er da stand, vernahm er Stimmen. Ganz leise und weit weg. Er überlegte, wo sie herkamen und rannte zurück in die untere Sakristei. Das Geräusch wurde immer lauter, aber er verstand kein Wort. Auf einmal ein Schrei, der ihm durch Mark und Bein ging.

»Das war Franzi! Wo bist du?«, rief er so laut er konnte.

Plötzlich war es still. Er setzte sich in die Ecke auf den Boden und fing an zu weinen.

»Reiß dich zusammen, Emeran. Du musst das alleine schaffen, da kann dir niemand helfen.«

Nun stand er auf und setzte sich auf die kleine Holzbank, die am Fenster stand. Da hörte er nochmals die Stimmen. Er ging die Räumlichkeiten der Kirche gedanklich durch.

»Jetzt weiß ich, wo sie ist«, sagte er.

Geknickt noch vom rüden Ton ihres Vorgesetzten begab sich Angelika Fischer ins Polizeirevier. Als sie die Treppe hochgehen wollte, hielt der Pförtner sie auf.

»Hast du Dirk am Tatort getroffen?«

»Nein, der liegt doch im Krankenhaus.«

»Er wurde entlassen, war da und hat wenig später das Präsidium verlassen. Ich dachte, er sei bei euch?«

»Hier macht jeder, was er will. Emeran hat mich weggeschickt in einem Ton, den ich an ihm gar nicht kenne.«

Einige Tränen liefen über ihre weißen Wangen mit den Sommersprossen.

»Nicht traurig sein, der Fall beschäftigt ihn sehr. Da reagiert ein Dezernatsleiter anders, als man es gewohnt ist. Sie mögen ihn wohl?«, sagte Kriminaloberrat Schmitz, der die Treppe hinunterkam.

»Ich mag ihn wie einen guten Freund. Nein, das stimmt nicht: Ich habe mich in der Zwischenzeit doch in ihn verliebt. Das ist sinnlos, weil er mein Chef ist. So was bringt nur Unruhe in die Abteilung.«

»Vorläufig wird er keine neue Partnerschaft eingehen.

Dazu ist Emeran noch zu verletzt durch den Tod seiner Frau, die er abgöttisch geliebt hat.«

»Lassen wir das, Herr Kriminaloberrat, bitte kein Wort zu ihm.«

»Ich sage nichts, Angelika, versprochen. Wir müssen was besprechen. Sie sind derzeit die einzige Mitarbeiterin vom Dezernat für Tötungsdelikte, die greifbar ist.«

»Was ist los?«

»Wie gesagt: Es gibt Neuigkeiten. Gehen wir in ihr Büro, die Staatsanwältin wartet dort auch schon.«

Emeran Schächtle rannte von der Sakristei am Chorgestühl vorbei in den Thomaschor. Die Stimmen kamen von unten. Nun hörte er einen hellen Schrei. Er riss die Holztüre auf und eilte die lange Steintreppe zur Konradikapelle hinunter.

»Franzi, wo bist du!«, schrie er und kam ins Stolpern.

Fast wäre er die steile Treppe hinuntergefallen. Er sah die Rundgewölbe mit den Stützen und dem Chorgestühl. Lief in den Nebenraum, in die Krypta, wo der Steinaltar stand, umgeben von kunstvoll gefertigten roten Mauerstützen. Rechts davon einige Stuhlreihen und links das Mauerwerk, wo eine große kunstvolle Goldscheibe an der Wand glänzte, Jesus Christus darstellend in Begleitung von zwei Engeln. Auf dem Altar lag, geknebelt und gefesselt wie ein Opferlamm, Franziska. Man sah deutlich ihre schulterlangen schwarzen Haare und ihr blasses Gesicht.

Sie sieht aus wie Elvira, dachte er, und ging zu ihr hin.

»Halt, keinen Schritt weiter oder deine Tochter stirbt!«, hörte er eine tiefe Stimme.

Hinter dem Altar kam ein Mann hervor.

»Überrascht, mich hier zu sehen?«, fragte dieser.

151

»Nein, nur enttäuscht. Ich hatte dich längst in Verdacht, konnte es aber nicht glauben. Dass du der Täter bist, habe ich deswegen verdrängt. Wieso den Mesner? Warum die Prostituierte? Aus welchem Grund den Pfarrer? Du bist ein gewöhnlicher Mörder, mehr nicht.«

Da lief der Angesprochene auf ihn zu. Sein Grinsen ging in Wut über. Er hatte gehofft, Schächtle würde durchdrehen, sein Psycho bekommen. Stattdessen war er ihm überlegen. Damit hatte er nicht gerechnet.

»Du hilfst mir, in die Schweiz zu fliehen. Und du wirst dafür sorgen, dass ich von Zürich aus ungehindert nach Südamerika komme. Wenn das klappt, lasse ich euch am Flughafen frei.«

»Du bist wohl nicht ganz dicht. Wie soll ich das anstellen? Meinst du wir spazieren hier so ohne Weiteres heraus? Das funktioniert nicht. Du bist ein mehrfacher Mörder den ich verhaften werde.«

Der Mann ging an den Altar und hielt seine Browning an die Schläfe von Franziska. Sie zitterte, Tränen liefen an ihrem Gesicht herunter und sie schwitzte vor Angst.

»Vergiss nicht, dass ich das Mädchen in meiner Gewalt habe. Wenn du versuchst, mich zu überwältigen, erschieße ich sie. Dann verlierst du nach deiner Frau auch noch deine Tochter.«

Dabei lachte er laut und gab einen Schuss ab. Die Kugel traf das grob verputzte Rundgewölbe und es hallte in der Krypta. Schächtle bekam Angstzustände. Mit seiner Selbstsicherheit war es vorbei und er fing an zu zittern.

Wenn er Franziska erschießt, ist es auch aus mit mir. Das überlebe ich nicht, dachte er und setzte sich auf einen Stuhl.

»Was ist, entscheide dich?«

Als Angelika Fischer das Büro betrat, sah sie die Staatsanwältin in Schächtles Stuhl sitzen.

»Gehen Sie sofort da raus, auf dem sitzt nur Emeran«, sagte die Rothaarige wütend.

»Keine Angst, Frau Fischer, ich bin nicht gegen Sie. Auch nicht gegen Schächtle. Ich habe mich etwas unschön aufgeführt, das gebe ich zu – aber das nur für die Aufklärung des Falles.«

»Sie sind karrieregeil. Ihnen geht es doch nur um den persönlichen Erfolg. Auf ihre Umgebung nehmen Sie keine Rücksicht. Sie sind ein verdammter Egoist.«

»Das muss ich mir nicht bieten lassen. Eine untergeordnete Kriminalbeamtin hat mich nicht zu belehren.«

Die beiden Frauen schrien sich an, dass man es im gesamten Gebäude hören musste.

»Ruhe jetzt, und zwar sofort!«, brüllte Schmitz dazwischen.

Auf einmal war es still. Alle drei starrten sich an.

»Sie, Frau Kreiser, hängen nicht ihre Arroganz heraus. Mit Ruhm haben Sie sich bei diesem Fall nicht bekleckert. Seien Sie froh, dass Sie noch im Dienst sind. Und Sie, Angelika, respektieren die Staatsanwältin. Sie macht nur ihren Job, wie jeder von uns. Wir müssen zusammenhalten, sonst lösen wir diesen Mord nie.«

»Kommen Sie mal zu Schächtles Computer«, sagte die Staatsanwältin.

Sie standen um den PC und sahen das Video von Franziskas Entführung.

»Jetzt ist mir alles klar. Emeran hatte diese Filmnachricht auf sein Handy bekommen. Und vor lauter Angst, dass seiner Tochter was passieren könnte, einen Alleingang vollzogen. Deshalb hatte er mich auch so angeschnauzt.«

»Wissen Sie, wo das ist?«, fragte Kreiser.

Fischer schaute sich den Film nochmals an.

»Das könnte die Krypta vom Münster sein. Schauen Sie, da steht der Entführer.«

»Spinnen Sie, wo soll der stehen?«

Die Kriminalobermeisterin zog Kreiser vor den Bildschirm und vergrößerte die Aufnahme.

»Da in der hinteren Ecke, am Altar. Da sieht man deutlich sein Gesicht.«

»Und in seiner rechten Hand hält er eine Pistole«, ergänzte Schmitz.

»Das gibt es doch nicht, dass darf nicht wahr sein. Der Täter, den wir suchen, ist Franz Josef Auer! Jetzt wird mir einiges klar. Er muss der Mörder des Mesners sein. Mich hat er nur ausgenützt, um an Informationen zu kommen. Er wollte Schächtle los haben, damit der nicht auf ihn kommt und er einen Anderen für die Tat verantwortlich machen kann«, sagte die Staatsanwältin.

»So wie dieser Nichtsesshafte Eisenreich. Nach seinem Selbstmord waren wir der Auffassung, dass er der Täter ist. Nur Emeran wusste es besser«, sagte Schmitz.

»Endlich sehen Sie es ein, Herr Kriminaloberrat.«

»Was tun wir jetzt, Angelika? Sie vertreten die Entscheidungsgewalt des Dezernats, wenn dessen Leiter abwesend ist.«

»Ich gehe davon aus, dass die noch in der Krypta sind. Deshalb werden wir das Münster umstellen. Gleichzeitig wird das SEK in Göppingen alarmiert. Die könnten mit dem Hubschrauber in einer Stunde da sein.«

»Gut, das wäre auch mein Vorschlag.«

Die Staatsanwältin stand auf und wollte ihre Jacke anziehen.

»Was soll das, Frau Kreiser?«, fragte Schmitz.

»Ich gehe mit.«

»Das ist unsere Sache. Wenn Ihnen was passiert, haben wir den Ärger.«

»Das ist die Angelegenheit der Staatsanwaltschaft, die ich hiermit vertrete. Sie wissen genau, dass wir als Anklagebehörde die Arbeit der Kripo überwachen müssen. Deswegen komme ich mit.«

»Erst wenn wir Auer verhaftet haben und in Handschellen vorführen. Wobei ich mir nicht sicher bin, ob Sie die Anklage übernehmen können, wegen Ihrer sexuellen Hörigkeit zum Täter. Man könnte Ihnen Befangenheit vorwerfen.«

»Das entscheiden Sie wohl nicht, Herr Kriminaloberrat. Als Vertretung der Staatsanwaltschaft...«

»Sie kommen nicht mit und damit basta. Ich werde Sie telefonisch informieren über den Stand der Dinge. Klären Sie in der Zwischenzeit mit dem Oberstaatsanwalt ab, wer die Anklage übernimmt«, unterbrach Schmitz wütend.

Beleidigt wie ein kleines Mädchen, verließ Kreiser das Büro.

»Wieso, Franz Josef?«

»Was meinst du?«

»Diese vielen unsinnigen Morde und Mordversuche. Du bist doch ein guter Polizeibeamter. Ich verstehe es nicht, wie es so weit mit dir kommen konnte.«

Schächtle hatte sich wieder gefangen, stand auf und lief Richtung Altar. Dort lag immer noch seine gefesselte und geknebelte Tochter.

»Nicht weiter, sonst müsste ich dein Fleisch und Blut töten.«

Auer ging zu Franziska und legte erneut seine Pistole an ihre Schläfe. Dann zog er mit dem linken Fuß einen Holzstuhl zu sich hin.

»Setz dich, dann erzähle ich es dir.«

»Nein, ich stehe lieber.«

Auer hob seine Waffe Richtung Schächtle und schrie:

»Auf den Platz mit dir, sofort!«

Schächtle ging zurück, nahm den Stuhl und setzte sich vor den Altar. Auer ging zu ihm und durchsuchte ihn.

»Was suchst du?«

»Deine Dienstwaffe.«

»Du weißt doch, ich habe keine. Die liegt im Büro, im Schreibtischtresor.«

»Stimmt ja, der Leiter des Dezernats für Tötungsdelikte kann aus Angst keine Waffe tragen«, spottete der Mörder.

»Wolltest du mir nicht was erzählen?«

»Ich bin mit acht Geschwistern groß geworden. Davon war ich der Älteste und für alles verantwortlich. Deswegen hatte mich mein Vater auch verprügelt, wenn ihm was nicht passte. Eines Tages brachte er eine Frau mit zu uns und hat sie im Wohnzimmer gefickt. Ich sah es durch das Schlüsselloch. Da kam meine Mutter, die als Putzfrau arbeitete, und überraschte die beiden. Sie schrie und schlug mit den Fäusten auf sie ein. Mein Erzeuger, Vater will ich ihn nicht nennen, nahm seinen Baseballschläger und schlug ihr damit mehrmals auf den Kopf. Da schnappte ich ein Fleischmesser aus dem Messerblock in der Küche und stach zu. Er schlug um sich und trotz seiner unzähligen Stichwunden versuchte er, mich zu überwältigen. Nach kurzer Zeit brach er zusammen. Mein Alter hat die Sache überlebt, meine Mutter ist an den Verletzungen im Krankenhaus gestorben. Ich war damals siebzehn Jahre alt und musste mich vor dem Jugendgericht verantworten. Die Richterin sah es als erwiesen an, dass ich meiner Mutter helfen wollte und in Notwehr gehandelt habe. Da wir jetzt elternlos waren, mein Erzeuger ist wegen schweren Totschlags für dreizehn Jahre in den Knast geschickt worden, kamen wir in ein Heim.«

Auer machte eine Pause. Er stand auf, zündete sich eine Zigarette an und Schächtle sah, wie ihn diese Geschichte aufregte. Er hatte feuchte Augen und atmete tief durch.

»Lass Franziska frei, Franz Josef, du hast ja mich.«

»Damit sie gleich die anderen alarmieren kann? Bestimmt nicht.«

»Dann nimm ihr den Knebel weg. Sie erstickt sonst.«

Auer ging zu seinem Entführungsopfer hin und nahm ihr das Tuch aus dem Mund. Die 20-Jährige hustete und der Täter setzte sein Opfer auf den Altar.

»Du bleibst hier sitzen, wenn du schreist, mache ich dich alle!«

Das Mädchen nickte und schaute ihren Vater an. Man sah, dass sie froh war, ihn lebend zu sehen.

»Seit dieser Zeit hasse ich Nutten. Die zerstören Ehen und Familien, wie es bei mir der Fall war. Mit achtzehn Jahren ging ich auf die Polizeischule nach Lahr. Dort lernte ich, kurz vor Ende meiner Ausbildung Ilona kennen. Sie nahm mich zu sich und wir haben es zusammen getrieben. Danach kam sie und verlangte Geld dafür. Erst jetzt erfuhr ich, dass sie eine Prostituierte war. Da drehte ich durch. Ich schnappte das Seidentuch, das sie um ihren Hals trug, und erdrosselte sie. Nutten müssen getötet werden, damit sie kein Unglück über andere bringen. Dann fand ich in ihrem Schreibtisch eine Waffe der Marke Browning SFS und gab mehrere Schüsse auf sie ab. Es war diese.«

Auer fuchtelte mit der Schusswaffe in seiner Hand herum.

»Ich wollte sichergehen, dass sie wirklich tot ist. Die Pistole steckte ich ein und verschwand.«

»Was hast du damit gemacht?«

»Ich versteckte sie, all die Jahre. Erst als ich Karl Brunner kennenlernte und erfuhr, dass er der Bruder der Nutte war, benutzte ich sie. Er hat mich mit der Pfarrsekretärin im Beichtstuhl erwischt, als ich mit ihr gebumst habe. Damit es keiner erfährt, wollte er hunderttausend Euro dafür.«

Schächtle stand auf und lief um den Altar. Auer wurde nervös und zeigte mit dem Finger auf den Stuhl. Der Hauptkommissar setzte sich wieder.

»Hast du die Summe bezahlt?«

»Du weißt, wer einmal sich damit einlässt, wird immer erpresst. Ich hatte keine Absicht, zu bezahlen. Ich konnte es auch nicht. Als ich in die Sakristei hineinging, hatte Brunner das Seidentuch in seiner Hand, das er damals nach dem Mord seiner Schwester in Lahr vom Tatort mitgenommen hatte. Er sagte mir darauf, dass ich der Mörder seiner Schwester bin. Deshalb verlangte er für sein Schweigen zusätzlich hundertfünfzigtausend Euro. Ich zog meine Waffe und er griff mich mit dem Messer an. Dabei verletzte er mich am linken Arm. Der ganze Mantel war blutig. Ich setzte die Pistole an seine Schläfe und tötete ihn mit einem Schuss.«

»Du wolltest einen Selbstmord vortäuschen. Das ging aber schief, den Brunner war Rechtshänder, du hättest die rechte Schläfe nehmen sollen.«

»Ich bin in Panik geraten. Dann kam auch noch Karla Seibertz, mit der hatte ich überhaupt nicht gerechnet.«

»Deshalb hast du sie beim Solidaritätsessen über den Handyanruf rausgelockt und versucht zu erdrosseln.«

»Das stimmt, aber das hat nicht geklappt.«

»Sie liegt im Koma, ist immer noch in Lebensgefahr.«

»Das spielt für mich keine Rolle mehr.«

»Nach dem Mord hast du den Trenchcoat, den Hut und das Messer dem schlafenden Eisenreich hingelegt.«

»Ja genau, mich hätte das belastet und mit dem Penner wurde ein Täter präsentiert. Alle haben mir geglaubt, nur du nicht. Wieso musst du ausgerechnet jetzt nach Konstanz kommen?«

Schächtle schaute den Entführer an und dachte:

Kann sich ein Mensch so verstellen? Jahrelang Recht und Ordnung vertreten und insgeheim ein gemeiner Verbrecher sein?

»Dirk hast du überfallen und dann den Lebensretter gespielt?«

»Ja, ich brauchte die Beweisstücke und Steiner war zur falschen Zeit am falschen Ort.«

»Eines verstehe ich nicht: Du hasst Nutten, aber mit der ehemaligen Freizeitprostituierten Maria Weiler hattest du ein sexuelles Verhältnis. Wie passt das zusammen?«

»Ich wusste nicht, dass sie früher auf den Strich ging. Sonst hätte ich mich mit ihr nicht eingelassen.«

»Wenigstens hast du die sie nicht umgebracht.«

»Warum? Sie ist ja keine Nutte mehr.«

»Das heißt, du bringst jede um, die auf den Strich geht?«

»Ja, die haben es nicht anders verdient.«

»Du musst doch ziemlich schwer verletzt an der Schulter gewesen sein. Warst du im Krankenhaus?«

»Nein, ich war am nächsten Morgen ziemlich früh bei einem Unfallchirurgen. Der hat mir die Wunde an der Schulter genäht. Es müssen ja nur Schussverletzungen gemeldet werden, keine Verletzungen mit dem Messer.«

»Hat der keine Fragen gestellt?«

»Ich habe ihm gesagt, dass es im Einsatz passiert ist.«

Schächtle atmete tief durch. Er stand auf und lief an den Altar. Auer gab einen Schuss ab, direkt vor die Füße des Hauptkommissars.

»Setz dich sofort hin oder willst du, dass deine Tochter stirbt?«

Schächtle ging zurück an seinen Platz.

Du musst abwarten Emeran, bis sich eine Gelegenheit ergibt, dachte er.

»Warum hast du meine Tochter hergelockt?«

»Weil ich dich hasse und töten werde. Allerdings kannst nur du mir helfen zu fliehen. Nach dem Tod deiner Frau wirst du alles tun, damit Franziska nicht stirbt. War schlau von mir gestern, von der Dienststelle aus in Biberach anzurufen. So haben die geglaubt, dass der Anruf echt ist. Nach meiner Suspendierung blieb mir nichts anderes übrig. Du wärst spätestens heute auf mich gekommen und dem musste ich vorgreifen.«

Schächtle schüttelte den Kopf.

»Wieso hast du meinen Kollegen Hohlmayer mit dem Messer lebensgefährlich verletzt? Du kanntest ihn doch nicht.«

»Für mich war er nur ein Penner von der Straße. Und diese Sorte Mensch hasse ich sowieso. Sie sind überflüssig und belasten die Gesellschaft.«

»Bist du deswegen ins Pfarrhaus eingebrochen, um diesen Penner, wie du das nennst, zu töten?«

»Nein, der Mesner hat mir unter Todesangst gesagt, dass er einen Brief an die Polizei geschrieben hatte, in dem er mich als Mörder bezichtigte. Diesen Brief gab angeblich er dem Pfarrer. Das glaubte ich ihm nicht, weil es sonst längst herausgekommen wäre. Ich vermutete eher, dass er dieses Schreiben in seinem Zimmer versteckt hatte. Diesen Brief habe ich gesucht. Dass dieser Raum bereits wieder bewohnt war, wusste ich nicht. Ich wollte ihn nur ruhigstellen, habe wohl etwas zu fest zugestoßen. Tut mir leid um deinen Kollegen. Der Beweis meiner Schuld war verschwunden.«

»Der Brief ist bei uns im Präsidium. Er wurde von der Putzfrau hinter dem Bild gefunden. Auer, du Mörder, der Pfarrer war deine letzte Tat!«

Vor dem Altar stand plötzlich, wie von Geisterhand hergezaubert, Dirk Steiner. Er hatte seine Dienstpistole in der Hand und drückte ab. Der Schuss ging knapp an Auers Gesicht vorbei, in die Wand hinein.

»Dirk, verschwinde, misch dich nicht ein. Du gefährdest mit dieser Aktion unser aller Leben!«, schrie Schächtle.

Gleichzeitig drehte sich Auer um und schoss auf Steiner. Dieser ließ seine Waffe fallen und stürzte polternd auf den Boden, blieb liegen und sein Hemd verfärbte sich blutrot. Franziska schrie vor Entsetzen. Auer verpasste ihr eine Ohrfeige und sie brach ohnmächtig auf dem Altar zusammen.

Schächtle fing an zu zittern und war bleich. Er setzte sich auf den Stuhl, ihm wurde übel und alles drehte sich um ihn.

»Du hast Dirk erschossen. Wieso das? Das hat doch überhaupt keinen Sinn«, flüsterte er mit zittriger Stimme.

161

»Hätte er sich nicht eingemischt, könnte er noch leben. Er war schon immer ein lausiger Schütze.«

Zur gleichen Zeit, als sich das Drama in der Krypta abspielte, fuhr mit großem Aufgebot die Polizei auf den Münsterplatz. Als Erste kamen Schmitz und Fischer an. Sie stellten ihr Fahrzeug direkt neben dem Seiteneingang am Kreuzgang der Kirche ab. Neugierige Menschen versammelten sich, um das zu beobachten. Sofort wurden sie mit einem weiß-roten Absperrband der Polizei zurückgehalten.

Dann kam der Einsatzfunkwagen der Polizeidirektion Göppingen, der auf dem Münsterplatz in unmittelbarer Nähe des Haupteingangs in Stellung gebracht wurde.

»Kriminalpolizei Konstanz. Was soll das?«, bleckte Schmitz den Fahrer an.

»Das SEK hat dies angefordert.«

»Sind die denn schon da?«, fragte Fischer.

»Als der Einsatzbefehl kam, waren die bei einer Vorführung. Sie zeigten auf der Polizeischule Biberach eine Geiselbefreiung bei einem Banküberfall.«

»Wer ist hier der Einsatzleiter?«, fragte ein großer kräftiger und vermummter Mann, der ganz in Schwarz gekleidet war.

»Ich, Kriminaloberrat Schmitz, Leiter der Kripo Konstanz.«

»Wir sind vom SEK. Wie ist die Situation?«

»So wie es aussieht, sind unser Kollege Emeran Schächtle und seine Tochter in der Gewalt des Mörders Franz Josef Auer. Sie befinden sich in der Krypta, wissen aber noch nicht, dass wir hier sind«, antwortete Fischer.

»Wie gehen wir vor, Herr Schmitz? Sollen wir stürmen?«

»Auf keinen Fall. Die Krypta ist nur durch den Altarraum beim Thomaschor zugänglich. Und nur über die lange, steile Steintreppe begehbar. Wenn wir diese betreten, sieht uns der Täter sofort und tötet seine Geiseln.«

»Also, was machen wir?«

»Stellt Abhörempfänger auf, eventuell bekommen wir was von den Gesprächen mit, die sie führen. Zusätzlich einen Lautsprecher in der Kirche, damit wir mit ihm verhandeln können.«

»Das ist gut, dann hören wir die Handys ab.«

»Das glaube ich kaum, die Mauern sind zu dick, man hat dort keinen Empfang.«

Da kam Kooperator Kleiner auf den Kriminaloberrat zugerannt.

»Stimmt es, dass Sie in der Kirche einen Zugriff vorbereiten wollen?«

»Ja, wir werden uns erst mal dort stationieren. Sollte die Situation eskalieren, wird die Krypta gestürmt.«

»Dazu gebe ich keine Erlaubnis. Sie entweihen damit das Gotteshaus.«

»Wollen Sie lieber, dass die Geiseln von dem verrückten Mörder umgebracht werden?«

»Wenn das Gottes Wille ist, dann können wir es nicht ändern.«

Man sah Schmitz an, dass er wütend wurde. Im Münster war sein Freund mit seiner Tochter und die waren in Lebensgefahr. Und dieser Priester sprach von Gottes Wille. Das war zu viel für ihn.

»Herr Kleiner, es interessiert mich einen Scheißdreck, ob sie es erlauben oder nicht. Wir werden in der Kirche

Stellung beziehen. Sollten Sie versuchen, uns aufzuhalten, werde ich Sie wegen Behinderung festnehmen lassen.«

Er beauftragte einen Schutzpolizisten um den Mann zu entfernen. Der protestierte laut und verließ den Münsterplatz.

Als sich das SEK an die Arbeit machte, kam ein Krankenwagen vorgefahren. Die blonde Notärztin stieg aus und ging auf die rothaarige Kriminalbeamtin zu.

»Dr. Daniela Renz vom Klinikum Konstanz.«

»Kriminalobermeisterin Fischer. Von wem sind Sie alarmiert worden?«

»Von niemandem. Als wir das im Radio hörten, habe ich veranlasst, dass wir ausrücken. Ist Dirk da?«

»Sie meinen unseren Kollegen Kriminalmeister Steiner?«

»Ja, er lag bis heute Morgen auf meiner Station. Dann hatte er das vom Mord an dem Pfarrer gehört und sich selbst entlassen.«

»Mensch, wo ist er? Hat jemand Steiner gesehen?«, rief Schmitz herum.

Er bekam keine Antwort.

»Ich mache mir Sorgen um ihn, Frau Fischer.«

»Machen Sie sich um jeden Patienten Sorgen, den Sie entlassen haben?«

»Nein, aber ich kenne Dirk aus Stuttgart. Wir haben zusammen das Abitur gemacht. Als ich ihn nach all den Jahren wieder sah, habe ich mich erneut in ihn verliebt. Wo ist er?«

»Es gibt nur eine Möglichkeit. Aber das kann er doch nicht tun.«

»Was meinen Sie?«, fragte die Ärztin.

»Er will auf eigene Faust den Täter dingfest machen. Wenn er das Video gesehen hat, weiß er, dass Auer der Mörder ist und sich in der Krypta befindet.«

»Das ist eine Nummer zu groß für ihn«, sagte Schmitz.

Plötzlich hörte man zwei Schüsse aus der Kirche.

Als Karin Reissner das Spektakel auf dem Münsterplatz sah, überlegte sie, hinzugehen.

»Es muss etwas passiert sein, aber was?«, sagte sie zu sich.

Sie ging zu einem Polizisten und erfuhr, das Schächtle in der Gewalt eines Geiselnehmers in der Krypta ist.

»Sind Sie auch von der Kripo?«, hörte sie eine helle Stimme.

Hinter ihr stand Daniela Renz.

»Nein, ich bin Journalistin. Wer sind Sie?«

»Ich bin die Freundin von dem Kriminalbeamten Dirk Steiner. Ich bin Ärztin am Klinikum Konstanz. Dirk ist bei dem Entführer. Ich möchte da hin, doch zu zweit wäre es leichter.«

»Sie wissen, dass das leichtsinnig ist. Ich werde dort jetzt hingehen, aber ohne Sie. Mit Ihnen schaffe ich das nicht und ich muss zuerst darüber berichten.«

»Sie nehmen mich mit oder ich schreie den ganzen Münsterplatz zusammen. Dann kommen Sie nie dort hin!«

Sie rannten beide in das Münster, zum Thomaschor, öffneten die Türe zur Konradikapelle und liefen vorsichtig die Steintreppe hinab. Vom SEK war derzeit niemand zu sehen. Reissner versteckte sich im Chorgestühl und sah vorsichtig in die Krypta hinein. Renz stellte sich an den Durchgang der Krypta und erkannte eine junge Frau, die auf dem Altar gefesselt war. Jetzt sah sie den Entführer und daneben

Schächtle. Auf dem Boden entdeckte sie Steiner, der dort bewegungslos lag.

»Dirk!«, schrie sie und lief auf ihn zu.

»Wen haben wir denn da? Was willst du?«

»Das ist Dr. Renz, die Ärztin, und wie es aussieht, auch die Freundin meines Kollegen«, sagte Schächtle.

»Ich weiß, ich habe sie damals im Krankenhaus gesehen. Wie kommst du hierher?«, fragte Auer und packte sie unsanft am Arm.

Dann nahm er seine Handschellen und fesselte sie an eine Steinsäule.

»Da bleibst du, bis wir sterben oder gemeinsam fliehen. Selbst schuld, wenn du hierher kommst.«

Das alles bekam Karin Reissner mit. Sie ging leise die Treppe hoch, verließ unauffällig die Krypta.

Sie lief zu der Menschenmenge hin und wollte auf Schmitz zugehen. Da hörte sie zwei weitere Schüsse aus der Kirche. Der Kriminaloberrat sah sie und rannte auf sie zu.

»Verschwinden Sie, das ist unsere Aufgabe.«

»Herr Schmitz, Sie wissen genau, weshalb ich da bin. Ich muss Ihnen sagen, dass ich soeben in der Krypta war.«

»Sind Sie noch ganz normal? Dort haben Sie nichts verloren!«

»Ich war nicht allein. Eine Frau Dr. Renz war dabei. Sie sagte mir, sie sei die Freundin von Dirk Steiner.«

»Wo ist die?«

»Immer noch dort. Auer hat sie erwischt und an eine Säule mit Handschellen gefesselt.«

»Jetzt reicht es mir aber!«

Schmitz gab einem Polizeibeamten den Auftrag, die lästige Person zu entfernen.

Karin Reissner jedoch wehrte sich und schlug dem Schutzpolizisten ins Gesicht. Der warf sie auf den Boden, bog die Arme auf den Rücken und legte ihr Handschellen an.

Schmitz ging auf Fischer zu:

»Angelika, wir haben ein Problem. Dr. Renz ist in der Gewalt von Auer.«

Montag, 21. März 2011
14 Uhr

Als Franz Josef Auer seine neue Geisel an der Säule gefesselt hatte, nahm er seine Schusswaffe und zeichnete mit dem Lauf die Gesichtskonturen von Renz nach.

»Eine hübsche Ärztin bist du. Doch merke dir eins: Wenn du Zicken machst oder versuchst zu fliehen, erschieße ich dich. Ich habe nichts mehr zu verlieren.«

Dabei lachte er und schoss zweimal in die Decke.

Steiner lag immer noch bewegungslos auf dem kalten Steinboden. Schächtle ging zu ihm und kniete vor dem leblosen Körper.

»Lassen Sie ihn mich anschauen. Ich bin Ärztin.«

»Halt's Maul, sonst kneble ich dich.«

»Wieso hast du ihn erschossen? Was hat das für einen Sinn, dass Dirk sein Leben verliert?«, sagte Schächtle.

Er schaute ihn sich genau an. Das blaue Hemd war rot verfärbt, die Blutspur ging von seiner linken Schulter nach unten. Auf einmal hörte er ihn leise schnaufen. Schächtle lächelte erleichtert.

»Dirk lebt noch, er atmet.«

»Gott sei Dank«, flüsterte Renz.

»Noch mal Glück gehabt«, meinte Auer.

»Wir müssen einen Arzt holen, sonst stirbt er. Lass Daniela frei, sie muss ihn sich anschauen. Komm Franzi, hilf mir.«

Franziska war in der Zwischenzeit von Auer losgebunden worden. Er sah wohl keine Gefahr mehr darin, dass sie fliehen würde.

»Bleib, wo du bist. Hier kommt niemand her. Wir gehen jetzt langsam raus und zum Bahnhof. Dann fahren wir drei nach Zürich zum Flugplatz. Unterwegs kannst du den Notarzt anrufen. Aber erst, wenn wir in der Schweiz sind.«

»Bis dahin ist Dirk tot. Können Sie das verantworten!«, schrie Renz verzweifelt.

»Halt den Mund, du Schlampe.«

In diesem Augenblick rannte Franziska die Treppe hoch.

»Ich hole jetzt den Rettungswagen.«

Auer schoss auf sie, traf aber nur die Eingangstüre.

»Komm sofort runter, sonst stirbt er.«

Er hielt seine Waffe an die Schläfe von Steiner.

»Nein, bitte nicht. Verschonen Sie ihn!«, schrie die blonde Ärztin.

Franziska kehrte zurück zu ihrem Vater. Da gab Auer ihr eine so harte Ohrfeige, dass sie auf den Boden flog. Dabei stieß sie ihre Nase an dem harten Steinboden und blutete.

»Bist du verrückt?«, schrie Schächtle und ging zu seiner Tochter, stillte die Blutung mit einem Taschentuch.

»Mach das ja nie wieder! Das nächste Mal töte ich dich. Ob Steiner verreckt, ist mir scheißegal!«, schrie Auer Franziska an.

Der Hauptkommissar saß auf dem Stuhl, seine Tochter neben ihm. Der Entführer schlurfte einige Meter die Treppe hoch und sagte spöttisch:

»Vater und Tochter haben sich wieder. Ist ja rührend. Kommt jetzt, wir verlassen diese gastliche Stätte.«

»Ich gehe mit und Franzi und Daniela lässt du frei. Sonst

bleiben wir alle da. Du kannst uns erschießen, aber ohne uns kommst du nie nach Zürich.«

»Wie du meinst, dann halt nicht.«

Eiskalt ging Auer auf die beiden zu und legte die Waffe an die Schläfe von Franziska.

»Ich zähle jetzt bis drei, wenn du immer noch nicht aufgestanden bist, drücke ich ab.«

Schächtle hatte innerlich eine Wut und gleichzeitig Angst. Er musste die Flucht mit Auer verhindern. Wären sie erst in der Schweiz, würde Auer sie erbarmungslos töten.

»Wusste doch, dass du mitkommst.«

Sie standen auf der Treppe, als sie auf einmal hörten:

»Franz Josef Auer, hier spricht Kriminaloberrat Schmitz. Wir wissen, dass Sie Emeran Schächtle, seine Tochter und Dr. Renz als Geiseln haben. Geben Sie auf. Das ganze Münster ist umstellt. Vermeiden Sie unnützes Blutvergießen.«

»Woher wissen die, dass wir hier sind?«, fragte Auer überrascht.

»Du hast deine Videobotschaft auch auf den PC vom Dezernat gesendet. Die gesamte Polizeidirektion weiß davon. Wenn du rausgehst, nehmen sie dich in Empfang«, flüsterte Steiner, der inzwischen zu sich gekommen war.

»Wie geht es dir, Dirk?«

»Soweit gut, Emeran, ich habe einen Schulterschuss, es tut so weh.«

»Wir gehen jetzt alle raus. Mal sehen, ob sie auf uns schießen, wenn ich euch dabei habe«, sagte Auer.

»Franz Josef, warum hast du den Pfarrer ermordet?«, fragte Schächtle und ging auf den Geiselnehmer zu.

Auer lachte laut:

»Was, Geiger ist tot? Wie ist das denn passiert? Diesen

Mord kannst du mir nicht in die Schuhe schieben. Möchte wissen, wie du darauf kommst?«

»Der Münsterpfarrer ist heute Morgen vom Turm gestoßen worden. Du bist sein Mörder, wer denn sonst hätte ein Interesse daran?«

»Wir sind seit gestern Abend in der Krypta. Du kannst deine Tochter fragen.«

Franziska kniete in der Zwischenzeit bei Steiner und versuchte mit einem Tuch die Blutung an seiner Schulter zu stillen.

»Ich habe nichts dagegen, dass der Pfaffe tot ist. Er war nicht mein Freund. Ermordet habe ich ihn aber nicht.«

»Du bist doch der Vorsitzende der Pfarrgemeinde. Wieso denn das?«

»Ein guter Mensch oder einer der dafür gehalten werden soll, muss sich in einem Ehrenamt betätigen. Das sieht die Gesellschaft gern. Nur deswegen habe ich das gemacht. Mir hätte der Pfarrgemeinderat gereicht. Dass ich Vorsitzender wurde, war nicht geplant. Aber es war mir nicht unangenehm, hatte ich dadurch noch mehr Einblick in die Pfarrei.«

»Wie soll es weitergehen? Stell dich, du hast keine Chance. Gerade du als Polizist solltest wissen, wenn das Spiel verloren ist.«

Auer zog Schächtles Tochter vom verletzten Steiner weg.

»Wenn er nicht sofort ärztliche Hilfe bekommt, stirbt er. Können Sie das verantworten?«

Auer antwortete nicht, schaute sie an und warf Franziska auf den Altar.

»Kümmere dich nicht darum. Wenn der verreckt, ist es mir egal, das habe ich schon mal gesagt. Und du bleibst hier und rührst dich nicht. Schächtle, setz dich auf den Stuhl.

Ich will von niemandem was hören. Warten wir ab was geschieht.«

Steiner lag bewusstlos auf dem Steinboden. Die Ärztin war an die Säule gefesselt und weinte laut los.

»Keine Antwort. Verdammt noch mal, wieso reagieren die nicht?«, sagte Eugen Schmitz, der vor der halb geöffneten Holztüre im Kreuzgang stand.

Seine Nerven lagen blank. Er ging zum Leiter der SEK, der im Funkwagen saß, und brüllte ihn an:

»Wurden die Lautsprecher auch richtig angebracht? Wahrscheinlich haben die uns nicht gehört! Wer weiß, ob sie noch leben.«

»Die Arbeit ist ordentlich gemacht worden. Schieben Sie Ihre schlechte Laune nicht auf uns ab.«

»Entschuldigen Sie, so meinte ich es nicht. Ich bin nervös und habe Angst um meinen Freund und seine Tochter. Was machen wir jetzt?«

Auf einmal war ein Tumult direkt hinter ihnen. Fischer, die neben Schmitz stand, drehte sich um und sah, wie ein mittelgroßer älterer Mann sich Platz verschaffte, um durchzukommen.

»Herr Ambs, was wollen Sie hier? Lassen Sie ihn durch, es ist mein ehemaliger Chef«, sagte die rothaarige Kriminalbeamtin und lief auf ihn zu.

»Danke Angelika, dass Sie sich für mich einsetzen. Obwohl wir in meiner aktiven Zeit nicht besonders gut miteinander ausgekommen sind.«

»Das lag am Führungsstil. Aber dies ist Schnee von gestern.«

»Ist es wahr, dass Emeran in der Krypta festgehalten wird von Auer?«

»Ja, und auch seine Tochter Franziska. Wir wissen nicht, ob sie noch leben«, sagte Schmitz, der auf den ehemaligen Kriminalhauptkommissar zuging.

Der ältere Mann mit dem weißen buschigen Schnauzbart packte den Kriminaloberrat am Kragen und flehte ihn unter Tränen an:

»Retten Sie meinen Freund und seine Tochter. Sie dürfen nicht sterben. Bitte tut was.«

Fischer nahm ihn in den Arm. Ihr tat auf einmal der Mann leid. Während seiner Dienstzeit war er knallhart zu all seinen Untergebenen. Dass er auch so sensibel sein konnte, wusste sie nicht.

»Haben Sie ein besonderes Verhältnis zu Emeran?«

»Der Junge ist wie ein Sohn für mich. Ich kannte seine Frau gut, die auch aus Konstanz kam. Und seine Kinder sind für mich, als wären es meine Enkel. Wussten Sie, dass ich schuld bin, dass er zum Bundesgrenzschutz ging? Dort hat er dann seine große Liebe Elvira kennengelernt, die mit ihm auch beim BGS war. Und es macht mich stolz, dass aus ihm nicht nur ein guter Kriminalbeamter, sondern auch ein gutherziger Ehemann und Vater geworden ist. Wenn er stirbt, überlebe ich das nicht.«

»Wieso kam er durch Sie zur Polizei?«

»Das soll er Ihnen selbst erzählen. Ihr rettet ihn doch?«

»Versprochen, Herr Ambs, wir tun alles, was in unserer Macht steht.«

Da kam Schmitz her und zitierte Fischer zu sich:

»Ich habe mit dem SEK vereinbart, das wir einen Standortwechsel vollziehen. Wir gehen in das Münster und postieren uns im Thomaschor vor der Türe der Konradikapelle. Wir beide verhandeln mit Auer und das SEK bereitet sich auf einen eventuellen Einsatz vor.«

»Gefährden wir so nicht das Leben der Geiseln?«

»Angelika, wir wissen doch gar nicht, wie dort die Situation ist. Sind sie schon tot? Sind sie verletzt? Leben sie noch? Wir haben Schüsse gehört, also muss jemand zumindest angeschossen sein. Ist Steiner auch dort? Etwas müssen wir unternehmen.«

Fischer nickte ihm zu und sie gingen in die Kirche.

»Auer, wir wissen, dass Sie in der Krypta sind. Geben Sie uns ein Lebenszeichen!

Ergeben Sie sich und kommen Sie mit erhobenen Händen raus. Lassen Sie sofort die Geiseln frei. Sonst stürmen wir!«, rief Schmitz in die Mikrofonanlage hinein.

Minutenlange Stille im Münster. Keine Antwort.

Franz Josef Auer hörte ganz deutlich die Worte von Schmitz. Was sollte er machen?

»Auer, wenn Sie sich nicht sofort melden, dringen wir gewaltsam ein.«

»Stürmen Sie, in diesem Augenblick erschieße ich alle.«

»Halt dich zurück, Eugen, sonst überlebt das keiner!«, schrie Schächtle.

»Halt dein Maul, Psycho!«

Auer ging auf ihn zu und schlug ihm mit der Faust ins Gesicht.

»Ich habe nicht gesagt, dass du was sagen sollst. Merke dir, für alles, was du ab jetzt machst, brauchst du meine Erlaubnis.«

»Du schlägst gerne mit der Faust. Erst bei Franzi und jetzt bei mir«, sagte Schächtle und merkte, wie sein Gesicht anschwoll.

»Halt's Maul, du Besserwisser, ich bin dir überlegen, falls du dies noch nicht bei deiner Arroganz gemerkt hast.«

»Auer gib auf, du hast keine Chance hier lebend raus zu kommen«, sagte Schächtle.

»Du auch nicht, wenn die stürmen. Nun, es wird mir eine große Freude bereiten, erst deine Tochter und dann dich zu erschießen.«

Dann nahm er Franziska, drückte die Pistole an ihren Hals, und ging die Treppe hinauf.

»Mach die Türe auf«, befahl er seiner Geisel.

Sie öffnete, sah zuerst ihren Patenonkel und dann Angelika Fischer.

Auer presste die Waffe fester an den Hals seines Opfers.

»Schmitz, ich brauche einen vollgetankten Hubschrauber und fünfhunderttausend Euro für mich als Startkapital. Wohin es geht, das sage ich dem Piloten. Das möchte ich spätestens in einer Stunde. Wenn nicht, wird alle sechzig Minuten eine Geisel getötet. Mit Franziska Schächtle fange ich an. Beeilt euch lieber, unten liegt schwer verletzt Steiner. Ich habe auf ihn geschossen, als er mich töten wollte. Und keine Tricks, bei der geringsten Unregelmäßigkeit eröffne ich das Feuer. Ich habe nichts mehr zu verlieren.«

»Was ist mit Schächtle und Franziska?«

»Die und die Ärztin kommen mit. Wenn ich in Sicherheit bin, lasse ich sie frei.«

Nun schleppte der Entführer seine Geisel die Treppe hinunter und setzte sie auf einen Stuhl. Steiner stöhnte, immer heftiger, man merkte, dass er keine Luft mehr bekam. Noch ein lautes Atmen, dann war es ruhig. Auer ging zu ihm und sah, wie der Kopf auf die rechte Seite fiel.

»Der ist verreckt, er hat ausgehaucht.«

»Nein, das darf nicht wahr sein! Sie verdammter Mörder!«, schrie weinend Daniela Renz.

Nun fing auch Franziska laut an zu weinen.

»Hört sofort auf damit, sonst erschieße ich euch.«

»Machen Sie mit mir, was Sie wollen. Töten Sie mich, dann ist es wenigstens vorbei. Ich kann nicht mehr.«

Auer ging hin und gab ihr nochmals einen Faustschlag ins Gesicht. Da schnellte Schächtle hervor und riss ihn von Franziska weg. Man sah, dass er in Wut geriet. Er nahm seinen Gegner in den Schwitzkasten, sodass dieser fast keine Luft mehr bekam. Auer schaffte es jedoch, sich daraus zu befreien. Schächtle sprang seinen Gegner mit seinem ganzen Körper an. Der flog auf den Boden, stand aber gleich wieder auf und gab seinem Widersacher einen Kinnhaken. Franziska nahm dieses Durcheinander zum Anlass und rannte die Treppe hinauf. Der Hauptkommissar lag auf den Steinboden, über ihm Auer mit der Pistole im Anschlag.

»Mache dein letztes Gebet!«

Er zielte mit der Schusswaffe auf den Kopf seines Todfeindes. Schächtle schloss die Augen und dachte: Jetzt sehe ich gleich meine geliebte Elvira.

»Nicht aufgeben Emeran, handle wie früher«, hörte er die Stimme von seiner toten Frau.

Da bekam er neuen Mut und schlug mit seinem Fuß dem Angreifer die Waffe aus der Hand. Die schlitterte den Boden entlang. Schächtle hechtete zu ihr hin, nahm sie und schoss auf den Täter.

Der Hauptkommissar wunderte sich, denn Auer brach bereits zusammen, während er schoss. Hinter dem Entführer stand Steiner mit einem langen Rundholz, das am Ende ein vergoldetes Kreuz hatte.

»Das war ich diesem Schwein schuldig.«

Steiner lehnte an der Wand und war leichenblass. Gleichzeitig stürmte das SEK die Treppe hinunter und nahm Auer fest.

Schächtle ging zu seinem Mitarbeiter und gab ihm die Hand.

»Danke Dirk, ich dachte, du bist tot?«

»Nein, ich habe etwas übertrieben. Als Auer meinte, es hätte mich erwischt, kümmerte er sich nicht mehr um mich. Nun musste ich nur noch auf eine günstige Gelegenheit warten.«

»Jetzt kommst du erst mal ins Krankenhaus. Und diesmal kurierst du dich aus, der Fall ist gelöst.«

Schächtle befreite die noch immer an der Steinsäule gefesselte Ärztin. Sie rannte sofort zu Steiner und umarmte ihn stürmisch.

Da kamen auch schon die Sanitäter die Treppe herunter.

»Daniela, ich lebe und es geht mir gut. Jetzt zerquetsche mich nicht, ich habe in der Schulter noch eine Kugel stecken.«

»Weißt du, was ich für eine Angst um dich hatte?«

Dann machte sie ihn transportfertig, gab ihm einen Kuss und erteilte den Sanitätern die Anweisung:

»Sofort ins Klinikum, die OP vorbereiten. Ich werde gleich operieren.«

»Geht das Daniela? Du warst doch auch in Geiselhaft?«

»Mein Schatz, mir ging es noch nie so gut wie jetzt. Du lebst und das ist für mich das Wichtigste. Glaub mir, ich kann viel wegstecken.«

Da kam Franziska die Treppe herunter und fiel ihrem Vater um den Hals.

Auer war in der Zwischenzeit bei Bewusstsein und wurde von zwei Polizeibeamten festgehalten.

»Frau Doktor, da ist noch ein Patient. Ich habe ihn in der Schulter getroffen«, sagte Schächtle.

Die Ärztin schaute sich die Wunde an.

»Sie hätten es nicht verdient, dass man Ihnen hilft. Nachdem was Sie mir und Dirk angetan haben, sollte ich Sie liegen lassen. Aber ich bin dazu verpflichtet und habe einen Eid geleistet. Ich kann Sie nicht selbst operieren, weil ich schon eine wichtige andere OP habe. Ein Kollege wird das erledigen. Nehmt den auch mit.«

»Ihr zwei begleitet und bewacht ihn. Ich werde später die Ablösung schicken. Keiner darf zu ihm, nur die Ärzte.«

»Jawohl, Herr Kriminalhauptkommissar!«, riefen die beiden Polizeibeamten gleichzeitig und salutierten.

»Was soll denn das, wir sind doch nicht beim Militär? Franzi, tue deine Pflicht als Polizeibeamtin«, sagte Schächtle und hielt seiner Tochter ein paar Handschellen hin.

»Franz Josef Auer, ich nehme Sie vorläufig fest wegen Mordes an Ilona und Karl Brunner. Weiterhin wegen zweifachen Mordversuches an Karla Seibertz und Kriminalkommissar Friedrich Max Hohlmayer.«

Dabei legte sie ihm die Fesseln an. Auer schrie auf, die Schussverletzung schmerzte. »Stell dich nicht so an, ich habe deine Schläge auch ertragen müssen«, sagte die junge Polizeischülerin mitleidlos.

»Auer, Ihre Kunden werden sich freuen, Sie im Knast zu sehen. Sie sollen ja nicht zimperlich mit denen umgegangen sein. Sie wissen, was ehemaligen Bullen dort passiert«, meinte Schmitz, der die Verhaftung mit Vergnügen verfolgt hatte.

Er schaute Franziska an und war stolz auf sie.

»Nein, bitte nicht. Emeran, sorge dafür, dass ich in keinen Knast in Baden-Württemberg komme. Die killen mich.«

»Wieso sollte ich das tun, Auer, nach all dem was du gemacht hast? Es ist mir egal, ob sie dich umbringen oder nur zum Krüppel schlagen. Du hast es verdient. Bringt ihn weg, ich will ihn nicht mehr sehen.«

Schächtle ging zu seiner Tochter und umarmte sie kräftig. Beide weinten vor Erleichterung.

Als Vater und Tochter über den Thomaschor durch die Holztüre am Kreuzgang das Münster verließen, sahen sie eine große Menschenmenge auf dem Münsterplatz stehen. Von den vielen Reportern wurden sie richtig belagert und mit Fragen bombardiert. Ganz hinten kam ein mittelgroßer älterer Mann auf sie zu.

»Da kommt Onkel Wolfgang«, sagte Franziska.

Wolfgang Ambs umarmte Vater und Tochter und drückte sie fest an sich ran.

»Bin ich froh, dass euch nichts passiert ist. Ich habe noch jemand mitgebracht, der auch so viel Angst gehabt hatte wie ich.«

»Opa!«, schrie Franziska und rannte auf Franziskus Schächtle zu.

Er umarmte sie, ging zu seinem Sohn, und sagte:

»Hosch Glück ghett, gell Bue. Bin froh, dass euch nint bassiert isch« und wischte sich einige Tränen aus seinem faltigen Gesicht.

Da kam eine kleine Frau mit zwei Jugendlichen.

»Frau Auer, was wollen Sie hier?«, fragte Schmitz.

»Herr Kriminaloberrat, ist es wahr, dass mein Mann für den Mord an dem Mesner verantwortlich ist? Wir möchten eine ehrliche Antwort.«

»Ja, das stimmt, er hat Karl Brunner in der Sakristei erschossen.«

Caroline Auer ging mit ihren Kindern an den Krankenwagen, wo der Verhaftete in Handschellen auf einer Krankentrage lag.

»Dass du uns so was antust! Wir können uns nirgends mehr sehen lassen.«

»Aber Caro…«

»Sei ruhig, wir haben dir was zu sagen. Die Kinder und ich gehen von Konstanz weg. Ich habe mit meinem Bruder telefoniert, er besorgt uns eine kleine Wohnung in meiner Heimatstadt Ulm. Du musst dich nicht mehr um uns kümmern. Du kannst fremdgehen, so viel du willst. Meine besten Jahre habe ich für dich vergeudet. Das Einzige, was mir bleibt, sind unsere Kinder. Franz Josef, ich werde die Scheidung einreichen. Mit einem Mörder möchten wir nichts zu tun haben.«

Auer wurde bleich und wollte sich auf seine Frau stürzen. Die beiden Polizeibeamten hinderten ihn jedoch daran. Der Verhaftete fluchte, die Autotüre wurde geschlossen und der Wagen fuhr davon.

»Frau Auer, ich bin Emeran Schächtle.«

»Ich bin froh, Herr Hauptkommissar, dass Ihnen nichts passiert ist. Ich hatte keine Ahnung, dass in Franz Josef so viel verbrecherisches Potenzial steckt.«

Schächtle nickte und sah den dreien noch lange nach, als sie den Münsterplatz verließen.

»Dann wäre dieser Fall gelöst. Gut gemacht, Emeran«, meinte Schmitz.

»Der Mörder von Geiger rennt noch frei rum.«

»Das war doch Auer.«

»Er hat das bestritten.«

»Das kann nur Auer gewesen sein. Komm schließ den Fall endlich ab.«

»Eugen, glaube mir, Auer kann Geiger nicht ermordet haben.«

»Wieso?«

»Er war zu dieser Zeit mit Franzi in der Krypta. Sie hat das bestätigt. Ich will den richtigen Mörder von Emanuel haben.«

»Was willst du jetzt machen?«, fragte Fischer, als sie dazukam.

»Wir zwei gehen ins Pfarrhaus und durchsuchen das Büro von dem ermordeten Münsterpfarrer. Dort bekommen wir bestimmt einen Hinweis auf den Mörder.«

»Ohne Durchsuchungsbeschluss?«

»Eugen, bitte besorge ihn mir und lasse ihn sofort zu uns bringen. Die Staatsanwältin hat noch was gutzumachen.«

»Emeran, das ist nach all der Aufregung zu viel für dich. Lass mich das übernehmen.«

»Nein, das ist unser Fall. Angelika und ich werden ihn zu Ende bringen. Kümmere dich bitte um Franzi und sage in Biberach Bescheid. Sie kommt vorläufig nicht, muss sich zuerst von allem erholen.«

Karin Reissner beobachtete das.

»So, dann ist also Franz Josef Auer der Mörder meines Onkels und meiner Mutter. Die Frage ist, wie komme ich an ihn ran, um mich zu rächen?«

Montag, 21. März 2011
16 Uhr

Walter Kleiner, Kooperator der Münsterpfarrei, saß ihm Sessel seines Chefs.

»Jetzt, wo du nicht mehr unter uns weilst, werde ich dieses Büro benutzen.«

Nun schrieb er eine E-Mail an den zuständigen Erzbischof der Erzdiözese Freiburg und teilte mit, dass er nach dem Tod von Pfarrer Geiger die Leitung der Pfarrei vorläufig übernommen habe.

Die beiden Kriminalbeamten betraten das Dienstzimmer der Pfarrsekretärin.

»Herr Schächtle, Frau Fischer, was gibt es denn noch? Ich denke der Fall ist abgeschlossen. Oder ist es nur ein Gerücht?«

»Was haben Sie denn gehört?«, fragte Fischer.

»Dass Ihr Kollege Auer der Mörder des Mesners ist.«

»War er nicht auch Ihr Liebhaber?«

Weiler bekam einen roten Kopf, schwieg dazu und schaute verlegen auf den Boden.

»Angelika, das war unpassend und hat mit dem Tod an Emanuel nichts zu tun.«

»Tut mir leid, Frau Weiler. Ich wollte Sie nicht damit kompromittieren. Die Bemerkung war unüberlegt von mir.«

»Schon gut, Sie haben ja recht. Franz Josef war mein Geliebter.«

»Wir sind hier wegen des Mordes an Pfarrer Geiger«, sagte Schächtle.

»Wieso denn das, war es nicht derselbe Täter?«

»Nein, Auer kann für den Tatzeitpunkt ein hieb- und stichfestes Alibi nachweisen.«

»Wer soll es denn sonst gewesen sein?«, fragte der Kooperator, der in diesem Augenblick den Raum betrat.

»Das fragen wir uns auch. Wie war Ihr Verhältnis zum Mordopfer, Herr Kleiner?«, fragte Fischer.

»Ich kam sehr gut mit ihm aus. Er war nicht einfach, ich hatte damit aber kein Problem.«

»Das stimmt nicht. Sie haben sich beide beim Solidaritätsessen im Kolpinghaus am vergangenen Sonntag heftig gestritten. Dafür gibt es genügend Zeugen«, sagte die Pfarrsekretärin.

»Ja, das kommt vor, Maria. Sie wissen doch, wie aggressiv der Pfarrer manchmal wurde.«

»Um was ging es da?«, fragte der Hauptkommissar.

»Wir sind wegen seiner zu frommen Auslegungsweise des Gottesdienstes aneinandergeraten. Es war kein Streit, sondern eine hitzige Diskussion. Aber auch Maria hätte einen Grund gehabt, ihn umzubringen.«

»Sie spinnen ja, was für einen?«

»Seit von dieser Frau bekannt wurde, dass sie früher auf den Strich ging, war das Verhältnis nicht mehr so wie vorher. Er wollte sie sogar rausschmeißen.«

»Das stimmt überhaupt nicht!«, schrie Weiler.

»Wieso tat er es nicht?«, fragte Fischer.

»Er mochte keinen zusätzlichen Disput mit dem Pfarrgemeinderat. Und dessen Zustimmung hätte er gebraucht, um die Pfarrsekretärin zu entlassen. Er wusste genau, dass er die nie erhalten würde. Vor allen Dingen: Franz Josef

Auer, der Pfarrgemeinderatsvorsitzende, wollte dies verhindern, aus persönlichen Gründen.«

»Wir wissen auch warum«, sagte Schächtle.

»Das habe ich mir gedacht. Ist Auer nicht verheiratet?«

»Allerdings, aber in welchem Zeitalter leben Sie eigentlich? Für viele spielt das heute keine Rolle mehr. Durch die Tatsache, dass Geiger sie nicht entlassen konnte, hatte Frau Weiler kein Mordmotiv.«

Die Pfarrsekretärin lief wieder rot an und setzte sich hinter ihren Schreibtisch.

»Maria, was sagen Sie dazu?«

»Zu was, Herr Kooperator?«

»Dass Sie, eine verheiratete Frau, ein Verhältnis mit einem verheirateten Mann eingegangen sind.«

»Das geht Sie nichts an. Das ist meine Privatsache.«

»Schauen wir, ob das der Pfarrgemeinderat auch so sieht. Ich werde eine Sitzung einberufen.«

»Das können Sie nicht.«

»Doch, weil ich den Münsterpfarrer vertrete, bis Freiburg einen Nachfolger hat. Das Gemeindeleben geht weiter, auch wenn Geiger tot ist.«

»Machen Sie Ihre internen Streitereien ein anderes Mal aus. Wir werden jetzt das Büro und die Privaträume von Geiger anschauen«, sagte Fischer.

Da stellte sich der Priester in den Weg.

»Haben Sie einen richterlichen Durchsuchungsbeschluss?«

»Der ist unterwegs hierher.«

»Dann müssen Sie warten. Ohne diesen kommt hier niemand rein.«

»Herr Kleiner, Sie machen den Eindruck, als wenn Sie was zu verbergen hätten. Was könnten wir denn finden?«, fragte Schächtle.

»Nichts, aber ich will nicht, das Sie diese Räume betreten. Das ist im Sinn von Emanuel.«

»Herr Kooperator, wir werden jetzt in die Zimmer gehen«, sagte die Kriminalbeamtin.

»Das dürfen Sie nicht.«

»Doch, bei Ihnen ist Gefahr in Verzug. Das berechtigt uns sofort, das Pfarrhaus ohne richterlichen Beschluss zu durchsuchen.«

Fischer wurde langsam sauer auf den Priester.

Wieso stellte der sich nur so störrisch an? Was hat der zu verbergen?, dachte sie.

Schächtle hatte in der Zwischenzeit mit Schmitz telefoniert.

»Das ist nicht nötig, Angelika. Herr Kleiner der Durchsuchungsbeschluss ist mit der KTU hierher unterwegs. Sie werden die Räume inspizieren. Ich bin überzeugt, dass wir was finden.«

»Geiger wurde vom Münster gestoßen und nicht hier ermordet.«

»Das stimmt, aber der Täter muss einen Grund gehabt haben. Glauben Sie mir, wir finden ihn.«

Schächtle zwinkerte Fischer zu und sie wusste, was sie zu tun hatte.

»Die Sache mit dem Streit im Kolpinghaus nehme ich Ihnen nicht ab, Kleiner. Sie werden uns ins Präsidium begleiten.«

»Wieso denn das? Bin ich verhaftet?«

»Wir brauchen Sie als Zeugen. Sie waren ja meistens mit dem Mordopfer zusammen.«

Widerwillig ging der Priester mit. Als sie das Pfarrhaus verließen, kam die KTU angefahren.

»Habt ihr den Beschluss?«, fragte Fischer.

»Ja, hier ist er«, antwortete Ringer.

Der Kooperator schaute ihn sich genau an. Man sah ihm an, dass es ihm nicht passte, dass die Räume durchsucht wurden.

Während der Fahrt ins Präsidium sagte der Geistliche kein Wort. Er saß auf dem Rücksitz, starrte aus dem Seitenfenster und vermied den direkten Blickkontakt zu den beiden Kriminalbeamten. Fischer sah ihn an und schüttelte den Kopf. Auf dem Benediktinerplatz fuhren sie in die Tiefgarage.

»Herr Kleiner, kommen Sie mit«, sagte Schächtle und sie gingen zum Aufzug.

Vor dem Vernehmungszimmer kam ihnen Schmitz entgegen.

Er nahm seine Mitarbeiter auf die Seite, während der Zeuge von einem Schutzpolizisten zur Vernehmung gebracht wurde.

»Dirk geht es besser. Sie haben ihm die Kugel erfolgreich herausoperiert. Er muss noch einige Tage in der Klinik bleiben.«

»Hat er angerufen?«

»Nein, Dr. Daniela Renz hat sich bei mir gemeldet. Das ist die Ärztin, die am Tatort war.«

»Ist das nicht seine Freundin?«

»Ja, seit Dirks erstem Krankenhausaufenthalt«, sagte Fischer.

»Eugen, hast du was von den anderen beiden erfahren?«

»Du meinst Karla Seibertz und Friedrich Hohlmayer. Bis jetzt noch keine Veränderung. Wen habt ihr mitgebracht?«

»Den Kooperator Kleiner. Wir vernehmen ihn als Zeugen zu dem Mord an Geiger.«

»Na, dann mal los. Und Emeran informiere mich sofort, wenn du Ergebnisse hast.«

»Herr Kleiner, Sie sind hier als Zeuge und zu wahrheitsgemäßen Angaben verpflichtet. Sie dürfen niemand bewusst falsch beschuldigen und nichts verschweigen. Haben Sie das verstanden?«, belehrte Schächtle den Kooperator.

»Ja, das habe ich. Trotzdem weiß ich nicht, was ich hier soll.«

»Wo waren Sie heute Morgen zwischen sechs und sieben Uhr?«

»Da war ich noch im Bett. Gegen sieben Uhr bin ich aufgestanden. Es hat mich allerdings gewundert, dass Emanuel nicht da war. Wir frühstücken immer zusammen um halb acht Uhr.«

Während Schächtle den Kooperator verhörte, schrieb Fischer auf dem Laptop das Protokoll.

»Was war das für ein Streit, den Sie mit Geiger hatten?«

»Habe ich Ihnen doch schon gesagt. Die unterschiedlichen Ansichten der Feier des Gottesdienstes. Bei diesem Thema gingen wir immer aneinander hoch. Emanuel war sehr katholisch und altmodisch. Ich dafür weltoffener als er.«

»Das kann ja wohl nicht sein. Wenn ich an den Disput denke, den Sie mit unserem Kriminaloberrat auf dem Münsterplatz hatten, so sind Sie auch ganz schön konservativ«, sagte Fischer.

»Das war eine andere Situation. Durch Ihre Aktion im Münster wegen der Geiselnahme haben Sie das Gotteshaus entweiht. So was konnte ich nicht zulassen, musste aber der behördlichen Gewalt weichen.«

»Wie lange sind Sie noch in Konstanz? So viel ich weiß,

bleibt ein Kooperator nur bis zu drei Jahren in einer Pfarrei«, sagte Schächtle.

»Das stimmt. Ich werde im September versetzt.«

»Obwohl Sie nur noch etwa fünf Monate hier sind, haben Sie sich wegen dieses Problems regelmäßig mit Geiger gestritten. Warum das?«

»Uns blieben die Jugendlichen wegen seiner bigotten Einstellung weg. Mir liegt die Jugend am Herzen. Ich hatte Angst, das uns noch mehr Ministranten und Jugendgruppen verlassen.«

»Trotzdem, Herr Kleiner, das nehme ich Ihnen nicht ab. Ich gehe davon aus, dass dieses Reizthema schon länger anstand.«

»Ja, aber immer wieder gingen wir deswegen aneinander hoch. Ich wollte und konnte es nicht akzeptieren, dass dieser altmodische Geistliche unsere ganze Jugend vergrault.«

»Was hat der Pfarrgemeinderat dagegen unternommen?«, fragte Schächtle.

»Der hat beschlossen, dass die Jugendarbeit durch mich weitergehen muss. Das hat jedoch Geiger nicht interessiert.«

»Dann kommt es Ihnen ja sehr gelegen, dass Ihr Chef tot ist«, stellte Fischer fest.

»Der Gedanke ist mir noch gar nicht gekommen.«

»Jetzt können Sie ja Ihren Traum von der Jugendarbeit verwirklichen, Herr Kleiner. Niemand steht mehr im Weg. Wissen Sie, dass dies ein Mordmotiv ist?«

»Herr Hauptkommissar, das stimmt nicht. Niemals hätte ich um diesen Preis meinen Wunsch erfüllt.«

»Sie sprechen vom Tod des Pfarrers?«, fragte Fischer.

»Ja, außer diesem Reizthema haben wir wunderbar miteinander gearbeitet.«

Schächtle stand auf und lief im Raum umher.

Wieso glaube ich diesem Priester nicht? Ein Geistlicher lügt doch nicht, Mord ist eine Todsünde. Für so einen Mann noch schlimmer, als bei einem anderen, dachte er.

Es klopfte und Klaus Ringer streckte seinen Kopf herein.

»Kann ich euch mal sprechen?«

»Jetzt nicht, wir sind mitten in der Vernehmung«, antwortete Fischer.

»Es ist aber wichtig.«

»Angelika, geh hinaus und kläre das ab.«

Nach kurzer Zeit kam sie hinein und legte eine Akte auf den Tisch.

»Das Ergebnis der Untersuchung der KTU«, sagte sie und flüsterte Schächtle was ins Ohr.

Der schaute sich die Unterlagen genau an und meinte:

»Herr Kleiner, Sie haben vorher gesagt, dass Sie heute Morgen gegen sieben Uhr aufgestanden sind.«

»Ja, das stimmt.«

»Dann erklären Sie mir bitte, wie es sein kann, dass Sie um halb sieben Uhr die Putzfrau Martinez vor dem Pfarrhaus getroffen haben. Sie ist vor Ihnen sogar weggerannt, weil sie Angst hatte.«

»Ja, das ist richtig. Sie fand beim Aufräumen den Abschiedsbrief, den der Mesner geschrieben hatte. Aber das war nicht um halb sieben Uhr, sondern um halb acht Uhr.«

»Das stimmt nicht. Gegen halb acht Uhr hat eine Polizeistreife, die Sie angerufen haben, den Brief abgeholt. Sie lügen Kleiner, wieso?«

»Ich lüge nicht, habe mich wohl geirrt. Dann bin ich doch gegen sechs Uhr aufgestanden.«

»Das ist mir zu einfach. Ich glaube Ihnen nicht. Sie lügen mich schon wieder an.«

»Sie meinen wohl, ich habe Emanuel umgebracht. Was sollte das Motiv sein?«

»Ich halte das Mordmotiv in meinen Händen. Pfarrer Geiger musste eine Beurteilung über Sie an das erzbischöfliche Ordinariat in Freiburg schicken. In dieser Bewertung kommen Sie sehr schlecht weg. Sie haben Ihren Chef morgens um sechs Uhr auf das Münster gelockt und ihn dann hinuntergestoßen.«

Schächtle wusste, dass diese Anschuldigung sehr gewagt war. Er konnte sie nicht beweisen. Wenn der Beschuldigte kein Geständnis ablegte, musste er ihn gehen lassen.

Der Kooperator wurde sichtlich nervös. Seine Gesichtsfarbe wechselte von rot auf kreidebleich. Er fuchtelte mit den Händen, wollte aufstehen, aber Fischer drückte ihn auf seinen Platz zurück.

»Walter Kleiner, ich nehme Sie vorläufig fest wegen Mordes an Emanuel Geiger. Ab diesem Zeitpunkt sind Sie Beschuldigter. Sie haben das Recht, jede weitere Aussage zu verweigern und einen Anwalt hinzuzuziehen.«

Der Verdächtige saß zusammengekauert auf seinem Stuhl.

»Was ist, Kleiner, wollen Sie dazu was sagen?«

Doch der blieb stumm und starrte teilnahmslos im Zimmer herum. Schächtle wollte den Raum verlassen, um den Kooperator in die Zelle bringen zu lassen. Da stand dieser mit einem Ruck auf, stieß den Hauptkommissar auf die Seite und rannte auf den Flur. Dort kamen die Staatsanwältin und der Kriminaloberrat entgegen. Kleiner gab der Frau einen Stoß, sodass sie an die Wand und daraufhin auf den Boden fiel. Man hörte den Alarm, den Schächtle ausgelöst hatte. Kleiner hetzte die Treppe hinunter, vom ersten Stock bis ins Erdgeschoss. Schächtle, Fischer und

Schmitz verfolgten ihn. Auch andere Polizeibeamten jagten ihm nach. Als er unten ankam, wo sich die Wache der Schutzpolizei befand, wurde er von fünf Beamten bereits erwartet und überwältigt. Sie übergaben den Festgenommenen dem Hauptkommissar, der ihm Handschellen anlegte und ihn ins Vernehmungszimmer zurückbrachte.

»Was soll das Kleiner? Damit haben Sie Ihre Situation nicht verbessert.«

»Ich habe einfach durchgedreht, Herr Schächtle, tut mir leid. Ich möchte jetzt die Wahrheit sagen. Ich kann nicht mehr.«

»Das ist gut, Herr Pfarrer. Wieso haben Sie Geiger getötet?«

»Ich muss von vorn beginnen. Als ich vor über zwei Jahren hier anfing, hatten der Pfarrer und ich ein gutes Verhältnis. Lediglich die Jugendarbeit lag ihm nicht. Die hatte er sofort an mich übertragen. Vor etwa einem halben Jahr nahm er sie mir weg mit der Begründung, ich sei zu weltoffen. Wir sind eine katholische Gemeinde, dazu gehört auch, dass man von den Jugendlichen gesiezt wird.«

»War das bei Ihnen anders?«

»Ja, ich habe den Älteren beim letzten Jugendlager das Du angeboten.«

»Wie ging es weiter?«

»Seitdem war unser Verhältnis gestört. Reihenweise verließen die Jungen und Mädchen die Ministranten und Jugendgruppen. Der Pfarrgemeinderat hatte sein Verhalten kritisiert und verlangt, dass ich die Jugendarbeit wieder aufnehme. Das hat Emanuel Geiger kategorisch abgelehnt.«

»War das der Grund für die schlechte Beurteilung?«

»Ja. Geiger hat mich vor wenigen Tagen in sein Büro gebeten. Er sagte mir, er muss die Bewertung wegschicken wegen meiner Versetzung im September. Dann gab er sie mir zu lesen. Ich erschrak. Da stand, ich sei unfähig, Priester zu sein. Gegen die drei Gelübde Enthaltsamkeit, Armut und Gehorsamkeit verstoße ich laufend. Er empfehle, mich vom Priesteramt zu entfernen und fristlos rauszuschmeißen. Nicht einmal als Diakon tauge ich was. Und er habe meine sexuellen Handlungen an Mädchen beobachtet.«

Kleiner vergrub sein Gesicht in seine Hände und weinte leise.

»Stimmte das?«

»Was haben Sie gesagt? Ich habe die Frage nicht verstanden«, sagte der Geistliche nach einigen Minuten und wischte sich die Tränen ab.

»Sexuelle Handlungen an Mädchen?«, sagte Fischer energisch.

»Nein, das habe ich nicht, ich kann es beschwören. Einige Mädchen haben mich angehimmelt. Mehr war nicht. Ich habe Geiger angefleht, diese Beurteilung nicht wegzugeben. Aber er blieb hart. Und das nur, weil ich den Pfarrgemeinderat und die Jugendlichen auf meiner Seite hatte. Er wollte mich weghaben, weil er keinen Widerspruch duldete. Ich wollte immer Priester werden, schon seit frühester Jugend.«

»Das war nun in Gefahr, wegen der Ihrer Meinung nach ungerechtfertigten Bewertung?«

Kleiner atmete tief durch, ihn strengte das Reden an. Er fuhr mit seinen Händen durch seine braunen Haare und schaute dabei auf den Boden.

»Ich warte auf eine Antwort«, sagte Schächtle ungeduldig.

»Ja, so empfand ich das. Ich habe mit ihm nochmals geredet, aber er blieb hart.«

»Das war dann wohl sein Todesurteil?«

»Nein, ich wollte nur mit ihm reden. Mit einem anonymen Schreiben lockte ich ihn auf den Münsterturm.«

»Wieso auf das Münster, wenn Sie nicht von Anfang an einen Mord planten?«

»Ich dachte, dort oben könnten wir besser verhandeln und der Pfarrer kommt zu Besinnung, mir nicht alles zu zerstören.«

»Was stand in diesem Brief?«

»Dass er um sechs Uhr auf den Turm kommen soll. Der Chef des erzbischöflichen Bauamts müsste ihm einige große Schäden zeigen. Er kam und als er mich sah, erschrak er. Ich wollte das Schreiben haben, aber er behauptete, es sei bereits unterwegs. Da wurde ich wütend, nahm ihn am Kragen, um ihn hinunterzustoßen. Er flehte mich an, ihn leben zu lassen. Da bekam ich Mitleid, ließ ihn runter, bis seine Füße den Boden berührten. Da grinste dieses Arschloch und meinte, ich hätte nicht den Mut, ihn zu töten. Vor lauter Wut packte ich ihn erneut, gab ihm einen Stoß und er fiel über die Brüstung nach unten. Danach hatte ich ein zufriedenes Gefühl.«

»Sie dachten, dass dieser Mord dem Mesnermörder in die Schuhe geschoben werden konnte.«

»Ja, dies passte gut. Ich hatte mir extra Gummihandschuhe besorgt, damit keine Spuren von mir da sind.«

»Pech gehabt! Für den Tatzeitpunkt hatte Franz Josef Auer, der Mörder des Mesners, ein Alibi. Er hatte meine Tochter Franziska als Geisel in der Krypta.«

»Nun werden Sie mich wegen Totschlags anzeigen?«

»Sie irren sich, Kleiner, anklagen wird Sie die Staatsanwaltschaft, das ist die Anklagebehörde. Damit, dass Sie den Pfarrer auf das Münster gelockt und zur Verdeckung

Ihrer Spuren Gummihandschuhe getragen haben, war die Mordabsicht vorhanden. Die Staatsanwältin wird Sie wegen Mordes vor Gericht bringen.«

»Sie meinen lebenslange Haft?«

»Damit müssen Sie rechnen.«

»Wenn Sie nicht hier gewesen wären, wäre niemand auf mich gekommen. Wieso konnten Sie nicht wegbleiben?«

»Diese Frage hat mir auch schon Auer gestellt.«

Schächtle ging zur Türe und rief zwei Beamte rein.

»Abführen.«

Als der Mann weg war, fragte Fischer: »Betrachtest du diesen Fall als gelöst?«

»Ja, Angelika, jetzt sind diese beiden Fälle aufgeklärt. Ein gutes Gefühl, findest du nicht auch?«

Dienstag, 22. März 2011
8 Uhr

Franz Josef Auer wachte auf und sah kalkweiße Wände. Er fühlte die Bettdecke, stieß sie mit den Füßen weg, um aufzustehen. Als er sich auf die Bettkante setzte und mit den Armen abstützte, spürte er einen stichartigen Schmerz in seiner rechten Schulter.

»Ich bin im Krankenhaus. Dieser verdammte Schächtle hat mich überwältigt. Emeran, dich erwische ich noch, das verspreche ich dir. Alles hast du mir genommen. Meine Ehe ging in die Brüche wegen dir. Wärst du in Wiesbaden geblieben, keiner hätte mich erwischt«, sprach er laut vor sich her.

Da ging die Türe auf und ein Polizeibeamter kam hinein.

»Wollten Sie was oder führen Sie Selbstgespräche?«

»Was machst du denn hier?«

»Wir bewachen Sie, dass Ihnen nichts geschieht.«

»Schau, dass du rauskommst!«

Auer stand auf, nahm einen Holzstuhl mit seiner linken Hand und warf ihm auf den Schutzpolizisten. Er traf nur die Wand, der Stuhl polterte auf den Boden und zerbrach. Dabei verlor er das Gleichgewicht, stürzte, fiel auf den verletzten Arm und schrie vor Schmerzen. Der Polizeibeamte wollte ihm helfen, er stieß in weg und zog sich am Bettgestell hoch.

»Auer, wir können Sie ins Gefängnis überstellen. Ihnen geht es wieder besser.«

»Das entscheiden Sie nicht«, sagte eine korpulente Krankenschwester, die gerade das Zimmer betrat.

»Ich informiere Kriminalhauptkommissar Schächtle über den Zustand des Gefangenen. Wir werden sehen, was er meint«, antwortete der Polizeibeamte und verließ das Zimmer.

»Herr Auer, ab ins Bett und Ruhe. Gleich ist Visite und Professor Funkel möchte Sie sehen.«

Er folgte dem Befehl.

Ich muss hier raus und das so schnell wie möglich. Wenn mir doch einfallen würde, wie ich das anstelle, überlegte Auer verzweifelt.

Im Flur vor dem Krankenzimmer saßen die beiden Schutzpolizisten.

»Egon, von dem alten Kriminalkommissar Auer ist nicht viel übrig. Der hat aufgegeben.«

»Wie kommst du darauf?«

»Seine Gesten, seine Antworten und den Wutausbruch. Das ist Verzweiflung, glaube mir. Der wird uns keine Schwierigkeiten mehr machen.«

»Sei dir nicht so sicher, Waldemar. Der täuscht uns. Ich bin erst zufrieden, wenn er im Knast in der Wallgutstraße sitzt.«

Da kam eiligen Schrittes eine ganze Schar von weißen Kitteln auf sie zu.

»Dürfen wir in das Krankenzimmer, meine Herren?«, fragte ein großer, schlanker Mann.

»Selbstverständlich, Herr Professor, die Oberschwester ist auch schon da.«

»Halt, Professor Funkel, ich bin zuerst dran«, hörten sie eine kreischende Stimme.

Da kam ein kleiner Mann mit rasender Geschwindigkeit auf den Arzt zu.

»Ich bin Rechtsanwalt Schnabel und verlange sofort meinen Mandanten zu sprechen.«

»Das können Sie nach der Visite tun«, sagte der Professor.

»Nein, das werde ich nicht. Die Verteidigung des Festgenommenen hat vor den ärztlichen Maßnahmen Vorrang!«, und Schnabel huschte unter den Armen des Chefarztes durch.

Dabei lächelte er ihn an, dass man seine gelb-braunen Zähne sehen konnte.

»Ich bin ihr Strafverteidiger, Ihre Tochter hat mich mit dem Mandat beauftragt.«

»Lioba? Die kann Sie nicht bezahlen. Sie ist minderjährig und nicht voll geschäftsfähig.«

»Darüber sollten Sie sich keine Gedanken machen. Sie meinte, ihr Vater braucht den besten Verteidiger. Glauben Sie mir, der bin ich in dieser Stadt.«

»Habe schon viel von Ihnen gehört, Herr Schnabel. Wie können Sie mir helfen?«

»Erzählen Sie mir ihre Geschichte. Aber alles bitte, damit ich eine Strategie für ihre Verteidigung entwickeln kann. Vertrauen Sie mir, sie wissen ja, ich bin zur Verschwiegenheit verpflichtet.«

Wie immer, wenn der Rechtsanwalt sprach, hing an seinen Mundwinkel der Speichel herunter, wie bei einer Bulldogge. Auer wurde übel, als er das sah, und drehte den Kopf weg.

»Sollte er wirklich so gut sein, muss ich dies in Kauf nehmen«, dachte er, während er sich aufrichtete und dem Strafverteidiger sein Leben erzählte.

»Egon, ich gehe mal zu Schächtle und schaue, dass wir den Mörder los werden.«

»Nein, ich gehe, wenn schon einer geht. Du könntest ihn aber anrufen. Dann bleiben wir beide hier.«

»Ich werde ihm persönlich berichten, das ist besser.«

»Du bleibst da und rufst ihn an. Meinst du, ich will die ganze Zeit hier alleine sitzen?«

Egon lief zuerst und hinterher folgte ihm Waldemar. Der rannte die zwei Stockwerke hinunter. Er hielt sich am Treppenhandlauf fest und hätte fast eine Krankenschwester hinuntergestoßen. Die konnte sich gerade noch festhalten und schrie:

»Sind Sie wahnsinnig? Können Sie nicht aufpassen?«

Doch Waldemar hörte das nicht und hetzte weiter nach unten. Er bekam Egon am Eingang des Klinikums zu greifen, packte ihm am Kragen und brüllte ihn an:

»Du bleibst hier und damit basta.«

Gleichzeitig warf er ihn auf den Boden, wo er mit großem Schwung den frisch geputzten Fliesenboden entlang rutschte. Eine Putzsäule bremste ihn ab und er schlug mit beiden Füßen daran. Ein greller Schrei hallte durch das Krankenhaus.

Waldemar eilte zu seinem Kollegen:

»Das wollte ich nicht, glaube mir. Tut es arg weh?«

»Du Depp, ich habe irrsinnige Schmerzen.«

Da kam ein Arzt mit einer Krankenschwester und kümmerte sich um den verletzten Polizeibeamten.

»So wie das aussieht, sind beide Unterschenkel gebrochen. Sofort zum Röntgen und dann in den OP. Wir werden operieren müssen.«

Zwei Krankenpfleger kamen und legten den verletzten Schutzpolizisten auf eine Trage.

Den anderen Polizisten hörte man immer wieder sagen:
»Das wollte ich nicht. Das wollte ich nicht.«
Dann ging er zum Empfang und rief dem Pförtner zu:
»Bitte verbinden Sie mich mit meiner Dienststelle.«

»Wie sieht es aus, Herr Professor?«, fragte Auer, nachdem
sein Strafverteidiger gegangen war.

»Sehr gut. Wir haben die Kugel ganz aus der Schulter
entfernt. Die Wunde sieht sauber aus. Sie ist nicht entzün-
det und heilt langsam ab.«

»Dann werde ich bald entlassen?«

»Ein paar Tage bleiben Sie noch hier. Wenn es keine
Komplikationen gibt, werden wir Sie in drei Tagen auf die
Krankenstation des hiesigen Gefängnisses überstellen.«

Als der Professor mit seinem Stab an Mitarbeitern das
Krankenzimmer verließ, fragte er die Oberschwester:

»Haben Sie die beiden Polizeibeamten gesehen?«

»Nein, keine Ahnung, ich war doch die ganze Zeit bei
Ihnen.«

»Das wundert mich, die hatten es so wichtig mit der Bewachung. Kümmern Sie sich um die Polizisten, forschen
Sie, wo sie sich befinden, und setzen Sie einen Krankenpflegeschüler vor die Tür.«

»Herr Professor, wir sind doch nicht die Polizei.«

»Das stimmt schon. Aber ich will mir von denen nicht
vorhalten lassen, wir hätten nicht aufgepasst. Also Oberschwester, veranlassen Sie das, aber sofort.«

Widerwillig führte sie die Befehle ihres Vorgesetzten aus.
Auer bekam das alles mit und lächelte verschmitzt.

»Eins zu null für mich, Schächtle. Ihr seid sowieso zu
blöde, auf einen Kriminalkommissar aufzupassen.«

Er ließ sich entspannt in sein Bett zurückfallen. Da betrat

ein junges, pummeliges Mädchen mit langen rotbraunen Haaren sein Zimmer.

»Hallo Papa, wie geht es dir?«

»Lioba, was machst du hier?«

»Dich besuchen natürlich. Es tut mir leid, wie Mutter dich behandelt hat.«

»Wollt ihr wirklich nach Ulm?«

»Ja, Mama hat es vor. Aber ich bleibe bei dir.«

»Das geht nicht. Wenn ich verurteilt bin, komme ich in ein anderes Gefängnis. Weit weg von hier. Da kannst du nicht mit.«

»Papa, deswegen bin ich da. Ich will dir helfen zu fliehen. Wenn wir zusammenhalten, erwischt uns keiner.«

»Wie stellst du dir das vor? Wo sollen wir hin?«

»Wir werden schon was finden. Du hast doch auch Erfahrung, wohin wir könnten.«

Lioba ging zum Schrank und gab ihrem Vater seine Kleidung. Sie half ihm sich anzuziehen. Er hatte noch immer starke Schmerzen am rechten Oberarm. Sie öffnete die Türe und sah auf dem Stuhl einen Krankenpflegeschüler sitzen, der vertieft in einer Zeitung las.

An dem schlich sie sich vorbei. Dann tat sie so, als wenn sie von der Treppe in den Flur gekommen sei.

»Was machst du da?«, fragte sie den Krankenpflegeschüler und setzte sich zu ihm.

»Ich muss auf den Gefangenen aufpassen, damit er nicht flieht.«

»Das ist interessant, erzähl mir davon.«

Der große schlanke Mann freute sich über diese Abwechslung. Sie unterhielten sich angeregt.

Währenddessen schlich Auer an den beiden vorbei.

»Ich muss gehen, es ist schon spät. Hat mich gefreut dich

kennenzulernen«, sagte Lioba, als sie feststellte, dass ihr Vater weg war.

Sie rannte, als wenn es um ihr Leben ginge, nahm nicht den Aufzug, sondern die Treppe, lief bis in den Keller des Klinikums. In der Küche sah sie, wie das Personal durch die Räume hetzte. Nur ihr Vater war nicht da. Dabei hatten sie ausgemacht, dass sie sich dort treffen. Sie kam zufällig zur Krankenhauskapelle. Aber da war er auch nicht. Nun irrte sie in dem großen, hell erleuchteten Keller herum. Da waren die Poststelle, die Klinikumapotheke, die Krankenhauskantine und die Wäscherei. Nirgends fand sie ihn.

Weil viele Leute dort herumliefen, fiel sie überhaupt nicht auf. Da sah sie eine silberne Isoliertüre, die geschlossen war. Sie drückte den Türgriff herunter, öffnete und erschrak. Es lagen zwei Leichen in offenen Blechsärgen dort. Sie war im Leichenkühlraum des Krankenhauses. Dann erkannte Lioba die Toten. Es war der Mesner Karl Brunner und der Münsterpfarrer Emanuel Geiger. Als sie sah, dass das Gesicht des Pfarrers zerquetscht war, wurde ihr übel. Das war zu viel für sie und sie musste sich übergeben. Gleichzeitig fing sie an zu weinen und wollte wegrennen.

»Lioba, warte, ich komme«, hörte sie.

Ganz hinten kam jemand schlotternd auf sie zu. Sie erschrak und erkannte ihren Vater. Sie verließen diese Stätte und gingen zum Ausgang des Kellers, der in den unteren Hof führte. Dort standen Lastwagen, die Waren abluden. Nun schlenderten die beiden ruhig und entspannt aus dem Klinikum. Dabei hakten sie sich unter, wie ein Liebespaar. Während sie zur Luisenstraße gingen, sahen sie, wie Polizeifahrzeuge mit Blaulicht und Martinshorn zum Krankenhaus rasten.

Kriminaloberrat Schmitz saß mit Staatsanwältin Kreiser in ihrem Büro.

»Ich verstehe Sie nicht. Wieso haben Sie Schächtle im Pfarrhaus ermitteln lassen? Meiner Meinung nach ist Auer auch der Mörder von Geiger.«

»Wir haben uns schon einmal geirrt. Vergessen Sie nicht, dass wir den Penner für den Täter hielten, nur Emeran wusste es besser. Wir sollten uns auf sein Urteilsvermögen verlassen. Da hat er einen siebten Sinn. Und der Durchsuchungsbeschluss ist von Ihnen genehmigt worden.«

»Aber nur, weil Sie mir sagten, ja fast drohten, dass ich Schächtle noch was schulde.«

»Geben Sie zu, Frau Kreiser, sehr löblich haben Sie sich an diesem Fall nicht verhalten. Nur durch mein Zusprechen bei Ihrem Chef, dem Oberstaatsanwalt, sind Sie einer Strafversetzung entkommen.«

»Ja, ich weiß. Ich war verliebt. Ich hätte allerdings wissen müssen, dass Auer mit mir spielt.«

»Das ist keine Entschuldigung. Ihre privaten Gefühle sollten Sie im Dienst außen vor lassen. Sie haben fast die Zukunft von Hauptkommissar Schächtle zerstört. Und das nur wegen Ihrer Liebe zu Auer. Sie wussten doch, dass er verheiratet ist.«

»Er wollte sich scheiden lassen. Ich habe ihm geglaubt.«

»Auer war nur scharf auf den Posten von Schächtle. Wenn er dieses Ziel erreicht hätte, wären Sie von ihm abserviert worden. Auf keinen Fall würde er sich von seiner Familie trennen. Nicht wegen seiner Frau, die war ihm gleichgültig.

Seine Kinder sind ihm wichtig.«

»Woher wissen Sie das?«

»Ich habe ihn nach seiner Verhaftung im Krankenwagen

vernommen und er hatte alles gestanden. Dabei war er seelisch fertig und weinte. Nicht nur, weil ihn eine lebenslängliche Gefängnisstrafe erwartet, sondern er dadurch auch keinen Kontakt mehr zu seinen beiden Kindern hätte. Das machte ihm zu schaffen.«

»Ich befürchte, dass Auer Sie angelogen hat. Der liebt nur sich selbst und sonst niemand«, sagte die Staatsanwältin.

In diesem Augenblick betrat Emeran Schächtle das Büro.

»Da seid ihr ja. Wollte nur sagen, dass der Fall endgültig abgeschlossen ist.«

»Haben Sie den Mörder vom Münsterpfarrer?«

»Ja, es war Kooperator Walter Kleiner. Er hat ein umfassendes Geständnis abgelegt.«

»Machen Sie mir das Protokoll fertig, damit ich die Anklage vorbereiten kann.«

»Frau Kreiser, fehlt da nicht noch was?«, fragte Schmitz leicht gereizt.

»Herr Schächtle, ich möchte mich entschuldigen.«

»Für was?«

»Das wissen Sie doch. Für alle Unannehmlichkeiten, die ich Ihnen bereitet habe. Verzeihen Sie einer verliebten Frau, die bisher nicht viel Glück gehabt hat bei ihrem Liebesleben.«

»Sie sollten offener sein, nicht so verstockt. Dann klappt es auch mit den Männern. Schließlich sind Sie eine attraktive Frau.«

»Danke, das ist gar nicht so einfach für mich.«

»Frau Kreiser, wir sollten die Sache vergessen und von vorne anfangen. Schließlich müssen wir zusammenarbeiten.«

Die Staatsanwältin stand auf, ging zu Schächtle und gab

ihm die Hand. Sie hatte feuchte Augen, wischte sie mit einem Taschentuch ab.

»Danke für Ihr Verständnis.«

»Emeran, wie geht es dir mit deinem Problem?«

»Ich glaube, es teilweise überwunden zu haben. Dabei hat mir die Situation, der Entführung von Franziska, sehr geholfen.«

»Du bist also ganz der Alte?«

»Weiß ich nicht. Ich bin jetzt bereit zur Polizei-Psychologin zu gehen, um mich behandeln zu lassen. Dann sehen wir weiter.«

»Prima, ich mache dir für morgen früh den ersten Termin.«

Da klingelte das Telefon und Schmitz ging ran.

»Das darf doch nicht wahr sein. Was für Schnarchzapfen haben den bewacht?«

»Was ist los?«, fragte die Staatsanwältin.

»Emeran, begib dich sofort ins Klinikum. Auer ist entflohen.«

Emeran Schächtle betrat mit Fischer aufgebracht das Krankenhaus.

»Kriminalpolizei. Wo ist der verletzte Kollege?«, fragte er den Pförtner.

»Er wird gerade operiert.«

»Und der andere Polizeibeamte?«

»Ich bin hier, Herr Kriminalhauptkommissar.«

Ganz hinten, wo die blauen Polstersessel für Besucher standen, kam der Schutzpolizist verschüchtert und langsam auf sie zu.

»Wie ist das passiert?«

Da berichtete Waldemar wie sie sich gestritten hatten,

und er ihn aufhalten wollte, das Klinikum zu verlassen. Er sagte auch, wie das mit dem Unfall war und er schuld war, dass Egon die Beine gebrochen hatte.

Schächtle hörte sich das in Ruhe an. Man merkte aber, dass er innerlich aufgewühlt war.

»Sag mal, seid ihr wahnsinnig? Wegen so einem Scheiß entflieht uns der Mörder.«

»Ruhe, nicht so laut, Sie sind im Krankenhaus«, sagte der kleine, lockenköpfige Pförtner mit dem buschigen Seehundbart.

Schächtle und Fischer fuhren mit dem Aufzug auf Station D. Als sie zu dem Zimmer kamen, wo Auer gelegen hatte, waren sie überrascht. Da stand Karin Reissner und sprach mit Professor Funkel.

»Frau Reissner, ich dachte, Sie sind längst in Stuttgart. Was machen Sie den noch hier?«

»Meine Arbeit, Herr Schächtle. Und jetzt ist der Mörder Auer geflohen, sehr gut, Herr Hauptkommissar.«

»Woher wissen Sie davon«, fragte Fischer.

»Aus dem Radio. Den ganzen Tag berichtet darüber der Seefunk.«

»Nun können Sie gehen. Das ist unsere Sache«, sagte Fischer.

»Sie vergessen, dass ich darüber berichte. Sollten Sie mich aufhalten, sehe ich das als Eingriff in die Pressefreiheit.«

»Wieso bekomme ich bei Ihnen das Gefühl nicht los, dass Sie mich anlügen. Sie machen mir was vor, stimmt es etwa nicht?«, fragte Fischer.

»Für Ihre Gefühle bin ich nicht verantwortlich. Ich mache nur meine Arbeit.«

»Sie kommen mir bekannt vor. Haben wir uns schon mal gesehen?«

»Nicht das ich wüsste. Es ist sowieso das erste Mal, dass ich in Konstanz als Journalistin tätig bin.«

»Ich verlange von Ihnen, dass Sie unsere Arbeit nicht behindern. Verlassen Sie sofort das Klinikum.«

Reissner schaute entsetzt Fischer an, setzte sich auf den Stuhl vor dem Krankenzimmer und holte das Diktiergerät aus ihrer schwarzen Handtasche.

Als der Professor und die Oberschwester den beiden Kriminalbeamten sagten, was sie wussten, schüttelte Schächtle den Kopf.

»Ich verstehe Sie also richtig: Als unsere Kollegen weg waren, haben Sie einen Krankenpflegeschüler als Bewachung hingesetzt. Und dieser ist von einem pummeligen Mädchen mit langen rotbraunen Haaren abgelenkt worden. Sie hörte auf den Namen Lioba. Das hat doch der junge Mann gesagt, Herr Professor?«

»Ja, so hat er mir das berichtet.«

»Es ist nicht zu glauben. Statt bei uns anzurufen, damit wir einen Kollegen schicken, der die weitere Bewachung übernimmt, setzten Sie einen Laien dort hin. Der war völlig überfordert mit dieser Situation.«

»Ich habe schließlich noch was anderes zu tun. Lassen Sie mich in Ruhe, sonst beschwere ich mich über Sie bei Ihrem Vorgesetzten.«

Da ging Fischer auf den Arzt zu.

»Jetzt reicht es mir aber. Wenn die Herren Ärzte Mist bauen, wird die Schuld auf andere abgewälzt. Sie hätten uns nur informieren müssen, dann wäre überhaupt nichts geschehen.«

»Herr Professor, wenn Auer wieder einen Mord begeht, werde ich Sie dafür verantwortlich machen. Haben Sie mich verstanden?«, sagte Schächtle zornig.

Der Professor schwieg, drehte sich wütend um und ging.

»Haben Sie alles mitbekommen, Frau Journalistin?«

»Natürlich, Herr Hauptkommissar«, antwortete Reissner und stand auf.

»Sie verlassen uns?«, fragte Fischer.

»Ich habe genug gehört. Bin in meinem Hotel, falls Sie mich brauchen.«

»Hast du es auch erfahren Emeran, das Mädchen heißt Lioba«, sagte Fischer, als sie alleine waren.

»Das müsste die Tochter von Auer sein. Wir werden Frau Auer einen Besuch abstatten. Vielleicht kann sie uns weiterhelfen.«

Karin Reissner fuhr mit dem Aufzug nach unten. Sie stieg in ein Taxi und gab dem Fahrer den Auftrag:

»Zum Polizeipräsidium am Benediktinerplatz. Aber schnell, ich habe es eilig.«

Als Vater und Tochter die anfahrenden Polizeiautos sahen, versteckten sie sich hinter dem Trafohäuschen am Ende des Klinikgeländes. Als die Gefahr vorüber war, gingen sie in die Luisenstraße, die in die Mainaustraße einmündet.

»Papa, fahren wir mit dem Bus?«

»Nein, das ist zu gefährlich. Die suchen bestimmt nach uns.«

Dann liefen sie die Mainaustraße entlang über die Rheinbrücke Richtung Bahnhof in der Altstadt. Auf der Brücke hatte Auer das Gefühl, dass ihn jemand verfolgte. Er schaute sich um, sah aber niemand. Er blickte hinunter, da war auch keiner, nur das Wasser des Bodensees.

Franz Josef, mach dich nicht verrückt, dachte er.

Am Steigenberger Inselhotel nahmen sie den längeren Weg durch die Altstadt. Sie warteten an der geschlossenen

Bahnschranke, um in den ältesten Stadtteil von Konstanz, die Niederburg, zu gelangen. Auer fühlte sich nicht wohl, weil so viele Menschen um ihn waren. Deshalb nahm er Lioba an die Hand und sie rannten los, als sich die Schranke öffnete.

»Nicht so schnell Papa, ich komme nicht mehr mit.«

Er verlangsamte das Tempo, als sie durch die Brückengasse liefen. Vor dem Haus, wo Karla Seibertz wohnte, blieb er stehen.

Du bist schuld, dass ich erwischt wurde. Hoffentlich verreckst du, dachte er.

Innerlich musste er lachen, dass er sie doch zu fassen bekommen hatte. Leider lebt sie noch, dachte er.

Dann rannten sie weiter zum Münster. Dort hielt er erneut an und schaute sich um.

»Wieso halten wir?«

»Wenn dieser Pseudomesner nicht gekommen wäre, wäre nichts geschehen. Dann hätte mich auch ein Schächtle nicht erwischt, weil es keinen Mordfall gegeben hätte.«

»Schnell Papa, wir müssen zum Bahnhof, sonst erwischen sie uns.«

»Sind Mama und Michael daheim?«

»Ich glaube schon. Wieso?«

»Ich sollte noch was erledigen. Komm wir gehen nach Hause. Ich muss mich umziehen. Die Klamotten, die ich anhabe, stinken und sind kaputt.«

»Nein Papa, dort suchen sie dich zuerst.«

»Das glaube ich nicht. Sie werden den Bahnhof bewachen. Dass ich nach Hause gehe, damit rechnet niemand.«

Auer drängte Lioba weiter und zog sie mit schnellen Schritten von der Wessenbergstraße, durch die Katzgasse und über die Laube zu ihrer Wohnung in der Wallgutstraße. Weil viele hektische Menschen in diesen Straßen unterwegs waren, fielen Vater und Tochter nicht auf.

»Du, Franz Josef?«, sagte Caroline Auer erstaunt, als sie die Wohnung betraten.

»Mach, das du rauskommst, hier bist du nicht mehr daheim.«

Auer ging zu seiner Frau und schlug ihr seine Faust ins Gesicht.

»Du bist jetzt ruhig und hast mir nichts zu sagen! Verstanden?«, schrie er sie an.

Als sie nicht sofort darauf reagierte, bekam sie eine Ohrfeige.

»Ich warte auf Antwort, du Schlampe.«

Da griff Michael seinen Vater an. Dieser gab ihm einen Kinnhaken, sodass er in die Ecke flog.

»Hör auf, Papa. Wir sind deine Familie«, schrie Lioba.

Er ging zu seiner Tochter, packte sie am Kragen und sagte:

»Ich bin dir dankbar, dass du mich aus dem Krankenhaus geholt hast. Ohne dich hätte ich es nicht geschafft. Aber die weitere Flucht mache ich alleine.«

»Nein, ich will mit!«

»Du bleibst hier, du behinderst mich bloß.«

Lioba fing an zu weinen. Ihre Mutter kam auf sie zu und nahm sie in den Arm.

»Verschwinde, Franz Josef, hier erwischen sie dich zuerst.«

»Ich warte, bis es dunkel ist. Gegen zwei Uhr morgens fahre ich mit dem letzten Zug nach Zürich. Hast du Geld im Haus?«

»Nur etwa hundert Euro.«

»Dann begleitest du mich zur Bank. Danach siehst du mich nie wieder.«

»Nein Papa, dazu brauchst du Mama nicht«, sagte Michael, der vor Auer stand.

»Das ist zur Sicherheit, dass ihr in der Zwischenzeit nicht auf dumme Gedanken kommt und die Polizei holt. Wenn der Zug wegfährt, kommt sie zurück, versprochen.«

Auer ging zur Schublade am Küchenschrank. Dort wühlte er herum und zog einen Revolver und eine Patronenschachtel hervor.

»Die habe ich vor einiger Zeit bei einem Dealer beschlagnahmt. Ich wusste, dass ich sie eines Tages gut gebrauchen kann.«

Er ging auf seine Tochter zu und packte sie am Kragen.

»Lioba, du rufst jetzt bei der Polizei an und verlangst Schächtle. Sag ihm, dass ich hier bin und er alleine kommen soll.«

»Der kommt bestimmt mit dem SEK«, sagte Michael.

»Sag ihm auch, wenn er das macht, werde ich mich und meine Familie erschießen.«

»Wieso willst du das tun?«

»Ich brauche ihn hier und will mich an ihm rächen. Er hat meine Zukunft zerstört. Ruf ihn endlich an.«

Lioba lief ans Telefon im Flur, sah, dass Auer hinter ihr stand, und wählte die 110.

Emeran Schächtle betrat das Polizeipräsidium. Er rannte die Treppe hoch zu seinem Büro.

»So Emeran, und wie geht es jetzt weiter?«, fragte Fischer.

»Weiß ich auch nicht. Wir müssen überlegen.«

Der Hauptkommissar setzte sich auf den Stuhl neben ihr.

»Der Bahnhof wird von der Bundespolizei überwacht. In der Stadt sind Streifen unterwegs, die regelmäßig kontrollieren«, sagte Fischer.

»Er wird versuchen, nach Zürich zu kommen, um von dort aus nach Südamerika zu fliehen«, meinte Schächtle.

»Wir haben ihn zur Fahndung ausschreiben lassen. Auch die Schweizer Kollegen wissen Bescheid. Spätestens am Flugplatz Zürich erwischen sie ihn.«

»Ob er bei sich daheim ist?«

»Das glaube ich nicht. Er wird schauen, dass er schnellstens aus Konstanz rauskommt.«

»Versetze dich mal in die Situation von Auer. Du willst fliehen, hast aber noch eine Rechnung offen.«

»Was soll das sein?«

»Das bin ich. Wenn ich nicht gekommen wäre, dann hätte man ihn nie erwischt. Nur durch meine Beharrlichkeit konnte er ermittelt werden. Das nagt an ihm. Das hatte er zu mir öfter gesagt. Deshalb wird er, bevor er flieht, versuchen mich zu erledigen. Erst dann ist er zufrieden.«

»Es klingt logisch, was du sagst. Wie will er das anstellen? Er wird überall gesucht. Plant er eine neue Entführung?«

»Das weiß ich nicht. Ich glaube eher, dass er sich einen Plan zurechtmacht, mich irgendwo hinzulocken, zu töten, und nachher sofort zu verschwinden.«

»Das hört sich nicht gut an. Ich werde für dich Polizeischutz beantragen.«

»Meine liebe Angelika, wenn ich nicht auf mich selber aufpassen kann, bin ich nicht wert, als Kriminalpolizist zu arbeiten. Wir müssen schauen, dass wir ihm eine Falle stellen. Nur dann haben wir Oberhand und der Überraschungseffekt ist auf unserer Seite. Diesmal mache ich es nicht alleine.«

»Danke, Emeran, schließlich sind wir ein Team. Was hast du vor?«

»Wir gehen zu Frau Auer. Vielleicht hat sie eine Idee, wo ihr Mann sein könnte. Auch möchte ich wissen, ob Lioba schon daheim ist.«

Zur gleichen Zeit war Karin Reissner bei Kriminaloberrat Schmitz.

»So wie Sie mir berichteten, kommt Schächtle nicht weiter.«

»Ja, und der Professor wird sich über ihn auch noch beschweren. Wir haben keine Ahnung, wo sich Auer befindet.«

»Ich habe mit Ihrem Chef telefoniert. Wie haben Sie es nur geschafft, in diesen Fall recherchieren zu dürfen? Sie haben immerhin ein persönliches Interesse daran.«

»Mein Vater kann mir nichts abschlagen.«

»Sie wissen aber schon, dass dieser Schuss nach hinten rausgehen kann. Sollten Sie Auer töten, werde ich Sie festnehmen und Ihr Vater ist seinen Posten los. Das verspreche ich Ihnen. Für Racheengel ist hier kein Platz.«

»Keine Angst, mein Interesse ist, dass der Täter endlich geschnappt wird und lebenslang in den Knast kommt. Glauben Sie mir, mehr will ich nicht.«

Es klopfte an der Türe und die Staatsanwältin betrat den Raum.

»Herr Schmitz, wo ist Auer?«

»Aus dem Krankenhaus mithilfe seiner Tochter entflohen. Alle üblichen Maßnahmen sind sofort eingeleitet worden.«

»Hoffentlich nützt das was. Und wer ist die?«, fragte Kreiser und zeigte auf die Frau, die neben Schmitz saß.

»Das ist Kriminalkommissarin Karin Reissner vom Landeskriminalamt Baden-Württemberg. Sie ermittelt im Fall der ermordeten Prostituierten von Lahr, getarnt als Journalistin. Frau Reissner, das ist unsere Staatsanwältin Dr. Lisa Marie Kreiser. Karin, wir müssen es offiziell machen. Sie ermitteln ab sofort mit uns zusammen im Auftrag des LKA.«

»Wie Sie meinen, Herr Kriminaloberrat.«

»Emeran weiß es eh schon. Ich habe es ihm gesagt, als er bei Ihnen im Hotel war.«

»Ja, aber...«

Da klingelte das Telefon und Schmitz ging ran.

»Das darf nicht wahr sein! Auer ist bei sich daheim und verlangt Schächtle zu sehen. Seine Tochter Lioba hat auf dem Notruf angerufen«, sagte er, als das Gespräch beendet war.

»Dann informieren Sie doch Schächtle.«

»Geht nicht, Frau Kreiser. Er ist aus dem Haus, wollte Frau Auer befragen. Verdammt noch mal, er geht in Auers Falle. Ich werde das SEK verständigen.«

»Nein, das machen Sie nicht, Herr Schmitz. Dann ist Schächtle sofort tot. Ich habe einen anderen Plan«, sagte Reissner.

»Und was für einen?«

»Wir machen Folgendes...«

»Aufhören, Sie werden nicht die Autorität dieser Behörde infrage stellen. Sie sind zwar vom LKA, aber in diesem Fall entscheide ich. Und ich bin dafür, dass sofort das SEK alarmiert wird, ohne Wenn und Aber!«, schrie Kreiser.

»Frau Staatsanwältin, kommen Sie wieder in ihr altes Strickmuster hinein. Sie haben zwar die Entscheidungsgewalt. Sollte dies aber schiefgehen und Schächtle getötet werden, tragen Sie die volle Verantwortung. Was das für

Konsequenzen für Sie haben kann, können Sie sich wohl denken.«

»Wir sind die Anklagebehörde und entscheiden.«

»Das spricht Ihnen ja niemand ab. Wenn das SEK gewaltsam eindringt und Auer bekommt das mit, dann tötet er alle. Dies wäre dann das Ende Ihrer Karriere.«

Kreiser runzelte mit der Stirn und überlegte.

»Also gut, Sie haben mich überzeugt. Lassen wir das SEK vorläufig raus aus dem Fall. Kommissarin Reissner, was schlagen Sie vor?«

Dienstag, 22. März
14 Uhr

Die beiden Kriminalbeamten waren auf dem Weg zur Wohnung der Familie Auer. Mit ihrem schwarzen Mercedes, den wie immer die rothaarige Kriminalobermeisterin lenkte, fuhren sie durch die Altstadt. Über die Rheinbrücke ging es am Rheinsteig und Laube entlang, in die Wallgutstraße hinein. Wegen des regen Betriebes von Fußgängern und Radfahrern, die aus allen angrenzenden Straßen kamen, konnte Fischer nur im Schritttempo fahren. Direkt vor dem Haus, gegenüber der Wallgutschule, wurde der Wagen geparkt.

»Angelika, ich gehe allein hinein. Es ist wichtiger, dass du zum Bahnhof fährst und die Lage dort erkundest. Setz dich sofort mit den Kollegen der Bundespolizei in Verbindung. Wenn ich hier fertig bin, komme ich auch.«

»Emeran, wieso befragen wir sie nicht gemeinsam?«

»Ich möchte, dass sich einer von uns am Bahnhof sehen lässt. Außerdem ist es besser, wenn ich dies allein tue. Die Frau hat schon genug mitgemacht mit ihrem verbrecherischen Ehemann. Sie wird mir gegenüber offener sein, als wenn wir zu zweit sind. Außerdem werde ich spätestens in dreißig Minuten bei dir sein.«

Schächtle sah noch die Rücklichter des Wagens und ging ins Haus hinein.

Die Familie Auer bewohnte in diesem denkmalgeschützten Altstadthaus im Erdgeschoss das gesamte Stockwerk.

Er ging die sechs Steinstufen im Treppenhaus hoch. Als er an der Wohnungstüre auf der rechten Seite klingelte, öffnete niemand. Er legte sein Ohr an die verglaste Holztüre und hörte verschiedene undefinierbare Stimmen. Er läutete nochmals und klopfte an die Türe. Zaghaft ging sie auf und Frau Auer stand da.

»Sie, Herr Hauptkommissar, was wollen Sie? Mein Mann ist nicht da. Gehen Sie bitte, es geht mir nicht gut.«

»Sie wissen, dass Ihr Mann mithilfe von Lioba aus dem Klinikum geflohen ist. Wo ist Ihre Tochter? Ich muss sie dringend sprechen.«

Da wurde sie vom Eingang weggestoßen und der gesuchte Mörder stand da. Der packte Schächtle mit seiner linken Hand am Kragen und zog ihn in den Flur.

»Da bist du ja endlich. Habe lange auf dich gewartet, um mich an dir zu rächen.«

Schächtle flog auf dem Parkettboden und das Steißbein tat ihm weh.

»Was meinst du, wie lang es geht, bis die Kollegen da sind? Die Dienststelle weiß, dass ich hier bin.«

»Die werden nichts unternehmen, um dein Leben nicht zu gefährden.«

Dann trat er ganz nah zu ihm hin, hob ihn auf und schleppte ihn zum Kellerabgang. Dort ging eine steile Steinwendeltreppe hinunter.

»Du bekommst es nicht mit, wenn die kommen. Bis dahin bist du tot.«

Dann griff Auer an seinen rechten Arm, weil dieser durch die Überanstrengung schmerzte, verzog krampfhaft das Gesicht.

»Gib auf, du hältst das nicht durch. Deine Wunde ist noch nicht ausgeheilt, du musst in die Klinik.«

Auer gab daraufhin Schächtle einen Schlag ins Gesicht, sodass dieser eine Schwellung bekam. Da warf sich Caroline dazwischen.

»Nein Franz Josef, irgendwann muss Schluss sein mit dem Morden!«

Doch der sah sie an und stieß sie weg. Sie wurde von ihrem Sohn aufgefangen und fing an zu weinen.

»Du bist ein Scheusal, Papa, ich hasse dich!«, rief Lioba, die dazukam.

Auer zog die Pistole, die sich in seinem hinteren Hosenbund befand. Damit zielte er auf seine Familie.

»Verschwindet ins Wohnzimmer und keinen Laut. Das erledige ich allein.«

Die ganze Zeit hatte er seinen Widersacher im Polizeigriff festgehalten. Jetzt nahm er ihn und ging auf den ersten Tritt der Wendeltreppe.

»So, du Superbulle, jetzt kommt meine Rache«, sagte er, und stieß mit Schwung sein Opfer hinunter in den Keller. Schächtle spürte jede Stufe und wurde ohnmächtig.

Als er auf dem steinernen kalten Kellerboden aufwachte, war er mit einer Wäscheleine an einem Metallpfeiler gefesselt. Er sah einen großen Kellerraum, der auf der rechten Seite mit drei kleineren Abteilungen durch Holzverschläge abgeteilt war. Die Holzlattentüren dieser Verschläge waren offen. Verschiedene Metallpfeiler stützten die Decke ab. Decke und Wände waren rissig und viele Putzstellen fehlten. Der ganze Kellerraum war in einem renovierungsbedürftigen Zustand.

Über ihm stand Auer und grinste ihn an.

»Ich erkläre, was ich mit dir machen werde. Ich schneide dir deine beiden Pulsadern auf. Du bist so gefesselt, dass du dich nicht mehr bewegen, erst recht nicht befreien kannst.

Du wirst merken, wie das Blut aus dir heraustropft und du dem Tod immer näherkommst.«

Auer lachte und weinte vor Freude. Dann nahm er ein scharfes Küchenmesser in seine linke Hand und ging auf sein Opfer zu.

Angelika Fischer suchte einen Parkplatz. Es war schon eine Kunst, am Bahnhof eine Abstellmöglichkeit für sein Auto zu bekommen. Da war einer und sie stellte sich schnellstens dort hin, bevor es ein anderer tat. Als sie ausstieg und das Fahrzeug abschloss, hörte sie ein nicht endend wollendes Hupkonzert. Sie drehte sich um und sah mehrere Taxen.

»Sie stellen sich sofort von unserem Standplatz weg, sonst lassen wir sie abschleppen«, sagte ein kleiner korpulenter Taxifahrer.

»Meinen Sie mich?«, sagte sie, und ging auf den 55-Jährigen zu.

»Ja, oder sehen Sie noch jemand anders?«

»Kriminalpolizei, Fischer vom Dezernat für Tötungsdelikte. Zeigen Sie mal Ihren Führerschein und die Personenbeförderungsgenehmigung«, sagte sie, und zog ihren Dienstausweis hervor.

»Frau Kriminalobermeisterin, lassen Sie Ihn in Ruhe. Der Karl ist halt ein alter Nörgler und Rummotzer.«

Sie drehte sich um und hinter ihr stand der Taxifahrer Peter Weiler.

»Erinnern Sie sich an mich? Meine Frau ist die Pfarrsekretärin, die Sie verdächtigt haben.«

Nur zu gut erinnerte sie sich an ihn und den Aufstand, den er damals gemacht hatte.

»Was macht die Anzeige gegen mich?«

»Bis jetzt wurde noch keine ausgeführt. Muss das zuerst

mit meinem Chef besprechen. Aber Sie können davon ausgehen, dass wir sie fallen lassen. Es war eine Kurzschlussreaktion von Ihnen und es ist niemand geschädigt worden.«

»Danke, lassen Sie den Wagen stehen. Ihre Kollegen von der Bundespolizei machen das auch.«

Fischer nickte und ging in den Eingangsbereich des Bahnhofs.

Dort sah sie Kriminaloberrat Schmitz mit einigen Bundespolizisten.

»Gut, dass Sie kommen, Angelika. Wo ist Ihr Chef?«

»Der ist bei Frau Auer, um sie zu befragen. Mich hat er hierher geschickt. Er müsste bald da sein.«

»Das darf doch nicht wahr sein. Wissen Sie nicht, dass Auer in seiner Wohnung in der Wallgutstraße ist? Der will sich rächen und ihn umbringen. Ich habe gehofft, er kommt zuerst hier her.«

Fischer drehte sich um, damit niemand sah, wie ihr übel wurde.

»Ist was, Angelika, Sie sind so bleich?«

»Nein, wir müssen was tun«, sagte sie und brach zusammen.

Schmitz beugte sich über sie, schüttelte sie, damit sie aufwachte. Er packte sie und ging mit ihr vor den Bahnhof an die frische Luft.

»Geht es Ihnen wieder besser?«, fragte er, als ihre Gesichtsfarbe wieder normal wurde.

»Ja, ich habe einen Schock wegen Emeran bekommen. Jetzt erwischt er ihn doch noch. Woher haben Sie diese Information?«

»Er hat durch seine Tochter Lioba anrufen lassen: Wenn wir ihn verhaften wollen, muss Emeran alleine kommen.«

Da kam Karin Reissner auf sie zu.

»Wo ist Schächtle, Frau Fischer?«

»Für Sie immer noch Hauptkommissar Schächtle«, zischte dieser giftig.

Sie gingen in die Räume der Bundespolizei, in das Büro des Wachhabenden innerhalb des Gebäudes.

»Was soll das, Herr Kriminaloberrat, dass diese Person hier ist?«

»Angelika, ich muss Sie aufklären. Karin Reissner hat eigenmächtig verdeckt ermittelt im Fall Ilona Brunner. Sie ist Kriminalkommissarin beim Landeskriminalamt Baden-Württemberg.«

»Als die Kripo Konstanz bei der Polizei Lahr sich erkundigt hatte, wurden wir von denen informiert. Ich hatte keinen offiziellen Auftrag zu ermitteln. Deswegen bin ich als Journalistin getarnt hier aufgetaucht. Der Einzige, der Bescheid wusste, war Herr Schmitz, der mir durch meine Eltern bekannt ist.«

»Sie müssen wissen, Angelika, Eberhard Reissner ist ihr Adoptivvater und Kriminaldirektor beim LKA. Daher kenne ich ihn.«

»Und er ist noch mein oberster Chef. Damals, das geht aus den Unterlagen der Kripo Lahr hervor, waren drei Polizeischüler verdächtigt. Darunter auch Franz Josef Auer.«

»Warum wurde uns dieser Verdacht nicht mitgeteilt?«

»Die Namen wurden mir gesagt, als ich dort ermittelt habe. Kriminalhauptkommissar Seilacht von der Kripo Lahr hat es nach langem Nachfragen bei der Polizeischule herausbekommen. Schriftliche Unterlagen darüber gab es nicht. Und mehr als ein Verdacht bestand damals sowieso nicht. Es gab keine Beweise.«

»Wieso wurde denen keine DNA abgenommen?«

»Sie sind gut. Zu dieser Zeit gab es noch keine DNA-

Analyse. Die gibt es erst seit 1990. Der damalige Leiter der Polizeischule hatte sich hinter seine Schützlinge gestellt. Dadurch waren der Kripo die Hände gebunden und sie legten den Fall zu den Akten.«

»Und Sie bekamen heraus, dass der damals verdächtige Polizeischüler Auer hier bei der Kripo arbeitet. Waren Sie auch bei den anderen beiden Verdächtigten?«

»Nein, die zusätzliche Spur, die nach Konstanz führte, war die Ermordung Karl Brunners, des Bruders der getöteten Prostituierten.«

»Tun Sie nicht so scheinheilig. Meinen Sie, ich weiß nicht, dass Ilona Brunner Ihre leibliche Mutter ist? Sie wollen Sie rächen, weil Sie unter dieser Situation gelitten haben.«

Woher kenne ich diese Person bloß, ich komme nicht darauf, dachte Fischer und schaute sich Reissner genauer an.

»Nein, das will ich nicht. Er soll für seine Tat büßen und in den Knast kommen. Ich habe unter der Situation seelisch gelitten, dass ich meine Mutter nie kennengelernt habe. Der Mörder muss deswegen auch leiden, durch Freiheitsentzug. Habe ich was an mir oder weshalb begutachten Sie mich so genau?«

»Äh, nur so und ...«, stotterte Fischer.

»Schluss mit der Debatte. Emeran ist in Lebensgefahr und wir müssen was tun! Angelika und Karin, ihr geht zu dem Haus von Auer und beobachtet es. Das SEK wurde von mir alarmiert. Ihr Vorschlag war gut, dass Sie gemeinsam mit Angelika die Wohnung stürmen wollen. Aber ich bin dagegen, Sicherheit geht vor. Kein Alleingang von Ihnen beiden, haben Sie mich verstanden?«

»Wieso nun doch mit dem SEK?«

»Ich habe es mir nochmals überlegt und mit dem Oberstaatsanwalt gesprochen. Wir müssen die Sondereinheit einschalten. Ohne die schaffen wir es nicht. Das Risiko wäre zu groß, es allein zu tun.«

»Und wenn Schächtle in Lebensgefahr ist? Bis die kommen, kann es zu spät sein«, sagte Reissner.

»Ich weiß Karin, Sie handeln gern selbstständig. Damit begeben Sie sich mit Ihren Kollegen in unnötige Gefahr. Das können Sie beim LKA machen, aber nicht bei mir. Sie warten, bis das SEK da ist. Ist das klar?«

»Ich entscheide nach der Situation.«

»Sie warten auf jeden Fall. Nur beobachten, nicht eingreifen. Ich hänge Ihnen sonst ein Disziplinarverfahren auf den Hals. Das verspreche ich.«

»Was machen Sie?«, fragte Fischer.

»Ich werde schauen, wo das SEK bleibt. Die Gesamtlage ist noch schlimmer als in der Krypta. Und Mädels, vertragt Euch. Ihr seid Kolleginnen und nicht Konkurrentinnen. Angelika, geben Sie mir den Autoschlüssel, es ist besser, Ihr geht zu Fuß.«

Sie rannte, als wenn der leibhaftige Teufel hinter ihr her wäre. Die Kommissarin hatte nicht die Absicht, sich an die Anweisungen von Schmitz zu halten. Auf keinen Fall durfte Schächtle etwas geschehen, nicht noch ein Toter.

»Was rennen Sie denn so? Wir müssen gemeinsam ermitteln, nicht jeder für sich.«

Da drehte sich Reissner um, ging auf die Rothaarige zu und gab ihr einen festen Kuss auf die Lippen. Fischer stieß sie weg, fuhr mit ihrer Hand über ihren Mund, als wenn sie ihn wegwischen wollte.

»Erkennst du mich endlich, Angelika? Weißt du nicht mehr, wie gut ein Kuss von mir schmeckt?«

»Jetzt weiß ich, wer du bist. Regina, das gibt es doch

nicht! Wo hast du deine kurzen braunen Haare? Deshalb habe ich dich auch nicht erkannt! Hast du uns allen was vorgemacht?«

»Nein, ich heiße Karin Regina Reissner. Meine schwarzen Haare sind die echten. Damals hatte ich sie abgeschnitten und gefärbt. Eine Marotte von mir. Ich bin wegen des Mörders meiner Mutter nach Konstanz gekommen. Natürlich habe ich gehofft, dich zu treffen. Lange war ich nicht bei euch, nachdem du es an die große Glocke hängen musstest. Dass du mich nicht erkannt hast, das finde ich enttäuschend. Immerhin hatten wir eine heiße Nacht zusammen.«

»Erinnere mich nicht daran. Ich habe es in all den Jahren verdrängt. Es war damals ein Ausrutscher. Ich bin nicht lesbisch und habe auch nie wieder was mit einer Frau gehabt. Wenn du das akzeptierst, sehe ich kein Problem mit dir zusammenzuarbeiten.«

»Was du allerdings nicht weißt, ich bin freiwillig nach Stuttgart zurückgegangen. Gut, Schmitz hat damals etwas nachgeholfen und mich gedrängt. Er wollte Ruhe im Dezernat. Dort begann meine Karriere beim LKA. Wenn der Fall abgeschlossen ist, gehe ich zurück.«

»Meinetwegen kannst du ruhig bleiben. Ich glaube, wir könnten uns dienstlich ganz gut ergänzen.«

»Ich weiß nicht. Zwei solche Kaliber wie wir in einem Dezernat? Das gäbe nur Ärger. Und dein Emeran wäre damit nicht einverstanden.«

»Es ist nicht mein Emeran, sondern mein Chef, der sehr viel durchgemacht hat. Ich bewundere ihn.«

Reissner lächelte und sagte:

»Du bist in ihn verliebt und eifersüchtig auf jede andere Frau. Das sehe ich deiner Nasenspitze an. Jetzt ist Schluss

mit der Diskussion, wir müssen überlegen, wie es weiter-
geht.«

Sie standen in der Zwischenzeit vor dem Haus von Auer.
Man hörte nichts, nur die Fußgänger, die vorbeigingen.
Reissner ging an der Vorderseite entlang.

»Wo wohnen die, Angelika?«

»Wo denn schon, natürlich hier in diesem Haus.«

»Ich meine in welchem Stock.«

»Er bewohnt das Erdgeschoss.«

Sie lief nochmals die Vorderseite entlang. Die Giebelsei-
ten waren mit den beiden anderen Häusern verbunden.

»Wo ist die Rückseite dieses Gebäudes?«

»An die kommt man nur durch das Treppenhaus.«

Die Kommissarin versuchte, in das Fenster der Wohnung
zu sehen. Sie stützte sich mit den Füßen an dem hervorste-
henden Putzsockel und mit den Armen am Fenstersims ab.

»Was siehst du?«

»Eine kleine schwarzgrauhaarige ältere Frau, die im Sessel sitzt und weint. Daneben ein etwa achtzehnjähriger
Junge, der sie tröstet.«

»Das ist Frau Auer und ihr Sohn. Siehst du die Tochter?«

»Nein, sonst niemand. Warte mal, da kommt ein dickes
Mädchen.«

»Was …«

»Sei ruhig, ich kann nichts verstehen. Sie sagt, Papa ist
immer noch im Keller. Wir müssen die Polizei holen, sonst
sind wir schuld an seinem Tod.«

Reissner verließ ihren Beobachtungsposten und stolperte
dabei, sie konnte gerade noch das Gleichgewicht halten.

»Das kann nur Schächtle sein. Wir müssen was unternehmen.«

»Nein Karin, du weißt, was Schmitz dir angedroht hat.«

»Das ist mir egal. Bis die da sind, ist unser Kollege tot. Ich gehe jetzt hinein.«

Fischer wollte Reissner festhalten. Die riss sich los und klingelte an dem obersten Knopf.

»Wer ist da?«, meldete sich eine weibliche Stimme durch die Sprechanlage.

»Die Deutsche Bundespost.«

Die Haustüre öffnete sich. Sie rannten durch die hintere Türe in den Hof. Dort ging Reissner die Rückseite des Hauses ab. Durch ein Kellerfenster sah sie hinein. Sie erkannte Auer, konnte aber Schächtle nirgends entdecken.

»Komm, wir stürmen den Keller. Hoffentlich lebt Emeran noch«, sagte Fischer, die neben ihr stand.

»Woher kommt dieser Sinneswandel auf einmal?«

»Ich habe mit Schmitz telefoniert. Er hat uns grünes Licht gegeben und wir müssen Schächtle retten. Das mit dem SEK geht doch länger. Wir werden uns bei Frau Auer an der Wohnungstüre bemerkbar machen. Der einzige Weg in den Keller ist durch die Wohnung.«

Reissner ging auf ihre Kollegin zu und umarmte sie:

»Ich gehe voraus und du gibst mir Feuerschutz.«

Emeran Schächtles Hände fühlten sich taub an. Er wachte aus seiner Bewusstlosigkeit auf und spürte, dass er immer noch an dem Metallpfeiler gefesselt war, merkte, wie das Blut über seine Hände auf den kalten Kellerboden tropfte. Der gesuchte Mörder nahm sich einen Holzstuhl und setzte sich vor ihn hin.

»So, mein Lieber, ich werde dich beobachten, wie du stirbst.«

Schächtle spürte jeden Blutstropfen an den Handgelenken. Nervös und hektisch voller Todesangst zog er an den Fesseln.

»Die kriegst du nie los, ich habe dich gut verschnürt. Ich gebe dir eine halbe Stunde. Noch bekommst du alles mit. Aber du wirst immer schwächer, je mehr Blut du verlierst. Zuerst bist du ohnmächtig. Wenig später bricht dein Kreislauf zusammen und dein Herz bleibt stehen. Dann ist es vorbei. Freust du dich, du siehst deine Frau bald?«

Dabei lachte er los vor Freude über den bevorstehenden Tod seines Widersachers.

Plötzlich gab es einen Knall. Der gesamte Kellerraum war blitzartig erhellt. Von der Treppe aus hörte man einen Schuss. Auer war erneut am rechten Arm getroffen. Er zog seinen Revolver und schoss blind in die Richtung, wo er den Schützen vermutete. An seinem verletzten Arm spürte er einen stechenden Schmerz. Deshalb traf er nur das Mauerwerk. Wie von Geisterhand bekam er einen Kinnhaken und flog auf den Boden. Über ihm stand, die Pistole im Anschlag, Karin Reissner.

»Es ist aus, Auer, du bringst niemanden mehr um.«

»Die Reporterin, was willst du?«

»Dich festnehmen, um dich vor Gericht zu stellen. Übrigens, ich bin Kommissarin beim Landeskriminalamt. Was du allerdings nicht weißt, ich bin die Tochter von Ilona Brunner, die du ermordet hast.«

»Die Nuttentochter, deine Alte hatte es verdient.«

Fischer, die hinter ihrer Kollegin lief, hatte einen Erste-Hilfe-Kasten dabei. Sie rannte zu Schächtle, schnitt die Fesseln auf und machte ihm einen Druckverband. Danach wollte sie mit ihm nach oben in die Wohnung.

»Komm Karin, leg die Handschellen an und führ ihn ab.«

»Nein, so einfach kommt er mir nicht davon.«

Auer lag immer noch auf dem Boden. Seine Frau Caroline kam und schaute sich ihren Mann an.

»Und so jemanden habe ich geliebt, Frau Kommissarin! Machen Sie mit ihm, was Sie wollen. Nur bringen Sie ihn schnellstens weg, ich kann ihn nicht mehr sehen.«

Reissner zielte mit ihrer Waffe direkt auf den Kopf.

»Du wirst genauso sterben wie meine Mutter. Auge um Auge, Zahn um Zahn. Das habe ich mir geschworen.«

»Nein Karin, dann bist du nicht besser als er. Das wäre Mord, gemeiner Mord von einer Polizistin«, sagte Fischer, die den schwachen Schächtle zuvor in die Obhut von Lioba Auer gegeben hatte.

»Weißt du, wie ich gelitten habe, dass meine Mutter ermordet wurde?«

»Das spielt keine Rolle. Du darfst trotz deines Schicksals nicht zur Mörderin werden.«

»Er muss sterben, Auer ist es nicht wert, weiterzuleben. Zu viele hat er schon getötet.« Dabei umklammerte sie immer fester die Waffe.

Ihr Finger zitterte am Abzug. Dann drückte sie ab und die Kugel schlug direkt neben dem Kopf in den Kellerboden ein. Auer schrie vor Angst und hielt sich die Hände vor sein Gesicht.

»Jetzt weiß ich, wer du bist. Hör sofort auf, du verdammte Lesbe.«

»Du hast mich erkannt, das ist gut. Es war nur ein Warnschuss, damit du weißt, was dich noch erwartet.«

»Nein Karin, lass das sein. Du zerstörst nicht nur deine Zukunft, sondern auch die deiner Adoptiveltern.«

Fischer ging zu Reissner und nahm ihr die Waffe aus der Hand. In diesem Augenblick schnellte Auer hoch. Die Kommissarin sah das, schlug auf seinen verletzten Arm und gab ihm einen Fußtritt in den Magen. Auer krümmte sich vor Schmerzen, brach zusammen und lag wie leblos auf dem schmutzigen Kellerboden. Fischer legte ihm Handschellen an und beide Frauen führten ihn ab. Als sie mit dem Mörder in die Wohnung kamen, stürmte das SEK den Keller.

»Spät kommt ihr, aber ihr kommt. Wir haben die Lage im Griff. Nehmt ihn mit«, sagte die Kommissarin und übergab ihnen den Festgenommenen.

»Die Lesbe wollte mich ermorden!«, schrie Auer, als man ihn abführte.

Da ging Reissner zu ihm hin und sagte leise:

»Halt's Maul, du Mörder. Wenn es nach mir gegangen wäre, wärst du jetzt tot.«

»Wo ist der Hauptkommissar?«, fragte sie, als ihr in der Wohnung Schmitz begegnete.

»Draußen im Krankenwagen«, sagte Lioba.

Sie stürzte hinaus und sah wie Fischer ihren Chef, der auf der Krankenliege lag, umarmte.

»Es geht schon wieder, Angelika, dank eurer Hilfe.«

Da kam Reissner zu ihm:

»Entschuldigen Sie, Herr Schächtle, dass ich Ihnen so viele Schwierigkeiten gemacht habe.«

Der verletzte Hauptkommissar streckte ihr seine rechte Hand hin.

»Karin, ich heiße Emeran, unter Kollegen duzt man sich.«

Dann flüsterte er noch in ihr Ohr:

»Ich bekam mit, was da unten passierte.«

»Was meinst du?«

»Die Aktion mit Auer. Wäre Angelika nicht gewesen, hättest du ihn erschossen. Doch es bleibt unter uns. Versprochen.«

»Danke«, sagte sie, nahm seine Hand und lächelte ihn an.

»Wir müssen mit dem Verletzten in die Klinik«, sagte der Notarzt und machte die Klappe des Krankenwagens zu.

»Wo bringen die Auer hin, ins Krankenhaus?«, fragte Reissner.

»Nein, in die Haftanstalt Wallgutstraße. Die Wunde am Arm kann in der dortigen Krankenstation behandelt werden. Übrigens, Karin, haben Sie immer eine Blendgranate im Einsatz dabei?«, fragte Schmitz.

»Immer nicht, aber in diesem Fall war es gut.«

Der Kriminaloberrat lächelte, man sah, dass er zufrieden war.

Epilog

Mittwoch, 23. März 2011
10 Uhr

Die Sonne schien durchs Fenster und es roch nach Desinfektionsmittel. Schächtle hatte lange und gut geschlafen. Er streckte sich in seinem Bett genüsslich aus und sah seine verbundenen Pulsadern. Nun erinnerte er sich, was gestern passiert war.

Gut, dass Auer endlich hinter Gitter ist. Der richtet keinen Schaden mehr an, dachte er und wollte aufstehen.

Da spürte er die Schmerzen in den Handgelenken und ließ sich zurückfallen. Er schaute sich um, sah ein zweites Krankenbett, das mit einem hellen Tuch abgedeckt war. Er lief dorthin, hob die Abdeckung hoch und sah, dass niemand darin lag.

»Du spinnst Emeran, siehst überall Tote.«

Er wollte in sein Bett zurück, da ging die Türe auf und eine korpulente Krankenschwester kam hinein.

»Ab ins Bett, Herr Schächtle. Gestern gerade dem Tod entsprungen und heute wieder rumrennen. Aber nicht mit mir.«

»Ich habe Hunger, wo bleibt das Frühstück?«, fragte er.

»Zuerst ist Visite, anschließend gibt es Mittagessen. Für das Frühstück ist es zu spät. Der Professor meinte, wir sollen Sie schlafen lassen.«

»Na dann verhungere ich halt. Werde es aushalten, auch wenn es schwerfällt.«

Es öffnete sich die Türe und ein junger Mann im Bademantel kam hinein. Hinter ihm eine blonde schlanke Ärztin.

»Dirk, wie schön dich gesund zu sehen. Und was trägst du in deinen Händen?«

»Wir haben dir Frühstück organisiert. Aber zuerst lässt du dich von Daniela untersuchen.«

»Besser als wenn es Professor Funkel macht, nach all dem, was ich ihm alles vorgeworfen habe.«

»Das dachte ich mir. Mein Chef ist nicht gewohnt, dass er kritisiert wird. Er war tagelang danach nicht ansprechbar.«

»Morgen werde ich entlassen und gehe noch einige Zeit zu Daniela, bis ich einsatzfähig bin«, sagte Steiner.

Da ging die Türe auf und es kamen Schmitz, Fischer und Reissner hinein.

»Hier geht es ja zu wie im Taubenschlag«, bemerkte Schächtle lächelnd.

»Ich habe dir jemand mitgebracht«, sagte der Kriminaloberrat.

Hinter ihnen kamen Karla Seibertz und Friedrich Max Hohlmayer.

»Ich bin wiederhergestellt. Keine bleibenden Schäden sagen die Ärzte.«

Dann ging Karla ans Bett und umarmte ihn.

»Danke, dass Sie das Ungeheuer unschädlich gemacht haben«, flüsterte sie Schächtle ins Ohr und gab ihm einen Kuss auf die Wange.

»Wie geht es dir, Fritz? Alles in Ordnung?«

»Ja, Emeran. Ich fahre zurück nach Wiesbaden. Habe dir leider nicht helfen können.«

»Es war nicht deine Schuld. Keiner konnte wissen, dass Auer einbricht, um den Brief zu suchen. Dass er dich dabei absticht, war eine Laune von ihm. Übrigens, ich habe dich kaum wiedererkannt. Wer hat dich so gut als Penner hergerichtet?«

»Eine Bekannte von mir aus Wiesbaden. Die ist jetzt Maskenbildnerin im Stadttheater Konstanz. Die Klamotten hat sie mir aus dem dortigen Fundus besorgt.«

Da kam durch die Menge, die sich um das Bett versammelt hatte, ein schwarzhaariges Mädchen. Sie lief auf Schächtle zu und umarmte ihn stürmisch.

»Nicht so fest, Franzi, ich lebe ja noch. Du musst nicht weinen, es ist alles vorbei.«

»Aber fast wärst du gestorben. Dann hätte ich niemanden mehr gehabt.«

»Was ist mit deinem Bruder?«

»Ach der, der ist in Berlin und dort mit seinem Studium beschäftigt. Der hat doch keine Zeit für mich.«

Schächtle drückte seine Tochter zu sich her und flüsterte ihr ins Ohr:

»In unserem Beruf musst du mit dem Tod leben. Nur wenn du dazu bereit bist, das zu akzeptieren, kannst du überleben. Hast du das verstanden?«

»Ja, Papa, ich möchte so werden wie du.«

Er wischte seiner Tochter mit einem Papiertaschentuch eine Träne von der Wange.

»Jetzt zu euch, Angelika und Karin, ihr habt mir das Leben gerettet. Dafür bedanke ich mich.«

»Wie sagst du immer: Das ist unser Job«, meinte Fischer.

»Ist es das?«

»Nein, Emeran. Du bist unser Chef und Kollege. Wenn einer in Gefahr ist, sind wir für ihn da«, sagte Reissner.

»Wie ist es, Karin? Hättest du Lust bei uns zu arbeiten? Die Stelle von Auer ist verwaist. Die sollte bald besetzt werden.«

»Das kommt etwas überraschend. Ich dachte, du willst mich schnellstens los haben?«

»Na ja, das war einmal. Ich habe eingesehen, dass du selbstständig bist. Und falls du dir es angewöhnen könntest, vor einem alleinigen Einsatz uns zu informieren, dann sehe ich einer fruchtbaren Zusammenarbeit entgegen.«

»Danke für das Angebot. Was meinen Sie dazu, Herr Schmitz?«

Der schaute Reissner an, lächelte verschmitzt und nickte.

»Angelika, und du?«

»Ich sagte dir gestern bereits, dass ich damit einverstanden bin, wenn du dich an gewisse Abmachungen hältst.«

»Ich bin auch dafür, Frau Kollegin«, sagte Steiner.

»Ich werde noch mit meinem Vater reden müssen.«

»Das habe ich heute Morgen telefonisch getan. Er ist froh, wenn er Sie einige Zeit dienstlich nicht sieht. Aber Sie sollten nach Stuttgart zu Besuch kommen. Ihre Mutter hat Sehnsucht nach Ihnen.«

»Ich überlege es mir bis Anfang kommender Woche. Mit meinen Eltern möchte ich auf jeden Fall darüber reden.«

»So jetzt alle raus. Der Patient braucht Ruhe«, sagte Dr. Renz.

Als Schächtle allein war, kam der Kriminaloberrat zu seinem Krankenbett.

»Emeran, du erholst dich und ich möchte dich frühestens in vier Wochen zum Dienst sehen. Fahr zu Thomas nach

Berlin und nimm Franzi mit. Dein Sohn braucht dich auch. Es wird dir Abstand von dem Fall geben und du kommst frisch erholt zurück.«

»Ist das ein dienstlicher Befehl?«

»Ja, das ist es.«

»Dann mache ich es, sobald ich hier rauskomme«, sagte Schächtle und grinste dabei.

Das Urteil

Freitag, 29. April 2011
11 Uhr

Auf Betreiben der Staatsanwaltschaft wurde der Strafprozess gegen den Angeklagten Franz Josef Auer vom 26. bis 29. April 2011 vor dem Landgericht Konstanz verhandelt. Oberstaatsanwalt Dr. Friedhelm Kümmerle vertrat die Anklage, Rechtsanwalt Dr. Karl Friedrich Schnabel den Angeklagten.

Franz Josef Auer war in allen Anklagepunkten voll geständig.

Das Urteil lautete:

»Schuldig im Sinne der Anklage und lebenslange Haft mit anschließender Sicherheitsverwahrung.«

Schnabel wollte in Revision gehen, doch Auer war mit den Nerven am Ende und nahm das Urteil an. Er wurde am 9. Mai in die Justizvollzugsanstalt Bruchsal überstellt. Seinem Wunsch, in ein Gefängnis außerhalb von Baden-Württemberg verlegt zu werden, wurde nicht entsprochen.

Am Montag, 11. Juli 2011, wurde Auer mit aufgeschnittenen Pulsadern in seiner Zelle tot aufgefunden.

Konstanz, im Juni 2014

Ich habe Dank zu sagen...

...meiner Frau Barbara für die Unterstützung und Ratschläge während des Entstehens dieses Regionalkrimis.

...meinen Testlesern Antje Völkle und Dolores Gabele für die hilfreiche Kritik.

...Hartmut Fanger aus Hamburg, meinem Studienleiter von der Schule des Schreibens, der mich bei diesem Projekt begleitet hat.

...dem Oertel+Spörer Verlag für die gute Zusammenarbeit und die Möglichkeit zur Veröffentlichung dieses Regionalkrimis.

...Hauptkommissar Fritz Bezikhofer von der Polizei Konstanz für die fachmännischen Auskünfte zur Polizeiarbeit.

230 Seiten · 10,95 €
ISBN 978-3-88627-338-6

Der Kilimandscharo, die Niagara-Fälle, Mexiko, die Kanarischen Inseln, die Atlantikküste: Spektakuläre Orte bilden die Mord-Kulisse dieser Sammlung kurzer Krimis. Atemlos geht es von Ort zu Ort.

Und doch hat letztlich alles irgendwie mit dem Süden Deutschlands zu tun.

Wie das sein kann?

Lesen Sie selbst. »Ein Mord von Welt« – eine Sammlung zehn außergewöhnlicher wie gleichermaßen amüsanter Kurzkrimis, geschrieben von bekannten Autorinnen und Autoren, die alle dem »Syndikat« angehören: Myriane Angelowski, Sybille Baecker, Werner Bauknecht, Edi Graf, Uschi Kurz, Veit Müller, Britt Reißmann, Bernd Storz, Peter Wark und Gudrun Weitbrecht.

www.oertel-spoerer.de

298 Seiten · 10,95 €
ISBN 978-3-88627-336-2

San Francisco im Winter. Eigentlich dürfte LKA-Kommissarin Francesca Molinari in den USA gar nicht ermitteln. Sie ist erschöpft. Alle Spuren ihres letzten Falls verloren sich im Netz der Organisierten Kriminalität.

Es war Monate davor bei ElringKlinger in Dettingen an der Erms. In einem unterirdischen Gang des weltweit agierenden Automobilzulieferers wurde ein Mitglied des Reinigungstrupps tot aufgefunden. Firmenintern stand er unter Verdacht, aus dem Labor eine Liste entwendet zu haben. Als nach seinem Tod Unbekannte Angriffe auf sensible Daten der Entwicklungsabteilung des Unternehmens starten, ist für die Ermittler klar, dass sie es mit Industriespionage zu tun haben.

Auf verschlungenen Pfaden rückt die Kommissarin mit ihrem bewährten Kollegen Tomislav Özcan immer näher an die Hintermänner heran, kann den Fall aber nicht aufklären.

Doch dann spielt jemand Francesca auf der Golden Gate Bridge einen letzten Trumpf zu ...

www.oertel-spoerer.de